VERHEXT UND VERSCHWOREN

MISS MATCHED MIDLIFE DATING AGENTUR

BUCH ZWEI

DEANNA CHASE

Übersetzt von
ANNA DRAGO

Bayou Moon Press, LLC

www.deannachase.com

❀ Formatiert mit Vellum

ÜBER DIESES BUCH

Willkommen bei der Miss Matched Midlife Dating-Agentur, wo Marion Matched bereit ist, Ihnen zu helfen, Ihre wahre Liebe zu finden!
Ein paranormaler Frauenroman

Mit ihrer neuen Partnervermittlung, die in Premonition Pointe endlich Fahrt aufnimmt, ist Marion Matched beschäftigter denn je. Zwischen Yoga-Kursen, ihrer aufblühenden Romanze und einem Geist, der sie einfach nicht in Ruhe lässt, bleibt Marion kaum Zeit, sich die Haare färben zu lassen oder ihre Oberlippe für die bevorstehende Hochzeit ihrer zwei Lieblingskunden enthaaren zu lassen. Wer auch immer behauptet hat, Frauen sollten in Würde altern, hatte nie mit scheckigen grauen Ansätzen oder borstigen Damenbart-Härchen zu kämpfen, die hart genug sind, um jemanden zu kratzen. Doch all ihre Beauty-Sorgen sind mit einem Schlag vergessen, als die Braut plötzlich spurlos verschwindet. Nun findet sich Marion mitten in einer waschechten Hexenjagd wieder – an der Seite des griesgrämigen künftigen Schwagers der Braut, während ein zwielichtiger Unruhestifter das Leben ihrer Freunde und Familie sabotiert. Während um sie herum alles im Chaos versinkt, braucht Marion jede Hilfe, die sie bekommen kann – vom Hexenzirkel von Premonition Pointe, ihrem hartnäckigen Hausgeist und einer wenig vertrauenswürdigen neuen Bekanntschaft –, um ihre Freundin zu finden, bevor sie für immer verschwindet.

KAPITEL 1

„Da bist du ja!" Lennon Love packte meine Hand und zog mich zur Bühne. Der gleichmäßige Bass vibrierte durch den Club, während halbnackte Männer zur Musik tanzten und die Frauen im Publikum begeistert kreischten.

„Lennon, ich –"

„Jetzt bist du dran zu glänzen, Marion!", rief sie über die Musik hinweg und grinste breit. Wir waren im *Abs, Buns & Guns*, wo wir anlässlich ihres Junggesellinnenabschieds eine Männerstripshow besuchten. Es war ganz sicher nicht mein Moment, zu glänzen. Ich war nur hier, um sie zu feiern.

Ich warf einen Blick über die Schulter zu Hollister Crooner. Der große, dunkelhaarige Mann lehnte mit in die Taschen vergrabenen Händen an der Bar und warf mir einen missbilligenden Blick zu. Ich konnte es ihm kaum verdenken. Er war nur ins *Abs, Buns & Guns* gekommen, um mir zu sagen, dass die Verlobte seines Bruders, Kiera Vincent, verschwunden war.

Kiera war eine ehemalige Kundin von mir, die ihren

Namen geändert hatte, nachdem sie eine missbräuchliche Beziehung hinter sich gelassen hatte. Ich war die Einzige, die ihren echten vollständigen Namen kannte: Desiree Ciàran Hopkins. Alle anderen kannten sie als Kiera Vincent. Wenn sie verschwunden war, war es gut möglich, dass ihr Ex sie gefunden hatte. Mein Herz hämmerte gegen meine Brust, und der Drang, zu flüchten und zu Hollister zurückzugehen, brachte mich dazu, mich in seine Richtung umzudrehen.

„Da ist sie", sagte der Moderator ins Mikrofon. „Marion Matched, die Frau, die Lennon und Bodhi zusammengebracht und diesen Abend möglich gemacht hat. Komm rauf, Marion. Wir haben eine Überraschung für dich!"

„Ich kann nicht –", protestierte ich und schüttelte den Kopf.

„Natürlich kannst du." Lennon gab mir einen sanften Schubs, und ein schelmisches Funkeln tanzte in ihren amüsierten Augen. „Los, Marion. Ich lass' dich das ganz sicher nicht verpassen."

Ich öffnete den Mund, um erneut zu protestieren. Hollister wartete, und ich musste alles tun, um ihm zu helfen, seine zukünftige Schwägerin zu finden. Doch bevor ich etwas sagen konnte, packten mich zwei starke Männerhände unter den Armen und hievten mich auf die Bühne.

Die Menge tobte. Frauen sprangen auf, johlten und kreischten vor Begeisterung.

Ich wurde auf einen Stuhl in der Mitte der Bühne geschoben, während eingeölte Männer in knappen Unterhosen mich umzingelten.

Lennon warf den Kopf zurück und lachte, als einer der Tänzer mir seinen Hintern vors Gesicht hielt und dann so tat, als würde er sich auf meinem Schoß rekeln. An jedem anderen Tag hätte ich vor Lachen gebrüllt, mitgerissen von der Absurdität der Situation. Doch heute konnte ich nur die Zähne zusammenbeißen und es über mich ergehen lassen. Ich konnte nicht einfach aufspringen und von der Bühne rennen. Nicht, ohne eine Szene zu machen und erklären zu müssen, warum ich den Lapdance ablehnte, den Lennon ganz offensichtlich für mich organisiert hatte.

In einer Menschenmenge etwas über Kiera zu erklären – das kam überhaupt nicht infrage. Es war zu gefährlich. Stattdessen beschloss ich, dass es am besten war, es auszusitzen und mich dann zu entschuldigen und Iris zu finden, die mich draußen treffen sollte, um mit Hollister zu gehen.

„Jaaaa!", rief Celia, der Geist, der für mich arbeitete. Sie schwebte vor dem Mann, der so tat, als würde er sich an mir reiben, und schwang ein unsichtbares Lasso, als versuchte sie, ihn einzufangen. „Das nenne ich mal eine Party!"

Alle Frauen, die zur Junggesellinnenparty gehörten, waren auf den Beinen. Einige wedelten mit Dollarscheinen und schrien, dass sie die Nächsten sein wollten. Ich entdeckte meine Freundin Tandy, die auf einem Stuhl stand und mit ein paar Dollarnoten winkte. Meine Tante Lucy stand neben ihr, wackelte mit den Hüften, und ich fragte mich kurz, ob sie sich gleich die Hüfte ausrenken würde. Lucy begegnete meinem Blick und grinste.

Ich schenkte Lucy ein angespanntes Lächeln, während ich versuchte, Hollister im Auge zu behalten, und ungeduldig darauf wartete, endlich von der Bühne zu fliehen.

„Komm schon, Marion!", rief Lennon. „Zeig uns deine Moves!"

„Moves?", murmelte ich vor mich hin. „Welche Moves?"

Der muskulöse Mann, der mir mehr von seiner Rückansicht gezeigt hatte, als gesetzlich erlaubt sein sollte, streckte mir seine Hand entgegen und lud mich ein, aufzustehen.

Ich ließ mich von ihm hochziehen und stand dann da, während ein zweiter Mann hinter mir tanzte, seine Hände auf meinen Hüften, und ein dritter vor mir in die Hocke ging und mit dem Kopf direkt vor meinem Schritt auf und ab hüpfte.

Gute Göttin, wann hört das endlich auf?, dachte ich verzweifelt.

Und dann musste ich einfach kichern, denn verdammt. War ich so alt, dass ich diese übertriebene Art von Unterhaltung, die den Rest der Menge offensichtlich aufheizte, nicht mehr zu schätzen wusste? Wenn Hollister nicht draußen auf mich gewartet hätte, hätte ich mich vielleicht entspannen und ein bisschen Spaß haben können.

„Schwing die Hüften, Marion", sagte der Tänzer hinter mir ins Ohr. „Mach dich ein bisschen locker."

Lennon stand hinter dem Tänzer direkt vor mir und ließ ihn ihre Hände auf seine Brust ziehen, während er sie ermutigte, sich an seinen Muskeln zu bedienen. Er grinste, genoss offensichtlich ihren gespielten Protest. Als er bemerkte, dass ich ihn beobachtete, zwinkerte er und sagte: „Alles nur Spaß."

„Klar", sagte ich und behielt meine Hände fest bei mir, während ich die Knie beugte und meine Hüften im Takt zur Musik wiegte. Kaum hatte sich mein Körper etwas entspannt und den Rhythmus gefunden, war das Lied vorbei – und der Tänzer vor mir griff nach meiner Hand.

Ich wollte meine Hand zurückziehen, bereit, gegen alles zu protestieren, was sie sich noch ausgedacht hatten – aber der Tänzer verbeugte sich nur und hauchte mir einen Kuss auf die Finger.

„Danke, dass du mitgespielt hast", sagte er. Und das war genau der Moment, in dem alles aus dem Ruder lief.

Die Lichter gingen aus, und wir wurden in vollkommene Dunkelheit getaucht, während ein lautes Krachen aus Richtung Bar ertönte.

Ein Feuerring flackerte genau dort auf, wo ich Hollister zuletzt gesehen hatte – gefolgt von Schreien, als die Menge panisch vor den Flammen zurückwich. Kaum war das Feuer erschienen, verschwand es auch schon wieder, und ein magisches Knistern erleuchtete den Raum wie ein Blitz.

„Hollister!", schrie ich, panisch, dass er das Ziel dieser Magie gewesen war. Es war einfach ein zu großer Zufall, dass er hier aufgetaucht war, um mir zu sagen, dass Kiera verschwunden sei, und dann plötzlich Feuer und Magie genau dort knisterten, wo er gestanden hatte.

Stille folgte, und dann begannen alle gleichzeitig zu reden.

Ich blinzelte in die Dunkelheit und betete, dass meine Augen sich schnell daran gewöhnten, während ich mich seitwärts vortastete, die Hände auf der Bühne, damit ich nicht herunterfiel. Ich musste zu Hollister und mich vergewissern, dass es ihm gutging.

Gerade als ich den Rand der Bühne erreichte, hörte ich ein lautes elektrisches Zischen, gefolgt von flackernden Lichtern. Alle Frauen standen herum und starrten an die Decke, bis das Licht anblieb, dann begannen sie wieder zu plappern.

Ich warf einen Blick auf Lennon, die schon mit den beiden Tänzern sprach, die mich zuvor auf der Bühne eingekesselt hatten. Sie hatte einen besorgten Ausdruck im Gesicht, während sie durch den Club gestikulierte, offensichtlich aufgebracht über das Geschehen, doch die beiden schienen ihre Sorgen zu beschwichtigen.

„Der Lapdance war echt enttäuschend", sagte Celia genervt,

als sie neben mir auf der Bühne erschien. „Danny hätte das besser gemacht."

„Das hätte er sicher", sagte ich geistesabwesend, während ich von der Bühne sprang und zur Bar stürmte, wo ich Hollister zuletzt gesehen hatte.

„Kannst du dir Danny vorstellen, mit seinen Händen überall an mir –"

„Nichts für ungut, Celia, aber jetzt ist nicht der richtige Moment", sagte ich genervt. Normalerweise war Celia recht unterhaltsam, aber in diesem Augenblick musste ich nichts von ihren Fantasien hören.

„Es ist nie der richtige Moment, Marion", sagte sie und klang genervt. „Wie letzte Woche, als ich dir von diesem Blowjob erzählen wollte –"

Ihre Worte traten in den Hintergrund, als ich mich endlich durch die Menge drängte und auf den Holzboden starrte, genau an der Stelle, wo Hollister zuletzt gestanden hatte – da war ein Kreis ins Holz gebrannt, und in der Mitte steckte ein Dolch, der ein dickes Stück Pergament festhielt.

„Was zum Teufel ist das?", fragte Tandy, meine beste Freundin, und blieb neben mir stehen. Sie griff nach dem Dolch, aber ein scharfer Stich Magie zappte ihre Finger und jagte einen Blitz ihren Arm hinauf. Sie schrie auf, sprang zurück und drückte ihren Arm an die Brust. „Dieses Ding hat versucht, mich umzubringen."

Die Menge wich kollektiv einen Schritt zurück, alle flüsterten wild durcheinander und rätselten, was gerade passiert war.

„Scheiße", murmelte ich und legte die Hand auf ihren Rücken. „Geht's dir gut?"

Sie versuchte, ihre Schulter zu rollen, und verzog das

Gesicht. „Das hat wehgetan. Aber sterben werde ich wahrscheinlich nicht davon."

Ich drückte sanft ihren unverletzten Arm und versuchte, meine Wut im Zaum zu halten. Wer auch immer das getan hatte, hatte gerade meine beste Freundin mit dieser Falle verletzt.

Lennon kam herübergerannt und sah aufgelöst aus, als sie von mir zum Kreis und dann zu ihrer neuen Chefin blickte. Sie hatte gerade einen Vertrag unterschrieben, um in Tandys nächstem Fernsehprojekt mitzuspielen. „Heilige Scheiße, Marion, wurde *schon wieder* jemand verflucht?"

„Ich weiß nicht", sagte ich ehrlich. „Alles, was ich weiß, ist, dass ein Mann verschwunden ist, und dort, wo er stand, liegt das hier … eine Notiz? Eine Nachricht? Ich weiß nicht."

„Ein Mann ist verschwunden?", wiederholte sie. „Wer?"

„Hollister. Er ist— Weißt du was? Egal. Er ist hierhergekommen, um mich um Hilfe zu bitten, und jetzt ist er weg." Ich beugte mich hinunter, um das Pergament zu betrachten, und versuchte, die Nachricht zu lesen, ohne etwas zu berühren. Ich hatte keine Lust, wie Tandy gezappt zu werden. Aber wenn etwas auf dem Pergament stand, musste es auf der anderen Seite sein. Ich konnte nichts außer einem Logo erkennen, vielleicht ein Familienwappen, das die Form eines Fünfecks hatte, mit einem stilisierten Buchstaben C in der Mitte.

„Ich kenne dieses Wappen", sagte Celia, die das Pergament musterte.

„Tatsächlich?", fragte ich den Geist erstaunt. „Woher?"

„Es war dasselbe, das auf einem Gebäude neben dem Coffeeshop war, den ich in meiner Gegend in L.A. besucht habe. Es war so ein New-Age-Laden, der sich auf Zauber und Tränke spezialisiert hat. *Crooner's Cauldron*, glaube ich."

Crooner? Wie Hollister Crooner? Was für ein Spiel spielte Hollister? Ich richtete mich auf, bereit, wollte gerade los, um den Club nach ihm abzusuchen, als eine Frau, die offensichtlich einen zu viel getrunken hatte, gegen mich stolperte und mich umriss. Ich landete direkt neben dem Dolch in der Mitte des Kreises, und zu meiner Überraschung prickelte ein Hauch von Magie über meine Finger. Meine Hand bewegte sich wie von selbst zum Dolch, und als ich sie um den Griff legte, gab es keinen Stich. Keinen Schmerz. Nur dieses Gefühl, dass der Dolch für mich bestimmt war. Ich riss ihn aus dem Boden und hob die Nachricht auf.

„Hey, warum hat er dich nicht gezappt?", fragte Tandy empört.

Ich starrte zu ihr hoch. „Du klingst, als wärst du enttäuscht, dass es mich nicht erwischt hat."

Sie lächelte verlegen und schüttelte dann den Kopf. „Nein, nein. Ich bin nur überrascht, das ist alles. War es eine einmalige Falle?"

„Vielleicht." Ich drehte das Pergament um und las:

Die Party ist vorbei, Marion. Zeit, an die Arbeit zu gehen. Finde den schwarzen BMW X5.

„Anmaßender Arsch", schnaubte Celia.

Ich blickte auf und sah, dass sie über mir schwebte und die Nachricht las.

„Kannst du laut sagen." Es sah ganz danach aus, als hätte Hollister eine Szene gemacht und eine Nachricht hinterlassen, die nur ich erreichen konnte, weil er offenbar keine fünf Minuten warten konnte, bis die Show vorbei war. Ich stand auf und sah mich in der Menge um, die mich erwartungsvoll anstarrte. „Celia", flüsterte ich. „Schnell. Hol die Tänzer und bring sie in Bewegung. Ich kann nicht gebrauchen, dass die mich alle anstarren." Auf keinen Fall würde ich erklären, wer

Hollister war oder warum er in Premonition Pointe war. Das war zu gefährlich für Kiera.

„Mach' ich", sagte sie ernst, nickte zackig und verschwand.

Ich wedelte mit der Nachricht. „Na schön – Zeit, die Party weitergehen zu lassen!", rief ich übertrieben begeistert. Wie auf Knopfdruck setzte die Musik wieder ein – Bon Jovis „Shot Through the Heart" dröhnte aus den Lautsprechern, während die Tänzer auf die Bühne zurückkehrten, durch die Menge tanzten und den kreischenden Frauen die Darbietung boten, nach der sie sich gesehnt hatten.

„Tandy", sagte ich zu meiner Freundin. „Tu mir einen Gefallen und sorg' dafür, dass alle weitertanzen. Verbreite das Gerücht, dass das alles nur Teil der Show war, weißt du, um die Stimmung lebendig zu halten und dem Abend einen Hauch von Magie zu verleihen."

Sie warf mir einen skeptischen Blick zu, aber als ich sie noch einmal darum bat, nickte sie. „Okay, aber du wirst mir später alles erklären, oder?"

„So gut ich kann", versprach ich und drückte noch einmal sanft ihren unverletzten Arm. „Danke."

Ich zog Lennon schnell beiseite und erklärte, dass alles in Ordnung sei und ich nur ein paar Dinge regeln müsse. Als ich zur Tür ging, tauchte Iris plötzlich neben mir auf.

„Was zum Teufel geht hier vor?", fragte sie. „Ich habe draußen gewartet, und als ich dich nicht finden konnte, bin ich hier wieder reingekommen, wo alle rumstanden und dich angestarrt haben, als wärst du ein Alien mit drei Köpfen."

„Ich hätte genauso gut eines sein können", sagte ich. „Komm mit. Wir werden gleich unsere Antworten bekommen." Dann ging ich zur Tür hinaus und direkt auf den Mann zu, der an seinem überteuerten Auto lehnte, eine Zigarette in der Hand, während er mich mit finsterem Blick musterte.

KAPITEL 2

„Was zum Teufel haben Sie sich dabei gedacht?", fuhr ich Hollister an, kaum dass er nah genug war. Ich wedelte mit der Nachricht vor seinem Gesicht. „Dieser Auftritt? Genau so eine Szene wollte ich unbedingt vermeiden."

Hollister warf Iris einen misstrauischen Blick zu. „Wer ist das?"

„Meine Freundin und Assistentin. Glauben Sie mir, wenn ich sage, dass es niemanden gibt, dem ich mehr vertraue als ihr. Und jetzt erklären Sie mir, was das da drinnen gerade sollte."

Iris blickte zwischen uns hin und her, schwieg aber glücklicherweise, während sie die Szene beobachtete.

Hollister wandte sich von Iris ab, schenkte ihr keine weitere Beachtung und fixierte mich stattdessen mit seinem Blick. „Sie haben da oben auf der Bühne mit zwei Typen rumgemacht! Ich musste ja irgendwie Ihre Aufmerksamkeit kriegen. Hat funktioniert, oder? Jetzt sind Sie hier."

Ich schnaubte. „Sie haben meine Aufmerksamkeit, das steht

fest. Und die von allen anderen im Raum. Wissen Sie, was dieser Stunt hätte auslösen können? Ist Ihnen Kiera vollkommen egal?"

Er stieß sich von seinem Auto ab und kam auf mich zu, bis wir uns direkt gegenüberstanden. „Was glauben Sie, warum ich hier bin? Das *Einzige*, was mich interessiert, ist, Kiera zu finden. Aus irgendeinem Grund hat sie Garrison gesagt, dass Sie diejenige sind, zu der er gehen soll, wenn ihr irgendwas passiert. Stellen Sie sich vor, wie widerlich es war, sie auf der Bühne zu sehen, kurz nachdem ich Ihnen gesagt habe, dass Kiera verschwunden ist. Was hätte ich Ihrer Meinung nach tun sollen?"

„Nicht das!", sagte ich durch zusammengebissene Zähne. „Hören Sie zu, Kumpel, wenn ich nicht ein paar Details von Ihnen bräuchte, wäre ich schon längst auf der Suche nach ihr. Aber da ich seit über einem Jahr keinen Kontakt mehr zu ihr hatte, werden Sie mir ein paar Fragen beantworten müssen. Verstanden?"

Iris sog hörbar die Luft ein, ihre Augen weiteten sich, aber sie sagte immer noch nichts, während sie unseren Streit beobachtete.

Er schnaubte. „Ich glaube, Sie sind diejenige, die ein paar Fragen beantworten sollte. Wie wäre es, wenn Sie mir erklären, warum sie wollte, dass wir Sie finden, wenn ihr was passiert?"

Ich schüttelte den Kopf. „Auf keinen Fall, Hollister. Nicht hier und nicht, solange ich nicht sicher bin, dass Sie wirklich der sind, der Sie zu sein behaupten." Je mehr dieser Mann redete, desto stärker wurde der Drang, ihn zu ohrfeigen. Zuerst hatte ich nicht an ihm gezweifelt, aber jetzt ... Wer konnte schon mit Sicherheit wissen, ob er wirklich Garrisons

Bruder war? Vielleicht gab er nur vor, jemand zu sein, der er nicht war, um an Kiera ranzukommen.

„Ich habe keine Zeit für so was." Er zog sein Handy heraus und tippte auf dem Display herum. Einen Moment später trat er neben mich und reichte es mir. Sein Bruder Garrison war am Apparat, starrte uns an, sein Gesicht eingefallen, mit dunklen Ringen unter den Augen. „Gar", sagte Hollister. „Sag Marion, was du mir erzählt hast." Hollister reichte mir das Handy und trat einen Schritt zurück.

„Garrison?", fragte ich, erstaunt, den einst so lebendigen Mann zu sehen, der jetzt aussah, als hätte er mindestens zehn Kilo abgenommen und seit Wochen kein Sonnenlicht mehr gesehen. „Was ist los? Bist du krank?"

„Hat Hollister dir nichts gesagt?", fragte er, seine Stimme wirkte kräftiger, als er aussah.

Ich schüttelte den Kopf, und wieder bildete sich dieser Kloß der Angst in meinem Magen. „Er hat gesagt, dass Kiera verschwunden ist, aber er hat nichts von dir erwähnt. Geht's dir gut? Gesundheitlich, meine ich?"

„Den Umständen entsprechend, würde ich sagen. Es ist Krebs", sagte er leise. „Bin fast fertig mit der Behandlung, aber mein Immunsystem ist schwach und ..." Er schluckte schwer. „Ich wollte selbst zu dir kommen, aber Hollister hat darauf bestanden, dass ich hierbleibe. Er hat Angst, dass ich krank werde ..." Garrisons Stimme erstarb, als er den Kopf schüttelte. „Nichts davon ist jetzt wichtig. Ich komm' schon klar. Aber Kiera ist vor zwei Tagen los, um ihr Hochzeitskleid abzuholen, und nicht nach Hause gekommen."

Mein erster Gedanke war, dass wir es mit kalten Füßen zu tun hatten. Kiera war schonmal geflohen, also wäre es denkbar, dass sie es wieder getan hatte. Aber tief in meinem Herzen glaubte ich das nicht. Ich hatte sie und Garrison zusammen gesehen. Verdammt, ich war diejenige, die sie zusammengebracht hatte. Zwischen den beiden hatte es auf Anhieb gefunkt. Sie waren das Paar, das scheinbar in die Seele des anderen blicken konnte. Ich hatte die Liebe in ihren Augen gesehen, wenn sie ihn ansah. Ich konnte mir einfach nicht vorstellen, dass sie weggelaufen war, während er Krebsbehandlungen durchmachte. Nein, das war undenkbar.

Ich holte tief Luft. „Okay. Erzähl mir alles. Ist vor ihrem Verschwinden irgendwas Ungewöhnliches passiert? Hast du die Polizei angerufen und eine Vermisstenanzeige erstattet? Hat sie ihr Handy? Haben irgendwelche ihrer Freundinnen von ihr gehört? Ist in letzter Zeit irgendwas Neues oder Ungewöhnliches passiert, das ein Hinweis sein könnte?"

Garrison schloss die Augen und schüttelte langsam den Kopf. „Nein. Nein zu alldem. Außer ihrem Handy. Das hat sie wahrscheinlich. Oder zumindest hatte sie es, bevor sie losgefahren ist, weil sie mir eine Nachricht über die Blumen geschickt hat, die sie für unsere Hochzeit ausgesucht hatte."

Mein Herz brach für ihn. Das musste ihn so viel Kraft kosten. Ich wollte ihn trösten, ihm versichern, dass alles gut werden würde, aber das konnte ich nicht. Ich wusste schon zu viel. „Nur nochmal, um sicherzugehen, du sagst, du hast keine Vermisstenanzeige bei der Polizei erstattet?", fragte ich und hielt den Atem an, während ich auf seine Antwort wartete.

„Ich … Sie hat mir sehr klare Anweisungen gegeben, das auf keinen Fall zu tun. Glaubst du, ich sollte?" Seine Augen waren glasig, und der arme Mann sah aus, als stünde er kurz vor einem Nervenzusammenbruch.

„Nein." Es kostete mich alles, das nicht zu schreien. Garrison musste ich nicht anschreien. „Das ist keine gute Idee. Es ist besser, wenn die Behörden nicht involviert werden."

Er schien sich zu sammeln, bevor er die Frage stellte, die er

offensichtlich nicht stellen wollte. „War Kiera in irgendwas …
Illegales verwickelt?"

„Nein. Hör zu, ich weiß, dass Kiera dir nichts über ihre
Vergangenheit erzählt hat, und dafür gibt es einen sehr guten
Grund", sagte ich. „Im Moment bitte ich dich nur, mir zu
vertrauen, okay? Ich werde alles tun, was ich kann, um sie zu
finden und zurückzubringen. Das verspreche ich dir."

Seine normalerweise strahlend grünen Augen waren
stumpf, und er sah niedergeschlagen aus, als er nickte. „Ich
vertraue Kiera. Sie hat mir gesagt, ich soll dir vertrauen, also
mache ich das auch."

Ich nickte. „Das weiß ich zu schätzen. Ich werde mir deine
Nummer von deinem Bruder geben lassen und dich auf dem
Laufenden halten. Wenn du Hollister einfach per E-Mail
schicken könntest, was Kiera in den Tagen vor ihrem
Verschwinden gemacht hat und wie ihre Routine war, wäre
das hilfreich."

„Ich tue, was ich kann", sagte er, und seine Stimme wurde
mit jeder Sekunde schwächer.

Hollister nahm mir das Handy ab und sagte seinem Bruder,
er solle eine Schlaftablette nehmen und sich ausruhen. Als
Garrison protestierte, drohte Hollister, jemanden namens Sally
zu schicken, um dafür zu sorgen, dass er sich nicht
überanstrengte. Als Garrison schauderte und versprach, sich
auszuruhen, war Hollister hinreichend besänftigt und
legte auf.

„Zufrieden?", fragte Hollister.

„Schätze schon. Los geht's", sagte ich.

„Wohin?"

„Sie werden sehen. Wir haben Einiges zu besprechen.
Folgen Sie mir einfach in Ihrem Auto." Ich bedeutete Iris, mir
zu folgen, während ich zu meinem weißen SUV ging. Ich zog

schnell mein Handy aus der Tasche und schickte eine Nachricht an Tandy und meine Tante Lucy, um ihnen zu sagen, dass ich früher ging. Dann wandte ich mich Iris zu. „Kannst du zurückgehen, den Rest des Zirkels holen und uns im Zirkelkreis treffen?"

„Geht es um die ehemalige Kundin, von der du mir geschrieben hast?", fragte sie.

Ich nickte.

„Natürlich. Ich bin sicher, dass sie bereit sind, alles zu tun, um zu helfen, deine Freundin zu finden."

Dankbar atmete ich durch. Dass Iris bereit war zu helfen, ohne eine vollständige Erklärung zu verlangen, war nur einer der Gründe, warum ich sie so mochte. Ich hatte immer Freundinnen gehabt, aber erst als ich Tandy traf, hatte ich das Gefühl, dass ich eine hatte, die mit mir durchs Feuer gehen würde. Und jetzt war Iris auch eine von dieser Sorte. Ich ergriff ihre Hand und drückte sie. „Danke. Du hast keine Ahnung, wie viel mir das bedeutet. Ich werde so viel wie möglich erklären, wenn wir den Zirkel zusammenhaben."

„Nichts zu danken", sagte Iris, ihre Augen intensiv. „Eine Freundin von dir braucht Hilfe. Das ist alles, was ich wissen muss." Sie umarmte mich schnell und eilte zurück in den Club.

Sobald die Tür hinter Iris zufiel, stieg ich in meinen SUV, dankbar, dass der Zirkel für mich da war, wenn ich ihn brauchte. Als ich auf den Fahrersitz glitt, stellte ich fest, dass ich immer noch den Dolch in der Hand hielt, den Hollister im Club zurückgelassen hatte. Als ich ihn auf den Sitz neben mir legte, blitzte Magie entlang der Klinge auf und erlosch genauso schnell wieder.

Ich starrte auf den Dolch und fragte mich, ob es ein Nachhall von Hollisters Zauber war, oder ob ich ihn irgendwie ausgelöst hatte. Ein Prickeln setzte an meiner unteren

Wirbelsäule ein, und obwohl ich mir nicht sicher war, nahm ich an, dass ich meine Antwort hatte.

Seit ich meine Fähigkeit verloren hatte, Auren klar zu sehen, wenn ich zwei Menschen sah, die richtig füreinander waren, war dieses Kribbeln da. Es juckte mir in den Fingern, den Dolch noch einmal zu berühren und zu sehen, ob sich etwas änderte. Langsam streckte ich die Hand aus und strich mit einem Finger über den gravierten Griff.

Nichts.

Entschlossen legte ich meine Hand um den Griff und hielt die Waffe ins Mondlicht, das durch mein Fenster strömte. Die Klinge schimmerte blau, aber da war kein Funken Magie, den ich sehen konnte.

Mit einer Spur Enttäuschung seufzte ich, legte den Dolch zurück auf den Sitz und fand mich mit dem Gedanken ab, dass meine Magie sich heute auf ein schwaches Kribbeln am unteren Rücken beschränkte.

Was für eine Hexe ich doch geworden war.

KAPITEL 3

„*S*ie haben mich ernsthaft zu einem Aussichtspunkt mit Blick auf den Pazifik gebracht?", fragte Hollister fassungslos. „Was haben Sie vor – mich runterstoßen?"

Wenn's doch nur so wäre, dachte ich. Aber ich war nicht in dem Geschäft, Leute zu beseitigen, selbst wenn sie mir tierisch auf den Keks gingen. „Nein", sagte ich in dem Ton, den ich mir für besonders schwierige Fälle aufgespart hatte. „Wir sind hier, weil sich der Zirkel hier trifft, und sie sind unsere beste Chance, Kiera schnell zu finden." Ich hielt den Dolch hoch, den ich vom Beifahrersitz mitgebracht hatte. „Hier."

Er warf einen Blick auf die Waffe und wollte danach greifen, doch dann kniff er die Augen zusammen und schüttelte den Kopf. „Nein. Der gehört jetzt Ihnen."

„Was? Nein. Ich brauche sowas nicht." Ich drückte ihm den Dolch wieder in die Hand. „Dieses Ding muss ein Vermögen gekostet haben. Auch wenn ich nicht begeistert war, wie Sie ihn im Club eingesetzt haben – ich behalte keine Dinge, die mir nicht gehören."

„Aber er gehört Ihnen." Er nickte in Richtung des Dolchs. „Sehen Sie sich den blauen Schimmer an."

Das Mondlicht ließ ihn wieder blau schimmern. „Was ist damit?"

„Das passiert nur, wenn ein Dolch wie dieser jemanden auserwählt. Ob es mir gefällt oder nicht, dieser Dolch gehört Ihnen."

Ich runzelte die Stirn und betrachtete den Dolch, als würde er mir gleich ein Geheimnis verraten. „Davon habe ich noch nie gehört."

Er zuckte mit einer Schulter. „Sie sind vermutlich auch noch nie einem Dolch wie diesem begegnet."

„Wollen Sie mir etwa erzählen, dass dieser Dolch irgendwas Besonderes ist? Was kommt als Nächstes – dass er in den Minen eines magischen Bergs geschmiedet wurde?"

„Sowas in der Art", sagte er ausweichend und vergrub die Hände in den Taschen. „Nehmen Sie den Dolch einfach an, Marion. Wenn Sie wollen, betrachten Sie ihn als Bezahlung dafür, dass Sie uns helfen, Kiera zu finden."

Ich schüttelte den Kopf. „Ich würde niemals Bezahlung dafür nehmen, Kiera zu helfen. Das ist –"

Er unterbrach mich. „Okay! Dann betrachten Sie ihn als Geschenk. So oder so, ich nehme ihn nicht zurück. Und wenn Sie ihn nicht nehmen und er in die falschen Hände gerät, dann sind Sie dafür verantwortlich."

„Was soll schon passieren?", fragte ich und betrachtete den Dolch skeptisch. Doch dann schüttelte ich schnell den Kopf, als ich mich erinnerte, dass der Dolch schon mit Magie durchtränkt war. Er hatte recht. Wenn er in die falschen Hände geriet, wer wusste schon, was dann passieren könnte? Ich legte ihn in meine Tasche und sagte: „Vergessen Sie's. Das war eine dumme Frage. Also gut. Ich behalte ihn."

Er sah mich mit einem angespannten Lächeln an und blickte dann aufs Meer hinaus. „Treffen wir hier Ihre Freundinnen?"

„Hier entlang." Ich führte ihn den schmalen Pfad hinunter zum Felsvorsprung, die auf die tosenden Wellen hinabblickte, und war überrascht, dass Carly schon da war. Sie hatte einen Salzkreis vorbereitet und einen Ring aus weißen Stumpenkerzen darin aufgestellt.

„Wie bist du so schnell hierhergekommen?", fragte ich, ein wenig verwirrt. Gab es eine Abkürzung, die ich nicht kannte?

„Ich war schon von der Party weg, also war ich näher dran, als Iris mich angerufen hat." Carly stand auf und kam zu uns, ihren Pullover um sich gewickelt, um die abendliche Kälte abzuwehren. „Joy und Iris sind auf dem Weg. Grace hat auf der Junggesellinnenparty ein bisschen zu viel getrunken, und Hope kümmert sich um sie, weil Owen nicht in der Stadt ist. Eine betrunkene Hexe ist beim Zaubern nicht wirklich eine Hilfe. Was Gigi angeht, sie kann nicht, weil sie Skyler hilft, einen Investor zu überzeugen, der daran interessiert sein könnte, weitere Standorte von *Sky's The Limit* zu eröffnen. Orte wie Aspen, Monterey und Martha's Vineyard. Du weißt schon, Gegenden, die wohlhabende Kunden anziehen, die an seinen Designerklamotten und unserer Hautpflegelinie interessiert sind. Nichts Weltbewegendes – nur ein paar Läden mehr."

Ich nickte, dankbar, dass überhaupt jemand so kurzfristig kommen konnte, und sagte: „Kann ich mir vorstellen."

Carly streckte Hollister die Hand entgegen. „Hi, ich bin –"

„Carly Preston", sagte er fast ehrfürchtig. „Ich würde Sie überall erkennen. Meine Mutter war ein riesiger Fan von Ihnen. Dieser Film, *Die letzte Hexe vom Meadow Lake*, war einer ihrer Lieblingsfilme. Er hat ihr großen Trost gespendet, während sie ihre Krebsbehandlungen durchgemacht hat." Er nahm ihre Hand in beide und hielt sie fest, als hätte sie ihm damit ein Stück seiner Mutter zurückgegeben. „Danke dafür. Am Ende war dieser Film eines der wenigen Dinge, die ihr Frieden gegeben haben."

Das Lächeln verschwand aus dem Gesicht meiner Freundin, und ihre Augen wurden feucht, als sie ihn an sich zog, um ihn zu umarmen. „Es tut mir so leid um ihre Mutter. Ich bin einfach dankbar, dass ich Teil von etwas war, das so viele Menschen berührt hat."

Hollister hielt sie fest, ließ sie dann plötzlich los und trat einen Schritt zurück. Er räusperte sich. „Tut mir leid. Das ... jetzt ist nicht der Moment. Danke, dass Sie so verständnisvoll sind."

„Natürlich", sagte Carly und schenkte ihm ein mitfühlendes Lächeln.

Ich spürte eine Welle der Zuneigung für meine Freundin. Ihre Güte kannte wirklich keine Grenzen.

Ich hörte Stimmen hinter uns, und als ich mich umdrehte, sah ich Iris und Joy auf uns zukommen.

„Vielen, vielen Dank", sagte ich und umarmte jede von ihnen. „Tut mir leid, dass ich euren Abend unterbreche ... schon wieder."

„Mach dir keine Sorgen", sagte Joy und runzelte die Stirn in meine Richtung. „Iris hat gesagt, jemand wird vermisst. Was ist passiert? Wer ist es?"

Hollister sah mich an, dann Joy und Iris. „Meine zukünftige Schwägerin. Sie ist vor zwei Tagen verschwunden, und sie hat meinem Bruder gesagt, dass er niemals die Behörden einschalten soll, wenn ihr was passiert. Er solle Marion anrufen. Mein Bruder ist nicht gesund genug, um zu reisen, also bin ich hier."

Iris musterte Hollister und wandte sich dann mir zu. „Gibt

es einen guten Grund, warum die Behörden nicht eingeschaltet werden sollten?"

„Ja", sagte ich ohne Zögern.

Die ehemalige Bürgermeisterin von Premonition Pointe wusste nur zu gut, dass nicht alle Autoritätspersonen vertrauenswürdig waren. Sie nickte knapp und holte tief Luft. „Okay. Dann lasst uns anfangen. Haben Sie ein Bild von ihr?"

Hollister zog ein Foto aus seiner Brieftasche und wollte es Iris reichen, aber Joy trat dazwischen und nahm es.

„Sie ist wunderschön", sagte sie und blickte auf ein Foto, das wie ein Verlobungsbild von Kiera und Garrison aussah.

„Das ist sie", sagte Hollister, und jegliche Spur von Gereiztheit und Sarkasmus war aus seiner Stimme verschwunden. „Mein Bruder …" Er schluckte schwer. „Er braucht sie."

Ich nickte und griff nach seiner Hand, um sie zu drücken. Als unsere Finger sich berührten, begann wieder das vertraute Kribbeln an meiner Wirbelsäule. Hollister sah herüber, und eine kleine Falte bildete sich auf seiner Stirn, während er mich musterte.

Ich schenkte ihm ein kurzes, mitfühlendes Lächeln, ließ seine Hand los und steckte meine in die Tasche.

„Joy?", fragte Carly zögerlich. „Ist alles in Ordnung?"

Ich wandte mich der großen Blondine zu, die immer noch das Bild hielt. Ihre Augen waren weit geöffnet, aber blicklos, denn ihr Blick ging in weiter Ferne über dem Meer verloren. Ihr Körper war steif, als wäre sie in Trance, und ihr Haar wehte im Meereswind hinter ihr.

„Was passiert gerade?", fragte Hollister mich.

Ich schüttelte den Kopf. Ich hatte meine Vermutungen, aber ich würde sie nicht aussprechen. Wenn ich recht hatte und Joy eine Vision hatte, würde ich nichts tun, um sie zu unterbrechen.

Carly und Iris stellten sich hinter Joy, eine auf jeder Seite, und ließen mich vor ihr stehen. Wir drei bildeten einen kleinen Kreis um sie, und ich wusste, dass das zum Schutz war. Wenn Joy in Trance war, trugen die Zirkelmitglieder ihren Teil bei, um dafür zu sorgen, dass sie sicher war.

Hollister öffnete den Mund, um etwas zu sagen, aber ich hob die Hand. Er schloss den Mund sofort, verlagerte aber ungeduldig sein Gewicht. Solange er keinen weiteren Stunt wie im Club abzog, war mir egal, was er über die Situation dachte. Er war zu mir gekommen, um Hilfe zu bekommen, und das war es, was ich zu bieten hatte.

Joy keuchte und presste ihre freie Hand auf den Mund, als ihre Augen wieder klar wurden. „Sie war auf dem Highway 101 Richtung Norden unterwegs, als sie verschwunden ist, etwa fünfundvierzig Meilen südlich von hier."

„Was?", sagten Hollister und ich gleichzeitig.

Hollister wandte sich mit vorwurfsvollem Blick mir zu. „War sie auf dem Weg hierher? Um Sie zu sehen?"

„Ich habe keine Ahnung", sagte ich und schüttelte den Kopf. „Ich habe seit über einem Jahr nichts von Kiera gehört. Nicht, seit sie und Ihr Bruder sich verlobt haben."

Er kniff die Augen zusammen. „Ich denke nicht, dass ich Ihnen glaube."

Okay, dieser Typ ging mir langsam wirklich auf die Nerven. „Es ist mir ziemlich egal, was Sie glauben oder nicht. Was mich interessiert, ist, was Joy noch gesehen hat."

Iris räusperte sich. Immer die Diplomatin, sagte sie: „Wir sind alle hier, um Kiera zu finden, richtig? Warum hören wir Joy nicht einfach zu und machen von da aus weiter?"

Hollister schloss für einen Moment die Augen und rollte

die Schultern, als er sichtlich versuchte, sich zu beruhigen. „Ja. Okay. Ist Joy eine Art Seherin oder sowas?"

„Sie hat manchmal Visionen, wenn sie Bilder berührt", erklärte Carly und legt sanft eine Hand auf Joys Arm. „So hat sie mir geholfen, meine Nichte zu finden, als sie vor nicht allzu langer Zeit entführt wurde."

„Verstehe", sagte Hollister und sah Joy mit neuem Interesse an. Er fuhr sich mit der Hand durch seine zerzausten Locken und fragte: „Was haben Sie noch gesehen?"

Joy starrte auf das Bild und begann, vor uns auf und ab zu gehen, während sie sprach. „Sie war in einem blauen Auto unterwegs. Es sah aus wie ein Honda-Markenzeichen. Musik spielte, das Fenster war unten, und sie hat einen Bruno-Mars-Song mitgesungen. Der in dem es darum geht, sich auf Freunde zu verlassen. Auf den ersten Blick schien sie die Fahrt und den sonnigen Tag zu genießen, aber sie war traurig und hatte Tränen in den Augen."

Ich runzelte die Stirn. Kiera war nicht jemand, der viele Gefühle zeigte, aber das bedeutete nicht, dass sie sie nicht herausließ, wenn sie allein war.

„Sie fährt einen blauen Honda Accord", sagte Hollister leise.

Joy nickte und fuhr fort. „Sie hat an einem Strand angehalten, hat sich einen Snack von einem Imbisswagen auf dem Parkplatz geholt und ist dann kurz am Strand spazieren gegangen. Nachdem sie ihre Zehen ins Meer getaucht hatte, hat sie etwa eine dreiviertel Stunde an einem Picknicktisch gesessen. Sie hat sich umgesehen und schien auf jemanden zu warten. Nachdem sie mehrmals auf ihre Uhr geschaut hatte, ging sie schließlich zurück zu ihrem Auto. Neben ihr parkte ein schwarzer SUV. Es sah aus, als hätte sie kurz gezögert, aber dann hat sie die Schultern gestrafft und ist wieder in ihr Auto gestiegen. Als sie vom Parkplatz gefahren ist, ist sie wieder nach Norden gefahren, und der SUV ist ihr gefolgt."

Ich holte scharf Luft. „Sie hat immer gesagt, dass schwarze SUVs sie nervös machen. Sie hatte immer das Gefühl, verfolgt zu werden, aber sie hat versucht, ihre Angst in den Griff zu bekommen. Sie musste lernen, damit umzugehen, wo es doch so viele schwarze SUVs überall auf den Straßen gibt."

„Ihre Nervosität war berechtigt", sagte Joy in einem düsteren Ton. „Denn etwa zehn Meilen weiter die Straße hinauf, als niemand sonst in der Nähe war, hat dieser SUV sie von der Straße in einen Graben gedrängt. Dann sprangen ein paar Schlägertypen aus dem SUV, zerrten sie aus ihrem Auto, warfen sie in den Kofferraum des SUVs und fuhren davon, ohne dass jemand etwas gesehen hat." Joy setzte sich auf einen der Baumstämme und hielt ihren Kopf in den Händen. „Sie hatte solche Angst. Ich kann die Angst spüren, die sie empfunden hat."

„Wohin haben sie sie gebracht?", fragte Hollister mit entschlossener Stimme.

Joy schüttelte den Kopf. „Ich weiß es nicht genau. Ich habe in der Gegend keine Schilder gesehen. Der Strand hatte auch keine. Aber der Imbisswagen hatte ein verschnörkeltes J an der Seite. Sie haben Sandwiches verkauft."

„Das ist nicht gerade hilfreich", sagte Hollister. Er klang frustriert.

„Ich weiß." Joy sah zu ihm auf. „Aber das ist alles, was ich habe."

Ich setzte mich neben Joy und legte einen Arm um ihre Schultern. „Das ist viel mehr, als wir vor fünf Minuten hatten."

Hollister kam herüber und baute sich vor mir auf. „Ich denke, es ist Zeit, dass Sie mir alles erzählen, was Sie wissen."

Ein Krieg tobte in mir. Kiera hatte mich zum Schweigen

verpflichtet. Mich schwören lassen, alles, was sie mir erzählt hatte, für mich zu behalten. Sie wollte nicht, dass noch jemand von ihrem Ex ins Fadenkreuz genommen wurde. Ich verstand, was sie antrieb, aber jetzt, da das Schlimmste passiert war, würde ich Leute auswählen müssen, denen ich vertraute, um sie zu finden. Denn allein konnte ich das auf keinen Fall schaffen.

Ich holte tief Luft und nickte. Ich vertraute dem Zirkel mit meinem Leben. Die einzige Frage war, ob ich Hollister vertrauen konnte. Nach dem Telefonat mit seinem Bruder war klar, dass Hollister alles für Garrison tun würde. Würde er sich einmischen und Garrison außen vor lassen? Dafür sorgen, dass Garrison nicht zu einem Ziel wurde? Es gab nur einen Weg, das herauszufinden.

„Ich erzähle es Ihnen, aber um Garrison zu schützen, dürfen Sie ihm nichts von dem verraten, was ich Ihnen sage. Sie müssen versprechen, dass das unter uns bleibt", sagte ich.

Er sah sich um. „Aber ihnen werden Sie es erzählen?"

Ich nickte. „Ich lasse ihnen die Wahl. Die Informationen, die ich habe, könnten alle hier in Gefahr bringen, wenn ich sie teile."

„Ich bin dabei", sagte Joy sofort. Sie stand vom Baumstamm auf und straffte die Schultern. „Keine Schwester wird zurückgelassen. Ich kann nicht einfach vergessen, was ich gesehen habe."

„Wenn sie dir wichtig ist", fügte Iris hinzu, „dann bin ich auch dabei. Eine Freundin von dir ist eine Freundin von mir."

Carly nickte zustimmend. „Nach dem, was mit Harlow passiert ist, kann ich nicht einfach zusehen, wie das jemand anderem passiert. Wenn ich irgendwie helfen kann, bin ich dabei."

Ich wandte mich Hollister zu. „Die Leute, vor denen Kiera

geflohen ist, sind gefährlich. Es gibt einen Grund, warum sie niemandem außer mir von ihrer Vergangenheit erzählt hat. Sind Sie sicher, dass Sie die Geschichte hören wollen? Zu wissen, was ich Ihnen gleich erzähle, könnte Ihr Leben in Gefahr bringen."

„Ich bin sicher", sagte er mit einem knappen Nicken.

Es war keine Überraschung, dass er bereit war, sich mit dem Kopf voran hineinzustürzen. Nach dem, was ich in dieser kurzen Zeit über Hollister Crooner erfahren hatte, war er kein Mann, der aufgab, wenn er etwas wollte.

„Okay." Ich setzte mich auf einen der Baumstämme im Zirkelkreis und bedeutete den anderen, es mir gleichzutun. Als alle saßen, sagte ich: „Ich habe Kiera in der Nacht kennengelernt, in der sie endlich mit ihrem Ex Schluss gemacht hat. Es war reiner Zufall, aber ich war zufällig zur richtigen Zeit am richtigen Ort, um ihr zu helfen, ihre Freiheit zu erlangen. Aber wenn sie es erzählen würde, würde sie sagen, ich war einfach zur falschen Zeit am falschen Ort. Und sie hat immer behauptet, dass ihr Ex-Freund mir an den Kragen gehen würde, falls er je herausfände, dass ich ihr geholfen habe."

„Wer ist dieser Ex?", fragte Hollister, genauso ungeduldig wie im Club.

„Ich weiß es nicht", sagte ich. „Sie war vorsichtig darauf bedacht, mir *diesen* Teil nie zu erzählen. Alles, was ich weiß, ist, dass er für eine Strafverfolgungsbehörde arbeitet. Und sie glaubt, dass er – sollte sie ihn jemals anzeigen – so weit oben in der Befehlskette steht, dass er nicht nur ungeschoren davonkäme, sondern auch einen Weg finden würde, ihr etwas anzuhängen, sodass am Ende sie im Gefängnis landet. Sie glaubte immer, dass ihre einzige Option war, einfach zu verschwinden, weil alles andere bedeuten würde, dass sie ihre Freiheit verliert.“

Hollister runzelte die Stirn. „Aber wie bringt uns das Wissen darüber in Gefahr?“

„Kiera sagte, dass zwei Menschen in ihrer Vergangenheit, die versucht haben, ihr zu helfen, einfach verschwunden sind. Ihren Familien wurden Lügen erzählt, und ihre Fälle wurden stillschweigend geschlossen, ohne dass je wirklich ermittelt wurde.“ Ich presste eine Hand auf mein Herz, um es davon abzuhalten, aus meiner Brust zu springen. „Der einzige Grund, warum Kiera mir überhaupt etwas erzählt hat, war, dass ich sie gefunden habe, nachdem sie sich beim Klettern aus einem Badezimmerfenster in einer Kleinstadt in Utah den Knöchel verstaucht hatte.“

„Utah?“, fragte Carly. „Was hast du da gemacht?“

Ich hatte in L.A. gelebt, bevor ich nach Premonition Pointe gezogen war, also war das eine berechtigte Frage. „Ich war auf dem Rückweg von einer Reise in die Bryce und Zion Nationalparks mit ein paar Freundinnen aus dem College, die ich dort getroffen hatte.“

„Was hat Kiera in Utah gemacht?“, fragte Hollister.

„Vermutlich dasselbe, denke ich. Sie hat nicht dort gelebt, aber sie hat mir nie erzählt, warum sie und ihr Freund in dieser Stadt waren. Ich weiß nur, dass sie genug hatte und fliehen wollte. Sie sagte, sie kenne niemanden in der Stadt und dachte, das sei der beste Ort, um in einen Bus nach Nirgendwo zu steigen. Sie hatte ein bisschen Geld und einen gefälschten Ausweis, den sie irgendwo unterwegs besorgt hatte, in das Futter ihrer Jacke eingenäht, und sie hatte einen Diamantring und ein Tennisarmband, die sie verpfänden konnte. Nichts sonst. Keine Wechselklamotten oder gar ein Handy. Ihr Freund hat ihr keines erlaubt.“

„Kein Handy", sagte Iris fast zu sich selbst und schüttelte den Kopf. „Klassisches Zeichen von Misshandlung."

Ich nickte. „Richtig. Jedenfalls, als ich darauf bestand, ihr zu helfen, war sie so aufgewühlt und verängstigt, weil sie nicht laufen konnte, dass sie mein Angebot angenommen hat. Sobald wir in meinem Auto waren, wollte ich sie zu einer Heilerin bringen, aber sie ist zusammengebrochen und hat mir gesagt, ich solle sie einfach am Busbahnhof absetzen, damit sie die Stadt verlassen könne. Sie sagte, es sei nicht sicher. Ich habe mich natürlich geweigert, weil sie offensichtlich Schmerzen hatte und ich niemanden in einer so verletzlichen Lage zurücklassen wollte, also habe ich sie den ganzen Weg zurück nach L.A. mitgenommen. Zu Hause habe ich dann eine Heilerin angerufen, die einen Hausbesuch gemacht hat."

„Sie ist mit einer Fremden den ganzen Weg von Utah nach L.A. gefahren?", fragte Carly, und Sorge zeichnete sich auf ihren schönen Zügen ab.

„Ja", sagte ich. „Sie hat mir später erzählt, dass sie keine Wahl hatte. Wenn sie nicht wollte, dass ihr Freund, der längst ahnte, dass sie zu fliehen versuchte, sie entdeckte, musste sie in mein Auto steigen. Mein Auto schien sicherer."

„Zweifellos", sagte Joy. „Wie viele Jahre ist das her?"

„Sechs. Sie ist etwa ein halbes Jahr bei mir geblieben. In dieser Zeit hat sie ein Online-Geschäft als Grafikdesignerin aufgebaut. Online ist es leicht, anonym zu bleiben. Sie hat genug Geld verdient, um sich eine eigene Wohnung zu leisten, und eine Anwältin engagiert, die ihr geholfen hat, ihren Namen legal zu ändern und dafür zu sorgen, dass er in keinem öffentlichen Register auftauchte. Wir sind in Kontakt geblieben, und vor zwei Jahren hat sie sich von mir mit Garrison verkuppeln lassen. Sie hat getan, was sie konnte, um ihrem Ex zu entkommen und ihre frühere Identität geheim zu halten. Wie er sie jetzt gefunden hat, ist mir ein Rätsel, aber ich habe keinen Zweifel daran, dass er hinter ihrer Entführung steckt. Das ist genau das, wovor sie Angst hatte, seit sie aus diesem Fenster gesprungen ist."

Carly hatte die Hände zu Fäusten geballt, und ihre Lippen waren zu einer Grimasse verzogen. „Dieses Stück Scheiße! Wir lassen ihn damit nicht durchkommen."

„Nein, das werden wir nicht", stimmte ich zu. Kiera war das netteste, aufmerksamste Mädchen, das mir je begegnet war. Sie verdiente nur das Beste. Ich würde bis ans Ende dieser Welt gehen, um sie zu finden und ihren egoistischen Psycho-Ex in seine Schranken zu weisen. Selbst wenn das bedeutete, ihn unter die Erde zu bringen.

„Lassen Sie mich das klarstellen", sagte Hollister. „Sie hat niemandem außer Ihnen davon erzählt, nicht einmal Garrison, weil sie Angst hat, dass ihr Ex sich jeden, der davon weiß, vornehmen könnte?"

„Ja", sagte ich.

Er schnaubte. „Wer zum Teufel ist dieser Ex? Jemand von der Mafia? Oder ein Drogenboss aus Mittelamerika, der sich in unsere Strafverfolgungsbehörden eingeschlichen hat?"

Ich zuckte die Achseln. „Vielleicht? Kiera sagte, sie wisse Dinge, die sie nicht wissen sollte, und dass ihr Ex alles tun würde, um sie zu finden. Sie dachte, nach so vielen Jahren hätte er vielleicht aufgegeben." Tränen brannten in meinen Augen, als ich versuchte, all die schrecklichen Bilder von dem, was Kiera in diesem Moment durchmachte, aus meinem Kopf zu verbannen. „Offenbar hat er das nicht. Jetzt liegt es an uns, sie zu finden."

„Ohne die Cops einzuschalten", sagte Hollister. „Aber was, wenn ich jemanden kenne, dem ich vertraue?"

„Zu gefährlich", sagte ich. „Nicht, solange wir nicht wissen, wer ihr Ex ist. Eine Krähe hackt einer anderen kein Auge aus."

Hollister wirkte nicht überzeugt, aber nach ein paar Sekunden nickte er knapp. „Okay. Wie finden wir heraus, wer ihr Ex ist?"

Ich sah mich im Zirkel um.

Iris hob den Kopf. „Wir haben unsere Methoden, aber das wird ein paar Tage dauern."

Hollister zog skeptisch eine Augenbraue hoch.

„Sie können an uns zweifeln, so viel Sie wollen, aber das ist nicht unser erstes Rodeo, wenn es darum geht, mit mächtigen Leuten umzugehen", sagte Iris und wandte sich an die beiden anderen Zirkelmitglieder. „Könnt ihr morgen kommen? Vielleicht haben Grace, Hope und Gigi dann auch Zeit."

Joy und Carly nickten.

„In der Zwischenzeit …", sagte ich, „Joy, wenn du alles, woran du dich aus deiner Vision erinnerst, aufschreiben würdest, können Hollister und ich versuchen, den Ort zu finden, wo Kiera entführt wurde. Schauen, ob es Hinweise in ihrem Auto gibt. Solche Dinge."

„Klar." Joy kramte in ihrer Handtasche und zog ein Stück Papier und einen Stift hervor. Nachdem sie ein paar Notizen gemacht hatte, reichte sie es mir. Dann wandte sie sich an Hollister. „Haben Sie irgendwas von Kiera, das wir für einen Suchzauber verwenden können?"

„Was zum Beispiel?", fragte er.

„Etwas, das ihr wichtig ist oder das sie normalerweise bei sich trägt", sagte ich.

„Wenn sie es bei sich trägt, warum sollte ich es dann haben?", fragte er, offensichtlich genervt.

„Das ist nur eine der Möglichkeiten", sagte Carly geduldig. „Es kann alles sein, das mit ihrer Essenz durchtränkt ist."

„Ich habe nichts", sagte er. „Aber Garrison dürfte was haben. Ich kann ihn bitten, es per Express zu schicken."

„Das könnte er", sagte Iris. „Aber es wäre morgen nicht hier. Es ist schneller, wenn jemand es holt."

Hollister schnaubte. „Ich könnte zurückfahren, aber ich würde lieber anfangen, nach Kiera zu suchen."

„So sehr ich sofort nach ihr suchen möchte", sagte ich, „ich denke, es ist besser, wenn wir warten, bis die Sonne aufgeht. Im Dunkeln irgendwas zu finden, besonders an der Küste, dürfte so ziemlich unmöglich sein."

Hollister biss die Zähne zusammen. Er war offensichtlich nicht begeistert von dem Plan, aber welche Wahl hatte er? „Ich werde auf dem Rückweg nachsehen, ob ich ihr Auto finde. Ich lasse Sie wissen, wenn ich was sehe."

Es war so gut wie jeder andere Plan. Ich nickte und wandte mich dann an meine Freundinnen. „Ihr macht einen Suchzauber, sobald ihr was von Kiera habt, und bittet Angela, die Ohren offen zu halten?"

Joy nickte. Angela war Hopes Mutter. Sie konnte die Gedanken von Menschen hören, und obwohl das für sie oft überwältigend war, zögerte sie nicht, wenn jemand in Schwierigkeiten war. Joy legte ihre Hand auf Hollisters Ärmel. „Wenn Sie noch aktuellere Bilder von Kiera haben, bringen Sie die bitte auch mit. Ich werde weiter nach Visionen suchen."

„Ja, okay." Hollister speicherte meine Nummer in seinem Handy und stapfte dann zurück zur Straße.

Ich stand mit den Angehörigen des Zirkels da und starrte aufs Meer hinaus. Ohne ein Wort fassten die drei sich an den Händen, und dann griff Iris nach meiner.

Carly stimmte das heidnische Lied „We Do Not Die" an. Ihre Stimme war leise, eindringlich und schön. Das Kribbeln an meiner Wirbelsäule war zurück, und irgendwie schafften es

31

ihre Stimmen, mich mit Hoffnung zu erfüllen, dass wir, auf die eine oder andere Weise, Kiera finden würden, bevor es zu spät war.

KAPITEL 4

*M*ein Haus lag dunkel und still da, als ich endlich die Tür öffnete; mein Körper schmerzte von dem langen Tag. Alles, was ich wollte, war eine Tasse heiße Schokolade und dann mein Bett. Als ich vor sieben Stunden aufgebrochen war, hatte ich gedacht, meine größte Sorge sei, nicht zu viel zu trinken, damit ich am nächsten Tag keinen Kater hätte. Jetzt konnte ich nur noch daran denken, Kiera zu finden, sie nach Hause zu bringen und sicherzustellen, dass ihr Ex ihr nie wieder schaden könnte.

„Hey", sagte eine tiefe Männerstimme aus der Dunkelheit.

„Oh Scheiße! Wer ist da?", rief ich und griff instinktiv in meine Tasche nach dem Dolch. Ich zog ihn heraus, umklammerte den Griff und war überrascht, einen Funken Magie über die Klinge knistern zu sehen.

Schnell flackerte ein Licht auf, und Jax Williams, der Mann, in den ich mein halbes Leben lang verliebt war, stand mit weit aufgerissenen Augen da und starrte fassungslos auf den magiedurchtränkten Dolch in meiner Hand. „Äh, Marion?", fragte er und nickte in Richtung des Dolchs. „Was hast du damit vor?"

„Sorry." Ich legte den Dolch zurück in meine Tasche und stellte die Tasche auf einen Beistelltisch neben der Couch. „Du hast mir einen Riesenschrecken eingejagt. Wie bist du reingekommen? Ich habe nicht einmal deinen Truck vor der Tür gesehen."

„Mein Truck ist in der Werkstatt, also bin ich mit dem Motorrad gekommen. Es steht draußen. Und Ty hat mich reingelassen." Er runzelte die Stirn. „War das okay? Ich habe dir eine Nachricht geschickt, dass ich hier sein würde."

Hatte er? Ich griff schnell nach meinem Handy in meiner Gesäßtasche und fand die ungeöffnete Nachricht. „Verflixtes Handy. Sieht so aus, als hätte ich den Benachrichtigungston nicht gehört. Tut mir leid. Es war ein höllischer Abend, und ich hatte einfach nicht damit gerechnet, dass jemand hier ist."

Er zog eine Augenbraue hoch. „Nicht einmal Tandy? Weil die im Gästezimmer ist."

Ich warf einen schnellen Blick den Flur hinunter, der zu Tys altem Zimmer führte. Ty war in jeder Hinsicht mein Adoptivsohn – außer vor dem Gesetz. Er und sein Freund waren vor ein paar Tagen in die Wohnung über der Garage gezogen, aber sie kamen immer noch rüber, um mit mir zu essen und den Kühlschrank zu plündern. „Ehrlich gesagt hatte ich vergessen, dass Tandy für ein paar Tage hier ist. Wie gesagt, es war ein furchtbarer Abend."

„War die Party so schlimm? Tandy war ein bisschen beschwipst, als sie reingestolpert kam, also habe ich keinen ausführlichen Bericht bekommen. Oder überhaupt irgendwas Zusammenhängendes." Er breitete die Arme aus und lud mich in seine Umarmung ein. Ich zögerte nicht. Nach dem Abend, den ich hinter mir hatte, wollte ich einfach nur in seine Arme sinken und für ein paar Stunden die Welt vergessen.

„Es war ... genau so, wie man's erwarten würde", sagte ich, legte die Arme um ihn und schmiegte mich an seine Schulter. „Weitgehend unbekleidete Männer, die getanzt haben, während die Frauen gekreischt und mit Geld um sich geworfen haben. Lennon schien Spaß zu haben, und das ist alles, was zählt."

Jax hielt mich fest, und ich schmolz einfach in ihn hinein, dankbar für seine Umarmung. „Was ist los? Was ist passiert?"

Ich hatte nicht vor, ihm von Kiera zu erzählen, denn ich hatte ihr geglaubt, als sie gesagt hatte, dass jeder, der von ihrem Ex wusste, automatisch in Gefahr war. Nachdem ich sie kennengelernt hatte, wusste ich, dass sie nicht der hysterische Typ war. Sie lebte ein zurückgezogenes Leben und nahm das Meiste gelassen. Aber eine Erwähnung ihres Ex, und sie spannte sich sofort an.

Das Letzte, was ich wollte, war, Jax in Gefahr zu bringen. Aber wie konnte ich ihm das vorenthalten? Wenn ich alles in meiner Macht Stehende tun würde, um sie zu finden, konnte ich ihn nicht im Dunkeln lassen. Nicht, wenn das mit uns wirklich klappen sollte. Als Partnervermittlerin wusste ich natürlich, dass Lügen oder Verschweigen der schnellste Weg waren, eine Beziehung gegen die Wand zu fahren. Außerdem lag es nicht in meiner Natur, Dinge vor ihm zu verbergen.

„Komm, setzen wir uns", sagte ich und zog ihn mit zur Couch. Nachdem wir es uns gemütlich gemacht hatten, drehte ich mich zu ihm. „Was ich dir gleich erzähle, könnte dich in Gefahr bringen. Aber wenn du mit mir zusammen sein willst, denke ich, dass ich es dir sagen muss, damit du selbst entscheiden kannst, was du tun willst."

Er kniff die Augen zusammen. „Welche Entscheidungen? Die Entscheidung, mit dir zusammen zu sein oder nicht?"

Ich schluckte schwer und nickte. „Ja. Es gibt ... etwas, an dem ich vor ein paar Jahren beteiligt war, macht mich heute zu einer möglichen Zielscheibe. Ich dachte, es wäre vorbei, aber ich habe heute erfahren, dass es das nicht ist. Wenn die beteiligten Leute hinter mir her sind, werden sie auch die Menschen angreifen, die mir nahestehen."

„Du weißt, dass ich jetzt nicht einfach abhaue, oder?" Er ergriff meine Hand und verschränkte seine Finger mit meinen. „Vor allem nicht, wenn du in Gefahr bist. Ich denke, du musst mir sagen, was dich beschäftigt, Marion."

Ich hatte gewusst, dass er das sagen würde, aber ich musste ihm die Wahl lassen. Ich schloss für einen Moment die Augen und erzählte ihm dann alles. Von dem Tag, an dem ich diese Fremde aus dem Kaff in Utah bis nach L.A. mitgenommen hatte. Dass sie mir gerade genug über ihre Situation erzählt hatte, damit ich die Gefahr verstand, der sie ausgesetzt war, aber nicht genug, um genau zu wissen, vor wem sie geflohen war oder wie groß die Gefahr wirklich war. Und dann von Hollisters Besuch und was Joy gesehen hatte.

Jax schwieg und ließ alles, was ich gesagt hatte, auf sich wirken.

Meine Nerven waren zum Zerreißen gespannt, während ich darauf wartete, dass er etwas sagte. Irgendwas. Würde das der Moment sein, in dem er ging? War ich in etwas so Großes hineingeraten, dass er nichts damit zu tun haben wollte? Niemand wollte auf dem Radar von jemandem sein, der mit den richtigen Kontakten dein Leben zur Hölle machen konnte.

„Du bist unglaublich. Weißt du das?", sagte er fast ehrfürchtig.

„Ähm, was?", fragte ich, überrascht. Mit dieser Reaktion hatte ich nicht gerechnet.

„Du hast jemandem geholfen, den du nicht einmal gekannt hast, einer gefährlichen Situation zu entkommen, hast sie aufgenommen und warst dann jahrelang für sie da, als sie niemanden sonst hatte. Die meisten Menschen würden das nicht tun, Marion." Er streckte die Hand aus und strich mir zärtlich eine Strähne meiner roten Haare hinters Ohr. „Natürlich wirst du diesem Hollister helfen, sie zu finden. Du wärst nicht du, wenn du es nicht tätest."

Tränen brannten in meinen Augen, und ich blinzelte sie schnell weg. „Ich bin sicher, viele hätten getan, was ich getan habe."

„Wohl kaum. Ich habe gelernt, dass die meisten Leute einfach ihr bequemes Leben führen und sich nicht mit irgendwas auseinandersetzen wollen, das eine Bedrohung für ihre sichere kleine Blase sein könnte. Das ist nicht unbedingt falsch; es bedeutet nur, dass die meisten Menschen einen Fremden nicht an erste Stelle setzen würden."

„Ich konnte sie nicht einfach da zurücklassen. Ich hätte nicht mit mir selbst leben können."

„Ich weiß. Und das ist einer der Gründe, warum du eine ganz besondere Frau bist. Einer der vielen Gründe, warum ich mit dir zusammen sein will – unabhängig davon, ob unsere Auren zusammenpassen oder nicht. Das ist mir schnurzegal. Mir geht es um dich und die Person, die hier drin steckt." Er berührte mit den Fingern meine Brust, direkt über meinem Herzen. „Du bist ein guter Mensch, Marion, und ich werde alles tun, um dir zu helfen, deine Freundin zu finden."

„Oh, nein. Das musst du nicht", sagte ich automatisch.

Er zog beide Augenbrauen hoch und lehnte sich ein Stück zurück. „Du denkst doch nicht, dass ich einfach zusehe, während du dich in Gefahr bringst, oder? Denn ich sage dir gleich, das kannst du vergessen."

„Nein, ich …" Ich schüttelte den Kopf. „Ich will nur nicht, dass du in die Schusslinie gerätst."

„Ich bin Feuerwehrmann, Marion. Ich denke, ich komme zurecht", sagte er mit einem sanften Lächeln.

Ich kicherte leise. „Ja, okay. Aber wenn dir etwas passiert …" Ich schüttelte den Kopf, legte beide Hände an seine Wangen und beugte mich vor, um ihn zu küssen. Dieser Mann war alles für mich. Der Gedanke, ihn zu verlieren, ließ meine Brust schmerzen.

„Mir geht's genauso, Marion", sagte er leise, bevor er mich an sich zog und den Kuss vertiefte.

Ich war atemlos, als er sich schließlich zurückzog.

Jax schmunzelte mich an. „In der Küche steht Essen. Möchtest du was?"

„Essen?" Meine Stimme war ein bisschen heiser, belegt von dem Verlangen, das er in mir geweckt hatte.

„Manicotti", sagte er. „Aber wenn du Appetit auf was anderes hast …" Er wackelte mit den Augenbrauen, und zeigte sehr deutlich, was er glaubte, worauf ich Appetit hatte.

Kichernd stand ich auf und streckte ihm die Hand entgegen. Als wir in die Küche gingen, sagte ich: „Du weißt, dass Manicotti das Letzte ist, was ich essen sollte, oder?"

„Ein bisschen Pasta und Käse werden dich schon nicht umbringen."

Das dachte er. Ich konnte schon spüren, wie die Fettzellen an meinen Oberschenkeln wuchsen, nur bei dem Gedanken, die käsige Köstlichkeit weit nach Mitternacht zu verschlingen. Das würde mich aber nicht aufhalten. Ich liebte Manicotti, und Jax wusste das.

„Sag mir, dass es auch Wein dazu gibt", sagte ich, als ich

mich an meinen Tisch setzte, der schon für zwei eingedeckt war.

Jax zauberte eine Flasche Rotwein hervor und füllte ein Glas für mich. „Kein italienisches Essen ohne Wein."

Ich lächelte zu ihm auf. „Du bist der Beste. Das weißt du, oder?"

Er schenkte mir ein verschmitztes Grinsen. „Mein Bestes zeige ich dir nach dem Essen."

Die Hitze war zurück, und brodelte in meinem Bauch. „Versprochen?"

Jax setzte sich neben mich, legte seine Hand in meinen Nacken und beugte sich vor, dann strich er mit seinen Lippen über meine. „Versprochen", flüsterte er.

Ein Schauer von Vorfreude glitt über meine Haut, und plötzlich hatte ich kein Interesse mehr an den Manicotti. Alles, was ich wollte, war, mich in Jax zu verlieren. Ihn die ganze Sorge und Angst vertreiben zu lassen, die mich angetrieben hatten, seit Hollister aufgetaucht war.

Doch bevor ich verlangen konnte, dass er mich ins Schlafzimmer bringt und mir alle Kleider vom Leib reißt, lehnte er sich in seinem Stuhl zurück und wandte seine Aufmerksamkeit dem Essen vor uns zu. „Darauf habe ich gewartet, seit deine Tante Lucy es heute Morgen vorbeigebracht hat."

„Lucy hat das gemacht?", fragte ich und musste lächeln, als ich an meine Tante dachte.

„Ja. Sie sagte, sie habe eins für deinen Dad gemacht und dass es ganz einfach war, eine zweite Ladung für ihre Lieblingsnichte zu machen."

Alle Gedanken, das Abendessen auszulassen, um ins Schlafzimmer zu flüchten, waren verschwunden. Es gab kein

Zurück von Tante Lucys Manicotti. Die Frau war ein Genie, wenn es um italienische Küche ging.

Wir waren auf halbem Weg durch unser Essen, als Jax sagte: „Ich komme morgen mit, wenn du nach Kieras Auto suchst."

„Nein. Das ist keine gute Idee", sagte ich automatisch.

„Warum?", fragte er und musterte mich.

„Weil ... Jax", seufzte ich genervt. „Wie ich schon gesagt habe: Ich will nicht, dass du zur Zielscheibe wirst."

„Dann ist es auch keine gute Idee, dass du gehst. Ruf diesen Hollister-Typen an und sag ihm, dass er auf sich allein gestellt ist", sagte er mit einem Schulterzucken, als wäre die Diskussion beendet.

„Jax! Du weißt, dass ich das nicht tun werde." Ich presste die Finger an meine Schläfen, und versuchte, die aufziehenden Kopfschmerzen abzuwehren.

„Dann sieht es wohl so aus, als würden wir beide gehen." Er setzte ein gezwungenes Lächeln auf und schaufelte einen weiteren Bissen Manicotti in sich hinein.

„Verdammt, Jax. Wirklich jetzt? Du wirst da nicht nachgeben, oder?"

Er schüttelte den Kopf. „Nein."

„Na gut. Wir treffen uns um sieben im *Bird's Eye Café*."

„Ich bin bereit, wenn du es bist." Er legte seine Hand auf meine und drückte sie. „Na also. War doch gar nicht so schwer, oder?"

Ich knurrte genervt. Und obwohl ich verzweifelt wollte, dass er sich aus dieser Situation heraushielt, damit ihm nichts zustieß, war ich tief im Inneren froh, dass er an meiner Seite wäre.

KAPITEL 5

„*B*ereit?", fragte ich Jax. Ich war hundemüde, und ohne eine ordentliche Kaffee-Infusion würde ich immer noch orientierungslos durch die Gegend stolpern. Ich kam nicht gut mit unter fünf Stunden Schlaf zurecht.

„Ja." Er legte seine Hand an meinen Rücken und führte mich zur Haustür hinaus.

Der Himmel war tiefviolett – ein Zeichen, dass die Sonne bald aufgehen würde – und ein Hauch von Meersalz lag in der sanften Brise. Es war genau die Art von Morgen, die perfekt für einen Spaziergang am Strand war. Der Gedanke brachte mich zurück zu Kiera und ihre letzten Stunden, bevor sie entführt worden war. Was hatte sie an diesem Strand gemacht? Auf wen hatte sie gewartet? Und warum war sie nach Norden in Richtung Premonition Pointe unterwegs gewesen?

Nichts davon ergab Sinn. Hatte sie Garrison nicht gesagt, sie wolle ihr Hochzeitskleid abholen? Warum war sie dann den ganzen Tag die Küste hochgefahren? Sicherlich hätte sie ihr Kleid doch in einem Geschäft in der Nähe gekauft. Davon war ich überzeugt. Garrison hätte gewusst, wenn sie so weit aus der Stadt gefahren wäre. Es ergab einfach alles keinen Sinn. Wenn sie auf dem Weg zu mir gewesen wäre, hätte sie mir sicher Bescheid gegeben.

„Dann geh doch einfach!", rief jemand, kurz bevor eine Tür zuschlug.

Ich drehte mich um und sah Ty oben auf der Treppe, die zur Garagenwohnung führte. Er hielt einen Weekender und eine Hundetransporttasche in der Hand und starrte auf die Haustür. „Kennedy!", rief er. „Jetzt komm schon. Es ist nur ein Vorstellungsgespräch."

Es kam keine Antwort.

„Was ist denn da los?", fragte Jax mich.

Ich schüttelte den Kopf. „Keine Ahnung." Ich drückte den Entriegelungsknopf an meinem Schlüsselanhänger. Das Auto gab ein gedämpftes Hupen von sich, und die Lichter blinkten.

Ty drehte sich zu uns um, senkte den Kopf und kam schnell die Treppe herunter. Er blieb neben mir stehen.

„Alles okay?", fragte ich ihn.

Er schüttelte den Kopf. „Scheinbar nicht. Kennedy ist sauer, weil ich heute Nachmittag ein Vorstellungsgespräch für ein Projekt in L.A. habe."

Ein Stich traf mich direkt in die Brust. „Überlegst du, zurückzuziehen?"

Er schüttelte den Kopf. „Nein. Es ist ein Soundstagejob. Nur vier Wochen, aber es ist für eine große Filmgesellschaft. Ich kann das nicht ablehnen, wenn sie es mir anbieten."

Ty hatte Tontechnik studiert und an einer Reihe unabhängiger Projekte gearbeitet. Aber er konnte nach Premonition Pointe ziehen, weil er das Sounddesign für viele Videospiele machte und das von zu Hause aus tun konnte. Sein wahres Ziel war jedoch, an Filmen zu arbeiten.

Mir fiel ein Stein vom Herzen. Die Wahrheit war, dass ich es wirklich liebte, ihn in der Nähe zu haben, und froh war, dass er über meiner Garage wohnte. Ich würde immer das Leben unterstützen, das er führen wollte – aber wenn er in der Nähe bleiben wollte, würde ich nicht klagen. Ich lächelte ihn an. „Das klingt vielversprechend. Warum ist Kennedy so sauer deswegen?" Ich deutete auf die Hundetransporttasche, in der sein Yorkiemädchen ihren Kopf gegen das Netz drückte. „Und warum nimmst du Paris Francine mit, wenn es doch nur ein Vorstellungsgespräch ist?"

„Kennedy ist angepisst, weil er sagt, er will nicht zurück nach L.A., und wenn ich gehe, müsste er sich was anderes suchen. Ich habe versucht, ihm klarzumachen, dass er einfach hierbleiben kann, aber er sagt, er kann dich nicht so ausnutzen. Er meint, wenn ich den Job bekomme, kann ich gleich dableiben und Paris mitnehmen, weil er sich nicht um sie kümmern kann, wenn er auszieht."

Ich runzelte die Stirn, als ich das Licht oben in der Garagenwohnung brennen sah. „Niemand nutzt mich aus."

Ty schüttelte den Kopf. „So sieht er das nicht. Egal, was ich sage, er scheint zu denken, dass er hier nicht bleiben kann, wenn ich nicht da bin."

„Ich rede mit ihm", sagte ich, legte eine Hand auf Tys Arm und drückte sanft. „Fahr zu deinem Vorstellungsgespräch und hau sie von den Socken. Ich bin sicher, Tandy hat nichts dagegen, wenn du wieder in ihrem Gästehaus wohnst, falls du den Job bekommst. Und sie liebt Hunde, also wird Paris kein Problem sein."

Er lächelte. „Sie hat es gestern Abend schon angeboten. Aber sie war betrunken, also …"

Ich lachte. „Du weißt, dass sie es ernst gemeint hat. Los.

Fahr. Und ruf mich an, wenn du da bist, damit ich weiß, dass du sicher angekommen bist."

„Mach ich." Er seufzte, als er noch einmal zur Garagenwohnung zurückblickte, dann beugte er sich vor und küsste mich auf die Wange. „Danke, Mama Marion. Ich wüsste nicht, was ich ohne dich machen würde."

„Mir geht's genauso, Kleiner." Ich umarmte ihn schnell und sah zu, wie er Paris auf dem Rücksitz verstaute, dann in sein Auto stieg und davonfuhr.

Zehn Minuten später betraten Jax und ich das *Bird's Eye Café* und stellten uns zum Bestellen an. Ich entdeckte Hollister sofort. Er saß am Fenster mit einem Pappbecher in der Hand und sah mich finster an. „Er ist hier", sagte ich und wies in seine Richtung.

„Geh du schon rüber. Ich hol' dir deinen Kaffee und einen Muffin", sagte Jax.

Ich drückte ihm einen schnellen Kuss auf die Wange und ging zu Hollister.

„Wer ist das?", fragte er und starrte Jax an.

„Jax Williams. Er kommt heute mit uns." Ich setzte mich Hollister gegenüber und ignorierte das Kribbeln an meiner unteren Wirbelsäule. Ich war mir nicht sicher, warum das immer dann passierte, wenn ich in Hollisters Nähe war. Er hatte heute dunkle Ringe unter den Augen, und er brauchte dringend eine Rasur.

„Sieht aus, als hätte jemand Kieras Warnung nicht ernst genommen", sagte er und musterte Jax genauso finster wie mich. „Ist dieser Mann Ihr Freund?"

„Ja." Es gab keinen Grund für weitere Erklärungen.

„Ich fahre." Hollister stand auf und ging zur Tür.

„Warten Sie nicht einmal, bis wir unseren Kaffee haben?",

fragte ich, folgte ihm und signalisierte Jax, dass wir draußen sein würden.

„Wenn Sie pünktlich gewesen wären, müssten wir dieses Gespräch nicht führen." Er entriegelte seinen BMW und nahm auf dem Fahrersitz Platz.

Jax kam mit einer Papiertüte und zwei Kaffeebechern aus dem Café. Seine Schultern waren angespannt, und er hatte ein finsteres Gesicht.

„Etwas stimmt nicht", sagte ich und musterte sein Gesicht. „Was ist?"

„Ich habe gerade einen Anruf bekommen. Es gab einen Unfall auf einer meiner Baustellen. Ich muss hin." Er gab mir die Papiertüte und einen Kaffee. „Ich will wirklich nicht, aber ich habe keine Wahl."

„Ich verstehe", sagte ich, Erleichterung und Bedauern rangen in meinem Magen. „Geh. Nimm mein Auto." Ich gab ihm die Schlüssel meines SUV. „Mr. Stimmungskanone da drin besteht sowieso darauf zu fahren. Ich lasse mich später von ihm zu Hause absetzen."

Jax nahm die Schlüssel, gab mir einen schnellen Kuss und sagte mir, ich solle vorsichtig sein, dann eilte er davon.

Ich glitt auf den Beifahrersitz, und noch bevor ich meinen Sicherheitsgurt angelegt hatte, raste Hollister vom Parkplatz. Ich warf ihm einen finsteren Blick zu. „Es hilft niemandem, wenn wir sterben."

„Ja, Mr. Stimmungskanone", protestierte Celia, die auf dem Rücksitz auftauchte. „Wenn du meine Chefin tötest, werde ich dich so sehr heimsuchen, dass du nicht mal ohne Publikum pinkeln kannst."

„Celia? Was machst du hier?", fragte ich den Geist überrascht.

„Auf dich aufpassen. Was denkst du, was ich tue?", fragte sie ungläubig. „Jemand muss sicherstellen, dass du nicht über eine Klippe ins Meer geworfen wirst."

„Dann sollte ich wohl Danke sagen", bemerkte ich trocken.

Hollister warf Celia einen Blick zu und dann mir. „Mr. Stimmungskanone?"

„Der betroffene Hund bellt …", sagte Celia und ließ sich genüsslich in das weiche Leder sinken.

„Gehört dieser Geist Ihnen?", fragte Hollister.

„So in der Art. Sie arbeitet für mich", sagte ich und versuchte, mich in den Sitz zu entspannen, während er beschleunigte und eine Kurve nahm, als würde er am Indy 500 teilnehmen.

„Warum überrascht mich das nicht?"

Ich war mir nicht sicher, was er damit meinte, beschloss jedoch, nicht zu fragen. „Haben Sie was von Garrison bekommen, das der Zirkel für einen Suchzauber verwenden kann?"

„Handschuhfach", sagte er.

„Wow, eine echte Quasselstrippe", schnaubte Celia und steckte ihren Kopf zwischen die Vordersitze.

„Was soll ich auch sagen?", fragte Hollister. „Willst du, dass ich poetisch über das Medaillon schwärme, das Garrison ihr zum ersten Jahrestag gekauft hat? Oder die Tatsache, dass sie es sonst nie abnimmt – aber kaum verlässt sie die Stadt, ohne jemandem Bescheid zu sagen, lässt sie es plötzlich auf ihrer Kommode liegen. Oder dass Garrison sich jetzt deswegen fragt, ob sie ihn verlassen hat?"

„Zum Beispiel", sagten Celia und ich gleichzeitig.

„Das alles ist wichtig", erklärte ich. „Warum hat sie es abgenommen, wenn sie es normalerweise nicht tut?"

„Woher zum Teufel soll ich das wissen?", schnauzte Hollister.

„Ich habe nicht erwartet, dass Sie die Antwort wissen", knurrte ich, während ich die Information in mein Handy tippte. Es war ein weiterer Hinweis. Ich wusste nicht, wie es mit ihrem Ausflug in Richtung Premonition Pointe zusammenhing, aber selbst ich musste zugeben, dass es nicht gut aussah. Was, wenn sie Zweifel bekommen und Garrison verlassen hatte? Was, wenn sie zu viel Angst hatte, dass sie ihn durch die Hochzeit in Gefahr bringen würde? Sie könnte kalte Füße bekommen haben. Vielleicht wusste sie, dass ihr Ex ihr auf den Fersen war, und war deshalb verschwunden. Ich presste eine Hand auf meinen Bauch, versuchte, dem Grauen Einhalt zu gebieten, das in mir brodelte. Diese Theorie war mehr als plausibel.

Wir fuhren die Küste hinunter, während Celia Hollister mit Fragen löcherte, von denen er die meisten ignorierte.

„Du musst ganz gut Kohle machen, wenn du dir so ein Auto leisten kannst", bemerkte sie.

Er grunzte, bestätigte oder verneinte ihre Beobachtung aber nicht.

„Ich wette, die Mädels fliegen auf dich. Du bist gerade ein bisschen kratzig, aber dieser Bartschatten gestern Abend …" Sie presste die Fingerspitzen auf ihre Lippen und küsste sie. „Perfektion. Ich würd' was drum geben, diese Wange auf der Innenseite meiner Oberschenkel zu spüren."

Hollister hustete, während er sie im Rückspiegel musterte.

„Celia", sagte ich in warnendem Ton. „Hast du nicht schon jemanden, den du so quälen kannst? Was ist mit Danny passiert?"

„Oh, der ist schon da. Er hat nur nicht so viel Energie wie

ich, also muss ich mich woanders austoben, während er sich auflädt."

„Und das muss hier sein?", fragte Hollister.

Ich kicherte, weil es genau das war, was ich gedacht hatte.

Celia schnaubte uns beide an. „Ihr werdet es bereuen, mich angeschnauzt zu haben, wenn ich das für euch löse."

„Wahrscheinlich", sagte ich, da ich wusste, wie nützlich der Geist sein konnte.

Hollister warf mir einen skeptischen Blick zu.

„Hey, es ist praktisch, jemanden zu haben, der nach Belieben sichtbar oder unsichtbar werden und Leute belauschen kann. Wenn wir eine Spur haben, wer Kiera entführt hat, können wir Celia losschicken. Sie ist sowas wie eine Geheimwaffe."

„Eine hochgradig nervige", sagte Hollister und ging bei der nächsten Abzweigung vom Gas.

„Du wirst es noch bereuen, dass du das gesagt hast", schnaubte Celia und löste sich in Luft auf.

Ich kicherte. „Das ist eine Art, sie loszuwerden. Sie haben Glück. Ich hatte nie solchen Erfolg."

„Sie sind wirklich eine Heilige, wenn Sie das ständig ertragen müssen", sagte er, als wir aus dem Fahrzeug stiegen.

„Nicht wirklich. Sie wächst einem ans Herz."

„Das bezweifle ich." Hollister sah sich um und ging dann zum Rand.

Ich folgte ihm und sah schnell, dass es keinen einfachen Weg hinunter zum Strand gab. „Das ist nicht der Ort, an dem Kiera gehalten hat."

Hollister stimmte meiner Einschätzung zu. Nach vier weiteren kurzen Pausen fanden wir endlich einen Strand, der plausibel erschien.

„Da ist aber kein Imbisswagen", sagte ich und kniff die Augen zusammen, während ich den Parkplatz betrachtete.

„Das heißt nicht, dass vor drei Tagen keiner hier war", sagte er.

„Stimmt." Wir liefen herum und suchten nach ... nun, ich weiß nicht, wonach wir suchten. Irgendetwas, das uns einen Hinweis geben könnte, dass Kiera hier gewesen war. Nachdem wir den Parkplatz abgesucht und dann den Strand hinuntergelaufen waren, machten wir uns auf den Weg zurück zu Hollisters Auto. Ich wollte gerade wieder einsteigen, als ein Wohnmobil, das am nördlichen Ende des Platzes geparkt hatte, langsam zurück auf den Highway fuhr.

„Moment!", sagte ich und ging zu den Müllcontainern, die hinter dem Wohnmobil versteckt gewesen waren.

Hollister folgte mir und brummte vor sich hin, dass er keine Zeit verschwenden wollte.

Ich hob die Hand und gab ihm ein Zeichen, kurz zu warten. Dann deutete ich auf den Müll am Boden. „Sehen Sie das?"

Hollister ging in die Hocke und hob einen Pappbecher auf, auf den ein stilisiertes J gedruckt war.

„Der stammt von diesem Imbisswagen. Er war entweder hier, oder jemand hat diesen Becher beim nächsten Stopp entsorgt", sagte ich. Ohne auf eine Antwort zu warten, schob ich den Deckel des Müllcontainer auf und spähte hinein. „Volltreffer."

„Kein Witz." Hollister benutzte einen Stock, um durch den Haufen von Lebensmittelverpackungen und Pappbechern zu wühlen. Es gab keinen Zweifel, dass der Imbisswagen kürzlich hier gewesen war.

„Schade, dass er heute nicht hier ist", sagte ich.

„Wir können weiter nach ihm suchen", schlug Hollister vor.

Ich nickte. Wir verbrachten die nächsten zwei Stunden

damit, die Küste auf und ab nach diesem Imbisswagen zu suchen – ohne Erfolg. Auf den anderen Parkplätzen gab es nicht einmal weggeworfene Lebensmittelverpackungen.

Wir machten uns auf den Weg zurück zu dem Parkplatz, auf dem wir den Müll des Imbisswagens gefunden hatten. „Ich denke, es ist ziemlich klar, dass sie hier angehalten hat", sagte ich.

„Das denke ich auch, aber ich bin mir nicht sicher, wie uns das hilft. Sie ist nicht hier, und es gibt niemanden, den wir fragen können, ob er sie gesehen hat", sagte Hollister.

„Das bedeutet, dass wir anfangen können, nach dem Straßenabschnitt zu suchen, wo Kiera verschwunden ist. Sehen, ob es dort irgendwelche Spuren gibt." Ich deutete auf die Straße. „Fahren Sie nach Norden. Ich halte die Augen offen."

„Wir sind diese Straße jetzt schon ein paar Mal rauf und runter gefahren. Wenn ihr Auto am Straßenrand geparkt wäre, denken Sie nicht, dass wir es inzwischen längst gefunden hätten?"

„Vielleicht, aber was sollen wir sonst tun? Aufgeben?", schnauzte ich ihn an, über alle Maßen frustriert. Ein Lichtblitz, der aussah, als käme er von meinen Füßen, erleuchtete das Auto.

„Was zum Henker war das?" Hollister stellte das Auto ab und starrte auf meine Füße.

Ich starrte auch – mit weit aufgerissenen Augen. Das Licht war aus meiner Tasche gekommen. Genauer gesagt, es war vom Dolch gekommen, den ich in meiner Tasche gelassen hatte. Hey, wenn ich durch die Gegend rennen und eine Entführte aufspüren soll, ist eine Waffe doch wohl keine schlechte Idee, oder? Als ich die Tasche aufhob, leuchtete die blaue Klinge hell im schwachen Licht des Autos.

„Heilige Scheiße." Hollister sprang heraus und kam auf meine Seite. Nachdem er die Tür aufgerissen hatte, zog er mich zusammen mit meiner Tasche heraus. „Der Dolch will Ihnen was sagen."

Ich spähte in meine Tasche. „Was meinen Sie mit, er will mir was sagen? Er leuchtet einfach blau. Das tut er seit letzter Nacht."

„Aber nur, wenn Sie ihn berührt haben, oder?", fragte er.

Ich dachte zurück und nickte dann. „Ja, schätze schon. Was macht das für einen Unterschied?"

„Der Unterschied ist, dass der Dolch seine Energie von dem bezieht, der ihn berührt. Wenn Sie ihn nicht berühren, bekommt er die Energie von was anderem. Irgendwas Magischem in der Luft. Er sagt Ihnen, dass hier vor Kurzem jemand einen Zauber benutzt hat."

Ich holte scharf Luft. „Sie denken, wer auch immer Kiera entführt hat, ist eine Hexe?"

„Könnte sein. Oder vielleicht ist es nur Zufall, aber ich bin nicht der Typ, der sowas abtut. Wenn es aussieht wie eine Ente und watschelt wie eine Ente ... Sie wissen schon."

Das tat ich. Ich war auch nicht der Typ, der Dinge als Zufall abtat. Vor allem, wenn es um Magie ging. „Okay. Wir könnten einen Zauber versuchen, um die Magie dazu zu bringen, sich zu zeigen."

„Können Sie das?", fragte er fasziniert.

„Nein. Oder zumindest glaube ich das nicht. Ich habe es noch nie versucht. Meine Kraft war immer ziemlich auf das Lesen von Auren beschränkt", antwortete ich ehrlich. „Aber irgendwas sagt mir, dass Sie es können."

Er schüttelte den Kopf. „Leider nein. Das gehört nicht zu meinem Repertoire." Er betrachtete den Dolch, der noch immer in meiner Tasche lag, und fügte hinzu: „Ihre Kraft ist nicht mehr nur auf das Lesen von Auren beschränkt." Er nickte zum Dolch. „Nehmen Sie ihn – und bitten Sie ihn, Ihnen zu zeigen, was hier kürzlich an Magie gewirkt wurde."

Ich war ziemlich sicher, dass das Zeitverschwendung war – aber ich wollte weiter, Kieras Auto finden und nach weiteren Hinweisen suchen, also beschloss ich, es einfach zu tun. Was war das Schlimmste, was passieren konnte? Nichts?

Wenn es doch so einfach gewesen wäre. Wie naiv ich war.

KAPITEL 6

*W*ährend sich die Wellen am Strand brachen, stand ich mit dem Rücken zum Meer und hielt den Dolch vor mir. Die Sonne glitzerte auf der leuchtend blauen Dolchspitze und warf einen gleißenden Lichtstrahl über die grasbewachsene Klippe. Der Parkplatz lag links, eine felsige Klippe rechts, und die Straße vor mir. Ich war die Gegend abgelaufen und genau dort stehen geblieben, wo ich das Kribbeln an meiner Wirbelsäule am stärksten gespürt hatte.

Ich wusste nicht warum, aber dieses Kribbeln war zu einer Art magischem Leuchtfeuer geworden, und obwohl meine Fähigkeit, Auren zu lesen, fast ganz verschwunden war, begann ich zu überlegen, ob ich Pixie, der Frau, die mich verflucht hatte, danken sollte. Auch wenn ihr Fluch meine Arbeit als Partnervermittlerin erschwerte, hatte er mir offenbar die Gabe der Intuition verliehen – und das war auch nicht zu verachten.

Mit ruhiger Stimme – genau wie ich es beim Zirkel gesehen hatte, wenn sie ihre Magie im Zirkelkreis wirkten –

rief ich: „Göttin des Ozeans, höre meinen Ruf! Mit der Kraft, die mir und diesem Dolch verliehen wurde, zeige mir die Zauber, die auf diesem Land gewirkt wurden!"

Der Dolch sprühte vor Magie, ein Strom knisterte über die Klinge und dann den Griff, bis die Kraft direkt in meine Fingerspitzen zu strömen schien. Die Magie fuhr wie ein Blitzschlag durch meine Wirbelsäule, zwang mich, den Rücken durchzudrücken, und schleuderte meine Arme in die Luft, während der Dolch über mir schwebte.

„Heilige Scheiße", hörte ich jemanden sagen.

Ich dachte, es musste Hollister gewesen sein, aber ich konnte ihn nicht sehen. Ich konnte gar nichts sehen. Zuerst wurde alles schneeweiß, dann völlige Dunkelheit.

Jemand schrie. War ich das? Ich war mir nicht sicher.

Statisches Rauschen dröhnte in meinen Ohren, und ich fragte mich, ob es sich so anfühlte zu sterben. Ich hatte den Kontakt zur Realität verloren. Ich spürte meine Gliedmaßen nicht mehr – alles um mich war pures Chaos.

Gesichter flackerten vor meinem inneren Auge: Ty. Lucy. Mein Dad. Tandy. Und Jax.

„Jax ...", flüsterte ich.

„Ich bin hier, Marion", sagte jemand, aber ich wusste mit Sicherheit, dass es nicht mein Jax war. Nicht der Mann, auf den ich mein ganzes Leben lang gewartet hatte. „Ich hab' Sie", sagte er.

Hektisch wandte ich den Kopf und suchte nach der Stimme – aber ich konnte sie nirgends ausmachen. Ein Hauch Lavendel stieg mir in die Nase – erst zart, dann so überwältigend, dass mir übel wurde.

„Göttin des Meeres!", rief die Stimme. „Befreie Marion aus diesem Bann! Bring' sie zurück zu ihren Lieben! Löse den Zauber!"

Plötzlich wich die Dunkelheit – und ohne die starken Arme, die mich auffingen, wäre ich einfach zusammengesackt. Meine Beine waren zu schwach, um mich zu tragen.

„Marion?", fragte die Stimme panisch. „Geht's Ihnen gut? Sehen Sie mich an."

Ich blinzelte in das besorgte Gesicht eines Mannes, vertraut, aber einordnen konnte ich ihn nicht. Der Lavendelduft war schwächer geworden, aber nicht ganz verschwunden.

„Hey", sagte er sanft und strich mir eine Haarsträhne aus den Augen. „Jetzt ist alles okay. Versprochen."

„Wer …?", begann ich, schüttelte dann aber den Kopf. Ich wusste, wer er war; ich konnte mich nur nicht an seinen Namen erinnern. Wie hieß er, verdammt nochmal?

„Alles ist gut. Sie sind in Sicherheit", sagte der Mann beruhigend. „Der Zauber hat Ihr Kurzzeitgedächtnis durcheinandergebracht. Es kommt gleich zurück. Das passiert, wenn ein Chaoszauber ausgelöst wird."

„Chaoszauber?", wiederholte ich heiser.

Der Mann trug mich über ein Stück Asphalt, und als wir ein schwarzes Auto erreichten, setzte er mich sanft ab. Meine Knie gaben sofort nach.

„Uff", schnaubte ich, während ich sein Hemd packte. „Meine Beine fühlen sich an wie Wackelpudding."

„Ja, das sehe ich." Er riss die Autotür auf und half mir behutsam hinein. Nachdem er mich angeschnallt hatte, drückte er mir eine Wasserflasche in die Hand und sagte: „Trinken Sie."

Ich gehorchte und trank die halbe Flasche aus, bevor ich nach Luft schnappte. Mein Kopf begann sich zu klären, aber mein Herz raste immer noch. Wenigstens war die Übelkeit verschwunden, zusammen mit dem penetranten Lavendelduft.

Ich sah mich hektisch nach dem Dolch um und fand ihn am Boden, doch das blaue Leuchten war weg. „Was ist da eben passiert?"

Hollister legte den Gang ein und fuhr auf die Autobahn, Richtung Norden.

„Sie haben einen Zauber ausgelöst, der in diesem Parkplatz gewirkt wurde. Er war wirklich stark, also vermute ich, dass es noch nicht lange her ist. Zwei oder drei Tage, nicht mehr."

„Das war ein Zauber? Und was genau sollte er bewirken?", fragte ich und trank noch einen Schluck Wasser. Mit jedem Schluck ließ das dumpfe Pochen in meinem Schädel mehr nach.

„Es war ein Chaoszauber. Das ist ein Zauber mit dem Ziel, Menschen dazu zu bringen, zu vergessen, was sie in der näheren Umgebung gesehen haben."

„Zum Beispiel, dass jemand entführt wurde?", fragte ich und runzelte die Stirn. „Aber das ist nicht da passiert."

„Genau. Das ist unsere Annahme. Der Zauber könnte dafür gesorgt haben, dass Leute vergessen, Kiera gesehen zu haben – oder die Typen, die ihr gefolgt sind." Hollister nahm vorsichtig eine Kurve, langsamer als zuvor.

Ich ließ meinen Blick über den Straßenrand schweifen – auf der Suche nach Hinweisen auf einen blauen Honda. „Wir wissen nicht einmal, ob Kieras Entführer den Zauber gewirkt haben. Könnte jeder gewesen sein."

„Schon klar. Aber er war verdammt stark." Seine Stimme wurde kalt, als er hinzufügte: „Er hätte Sie töten können – wenn ich ihn nicht dazu gebracht hätte, Sie freizugeben."

„Was? Das ist nicht Ihr Ernst, oder?", fragte ich und fuhr herum, um ihn anzustarren. Mein Kopf schwirrte, und die Übelkeit war plötzlich wieder da. Ich presste eine Hand auf meinen Bauch und die andere auf meine Stirn. „Autsch. Verdammt. Das war keine gute Idee."

„Doch, mein voller Ernst." Hollister bremste und rollte an den Straßenrand. „Dieser Zauber war übel. Es brauchte eine mächtige Hexe, um ihn zu wirken."

Das war nicht, was ich hören wollte. Ich sah mich am Straßenrand um. „Warum halten wir hier?"

Er zeigte auf den Dolch. Er leuchtete wieder blau. „Darum."

„Oh, nein. Ich werde ihn ganz sicher nicht nochmal bitten, einen Zauber zu zeigen. Sie haben gesagt, der letzte hätte mich töten können, und da ich mich fühle, als wäre ich von einem Bus überfahren worden, neige ich dazu, Ihnen zu glauben. Also sparen Sie sich den Vorschlag am besten gleich."

„War sowieso nicht mein Plan." Er stieg aus dem Auto, kam auf meine Seite und öffnete mir die Tür.

Ich starrte auf seine ausgestreckte Hand. „Was ist der Plan? Wollen wir auf allen vieren rumkriechen und Magie erschnuppern?"

Er lachte leise. „Nein, aber Sie können das gern tun, wenn Sie sich dazu inspiriert fühlen. Ich dachte, wir sehen uns um – vielleicht finden wir einen Hinweis. Da sind ein paar Reifenspuren. Das könnte die Stelle sein, wo sie entführt wurde."

„Ja, okay." Ich warf einen Blick auf den Dolch und überlegte kurz, ihn im Auto zu lassen – entschied mich dann aber doch dagegen. So wie es lief, würde ich ihn wahrscheinlich wieder brauchen. Erschöpft und mit dröhnendem Kopf folgte ich Hollister zum Straßenrand.

„Sehen Sie das? Hier hat das erste Auto angehalten. Es sieht aus, als wär es gerutscht. Ziemlich schnell unterwegs gewesen, schätze ich. Das war kein geplanter Halt", sagte Hollister und zeigte auf die Form der Spuren. „Es gibt eine zweite Spur, die aussieht, als wären sie genauso gerutscht. Die endet direkt hinter der ersten hier."

„Ja, ich sehe es. Aber auch das könnte sonst wer gewesen sein. Woher wissen wir, dass es Kiera war?" Ich starrte auf den Dolch und wartete auf ein Zeichen. Irgendeins. Aber das Einzige, was er tat, war, vor Magie zu knistern. Das Gefühl machte mich unruhig. Das letzte Mal, als er das getan hatte, hatte Hollister mich vor einem mächtigen Zauber retten müssen.

„Das wissen wir nicht. Noch nicht", sagte er und begann, die Gegend zu inspizieren, vorsichtig, um die Spuren nicht zu stören.

„Wonach suchen wir?", fragte ich und spähte auf die Erde unter unseren Füßen.

„Alles, was Kiera gehört haben könnte. Wenn wir irgendwas finden, könnte es ein Hinweis sein, der uns sagt, dass wir auf dem richtigen Weg sind."

Ich unterdrückte meine Skepsis und schloss mich seiner Suche an. Ich wollte gerade aufgeben, als ich etwas im Dreck nahe dem Meilenstein glitzern sah. „Hollister, was ist das?" Ich bückte mich und wischte den Dreck von dem glänzenden Silber.

Er kniete sich neben mich und holte scharf Luft. Nachdem er ein Tuch aus der Tasche genommen hatte, hob er es vorsichtig auf und achtete darauf, keine Abdrücke zu verwischen.

„Das ist ein Dolch ... wie meiner", sagte ich und erkannte das Design am Griff. „Nur kleiner."

„Er wurde für Kiera gemacht", sagte er leise, bevor er zu seinem Auto ging und im Handschuhfach wühlte, bis er einen Plastikbeutel fand. Nachdem er den Dolch eingewickelt hatte, stieg er wieder ins Auto. „Steigen Sie ein. Wir müssen jemanden finden, der Fingerabdrücke von diesem Dolch nehmen kann."

„Woher wissen Sie, dass es Kieras ist?", fragte ich, sicher, dass ich die Antwort wahrscheinlich schon kannte.

„Ich habe ihn für sie gemacht."

Ohne ein Wort zu sagen, zog ich mein Handy heraus und tätigte einen Anruf. „Gigi, ich muss dich um einen Gefallen bitten."

„Geht klar", antwortete meine Hexenfreundin ohne Zögern.

„Kann Sebastian Fingerabdrücke von etwas überprüfen lassen? Es muss diskret passieren. Niemand bei den Strafverfolgungsbehörden darf was davon mitbekommen."

„Ihr habt was gefunden." Es war eine Feststellung, keine Frage.

„Haben wir. Ist das möglich?"

„Ja. Kommt zum Haus. Sebastian kümmert sich drum."

„Danke, Gigi." Ich legte auf und steckte mein Handy zurück in die Tasche.

„Wer ist Sebastian?", fragte Hollister und trat aufs Gas.

„Er ist Anwalt."

„Vertrauen Sie ihm?"

„Ich würde ihn nicht darum bitten, wenn ich es nicht täte", sagte ich, drehte mich zum Fenster und betete, dass dies der Durchbruch war, den wir brauchten.

KAPITEL 7

*E*rschöpft von den Ereignissen des Tages betrat ich
mein Haus. Nachdem wir den kleinen Dolch bei Gigi
für Sebastian abgegeben hatten, hatte ich vorgeschlagen,
Abschleppplätze zu recherchieren, um Kieras Auto zu finden,
und online nach dem Imbisswagen mit dem stilisierten J-Logo
zu suchen. Hollister hatte angeboten, die Abschleppplätze zu
übernehmen, und darauf bestanden, dass ich mich ausruhte. Es
war offensichtlich, dass er sich nach dem Vorfall mit dem
Chaoszauber Sorgen um mich machte. Ich hatte versprochen,
den Imbisswagen zu recherchieren – in aller Ruhe – und dass
wir uns melden würden, sobald einer von uns etwas fand.

Ich schickte Jax eine kurze Nachricht, dass ich sicher zu
Hause war, schnappte mir einen Snack aus der Küche und
setzte mich an meinen Computer. Ich hatte gerade
„Imbisswagen in der Nähe von Premonition Pointe" in die
Suchleiste eingegeben, als die Tür zum Gästezimmer aufging
und Tandy herauskam. Ihr dunkles, lockiges Haar war zu
einem unordentlichen Dutt hochgesteckt, gehalten von einem
Stift. Sie trug ein enges T-Shirt und eine Baumwollhose, die

knapp über den Knöcheln endete. Es war die Art von Outfit, die ich seit der Highschool nicht mehr tragen konnte, aber sie sah ganz entzückend darin aus.

„Hey", sagte ich zu meiner Freundin. „Ich hab' mich schon gefragt, ob du irgendwann auftauchen würdest."

„Was hätte ich sonst tun sollen?", erwiderte sie lachend. „Außerdem hab' ich genug Zeit mit meinem Drehbuch verbracht. Jetzt brauche ich jemanden, der mich beim Popcornessen unterhält."

„Das wirst du wohl selbst machen müssen. Ich glaube, ich kann mich nicht bewegen", sagte ich und unterdrückte ein Gähnen. Meine Augen tränten, und mein ganzer Körper fühlte sich schwer an.

„Du siehst nicht gut aus", bemerkte sie und musterte mich.

„Mir geht's gut", beharrte ich. „Ich hab' einfach nicht besonders gut geschlafen." Das war nicht mal gelogen – weniger als fünf Stunden zählten kaum als erholsam.

„Du verschweigst mir was", sagte sie, ohne Vorwurf in der Stimme. „Alles in Ordnung mit dir?"

„Ja. Es geht nicht um mich. Es geht um Kiera. Sie ist verschwunden."

Tandy schnappte leise nach Luft. Die beiden kannten sich über mich, waren freundlich miteinander, aber soweit ich wusste, wusste Tandy nichts über Kieras Vergangenheit – und das sollte auch so bleiben. Es reichte, dass Jax und der Zirkel jetzt involviert waren. Ich wollte nicht noch mehr Leute hineinziehen.

„Ich arbeite mit dem Zirkel zusammen, um sie zu finden", sagte ich.

„Ist die Polizei eingeschaltet?"

Ich unterdrückte ein Zucken. Natürlich stellte sie diese Frage. „Nein. Es gibt keine Hinweise auf ein Verbrechen. Also haben sie nichts in der Hand. Aber ich kenne Kiera. Sie hätte Garrison nie einfach so verlassen."

Tandy verbrachte die nächsten Minuten damit, sich über die Ineffizienz der Behörden auszulassen. Ich ließ sie reden und klickte mich währenddessen durch unzählige Seiten auf der Suche nach dem ominösen Imbisswagen. Als ich aufgab, fragte ich: „Hey, hast du irgendwo mal einen Imbisswagen mit einem stilisierten J an der Seite gesehen?"

Sie runzelte die Stirn. „Hmm. An unseren Drehorten gibt's ständig Imbisswagen, aber ich achte da nicht wirklich auf die Namen. Für mich ist das der Burrito-Wagen, der Avocado-Pommes-Wagen oder der Sandwich-Wagen. Mehr kann ich über diese Dinger nicht sagen."

„Der, den ich suche, macht Sandwiches", sagte ich, in der Hoffnung, etwas bei ihr auszulösen.

Aber sie schüttelte den Kopf. „Ich kann meine Assistentin fragen. Vielleicht weiß sie was."

„Das wäre super." Ich klappte den Laptop zu und lehnte den Kopf an die Sofalehne. „Wir haben nicht viel, aber wir wissen, dass Kiera kurz vor ihrem Verschwinden bei einem solchen Wagen angehalten hat."

„Ich bin schon dran." Tandy stand auf, zog ihr Handy aus der Tasche und telefonierte mit Kimmie. Ich hörte mit halbem Ohr, wie sie darum bat, alle Imbisswagen mit J-Logo aufzuspüren, die zu ihren Drehorten eingeladen worden waren oder regelmäßig entlang der Küstenstraße standen.

Als sie auflegte, schenkte ich ihr ein dankbares Lächeln. „Danke."

„Für dich immer, Babe. Und jetzt raus mit dir. Ein bisschen Sonne wird dir guttun. Was denkst du?"

Ich stöhnte. „Sag bitte nicht, dass du mich auf einen

Strandspaziergang schleppen willst. Meine Beine schaffen das heute nicht."

„Keine Sorge. Du sitzt auf der Veranda, während ich uns was zu essen mache." Tandy bugsierte mich nach draußen, brachte mir eine Decke und verschwand wieder im Haus.

Ich saß eingewickelt auf der Terrasse, hörte dem leisen Rauschen der Wellen zu und war einfach nur froh, dass Tandy da war. Normalerweise war ich samstags um diese Zeit nicht zu Hause. Es gab zu viel zu tun für die Partnervermittlung. Aber heute schien alles andere unwichtig – ich konnte nur an Kiera denken und hoffen, dass sie in Sicherheit war.

Dann hörte ich Schritte auf der Treppe, die zur Wohnung über der Garage führte. Kennedy zog einen großen Koffer und eine Reisetasche hinter sich her. „Kennedy?"

Er blieb stehen, sah mich an und murmelte etwas, bevor er das Gepäck abstellte und zu mir herüberkam. „Ich wusste nicht, dass du da bist. Wo ist dein Auto?"

„Jax hat es." Mein Blick wanderte zu seinem Gepäck, dann zurück zu ihm. „Verreist du?"

Er wandte sich mit hängenden Schultern ab. „Ich ziehe aus."

„Was? Warum?"

„Ty hat den Job in L.A. bekommen." Seine Stimme war neutral.

„Wirklich?" Das war neu. Ich hatte nur eine Nachricht bekommen, dass er angekommen war – mehr nicht. Hatten sie ihn direkt eingestellt?

„Er hat vor 'ner halben Stunde angerufen." Kennedy blickte aufs Meer hinaus, die Hände tief in den Taschen seiner viel zu weiten Jeans. „Er soll in zwei Tagen anfangen."

Ich musterte ihn. Er hatte diese auffallend blauen Augen, Locken, für die andere töten würden, und war schlank und groß – jemand, den Hollywood sofort casten würde. Sein

Familienleben war schwierig gewesen. Trotzdem war er in den letzten zwei Wochen aufgetaut. Wenn er sich entspannte, war er witzig, offen und einfach angenehm. Heute wirkte er allerdings nur niedergeschlagen.

„Und du denkst, weil Ty einen Monat weg ist, musst du ausziehen?", fragte ich vorsichtig.

„Ja. Ich kann nicht hierbleiben und dich ausnutzen."

„Du nutzt mich nicht aus, wenn ich diejenige bin, die es dir anbietet", sagte ich.

Er schüttelte den Kopf. „Ich bin erwachsen. Ich muss mein eigenes Ding machen."

Ich konnte verstehen, dass er selbstständig sein wollte. Aber nachdem seine Familie ihn kürzlich rausgeschmissen hatte, hatte ich das Gefühl, er war noch nicht ganz bereit, allein klarzukommen. Trotzdem – ich konnte ihn nicht aufhalten. Er war Anfang zwanzig und hatte jedes Recht, das Leben zu leben, das er für das richtige hielt. „Würde es dir was ausmachen, dich ein paar Minuten zu mir zu setzen, bevor du gehst?"

Kennedy strich sich durch sein zerzaustes Haar und seufzte. Er hatte wohl gehofft, einfach verschwinden zu können. Trotzdem setzte er sich neben mich.

„Ich respektiere, dass du deinen Weg gehen willst. Ehrlich. Das ist ein bewundernswerter Zug."

Er sagte nichts, sondern starrte einfach weiter auf die ruhige Straße.

„Aber mir ist wichtig, dass du weißt: Du bist hier immer willkommen. Du bist nie eine Last. Unser Zuhause ist dein Zuhause. Wenn du ausziehst, weil du das willst – okay. Aber nicht, weil du denkst, du bist eine Belastung. Ich mag dich hier. Und Ty möchte auch, dass du bleibst."

„Ich kann ohne ihn nicht hierbleiben", sagte er leise und wandte den Kopf ab.

Ich hätte gern gefragt, warum, tat es aber nicht. Ich hatte das Gefühl, dass hinter seiner Entscheidung eher seine Beziehung zu Ty steckte als alles andere, und ich fand nicht, dass es meine Aufgabe war, darin herumzustochern. „Okay", sagte ich widerstrebend, als das vertraute Prickeln in meinem unteren Rücken aufflackerte. „Aber wenn du irgendwas brauchst – egal ob ein Essen, ein Bett oder jemanden zum Reden – du weißt, wo du mich findest – ganz egal, was zwischen dir und Ty los ist, verstehst du?"

Er sah mich an, und seine Augen glänzten verdächtig. Dann drückte er meine Hand. „Ty hat echt Glück. Danke, Marion. Für alles."

„Gern. Pass auf dich auf."

Er nickte, stand auf, holte sein Gepäck und ging. Ich erwartete, dass ein Fahrdienst kommen würde, doch stattdessen schwang er die Reisetasche über die Schulter und zog den Koffer die Straße hinunter, Richtung Stadt.

„Kennedy? Soll ich dich irgendwohin bringen?", rief ich ihm nach.

„Nein, danke!" rief er zurück. „Du hast schon mehr als genug getan."

Ein ungutes Gefühl machte sich in meinem Magen breit. Ich konnte ihn nicht einfach so gehen lassen. Ich sprang auf und rannte ihm nach. „Was, wenn du hier arbeitest? Du kannst dich um meinen Garten kümmern, die Garage reparieren, dich um Kleinkram kümmern. So würdest du definitiv niemandem zur Last fallen. Im Gegenteil, ich hätte gern jemanden, der sich um die Sachen kümmert, für die ich keine Zeit habe."

„Danke, aber ... ich kann das einfach nicht. Wir wissen beide, dass Jax das machen wird."

Er hatte recht. Jax erledigte solche Sachen, wenn ich ihn darum bat. Aber ich würde ihn nie zu meinem Gärtner oder Hausmeister machen – so war ich nicht. Und wenn ich Kennedy damit hierbehalten konnte … „Jax hat keine Zeit. Im Ernst, du würdest mir einen echten Gefallen tun."

Er verzog das Gesicht. „Bitte, Marion. Lass mich gehen. Ich muss das tun."

Darauf konnte ich nicht viel sagen. So sehr es mich quälte, nickte ich, zog ihn in eine feste Umarmung und ließ ihn gehen. Als ich ihm hinterherblickte, wie er von mir und vielleicht auch Ty wegging, war es mit einem mulmigen Gefühl.

Niedergeschlagen ging ich zurück auf die Terrasse, wo Tandy mit Sandwiches auf mich wartete.

„Alles okay?", fragte sie besorgt.

„Nicht wirklich. Ich habe ein ungutes Gefühl dabei, dass Kennedy geht." Ich setzte mich neben sie und teilte die Decke mit ihr, als sie mir ein Sandwich gab und dann den Arm um mich legte.

„Er kommt zurück", sagte sie überzeugt.

Ich war mir da nicht so sicher. „Ich hoffe, du hast recht."

KAPITEL 8

*E*twa eine Stunde später klingelte mein Handy, und Tys Foto erschien auf dem Display.

„Hey", sagte ich. „Wie ist das Vorstellungsgespräch gelaufen?" Ich kannte die Antwort zwar schon, aber ich wollte ihm die Gelegenheit geben, es selbst zu erzählen.

„Super! Sie wollen, dass ich sofort anfange – und sie bieten einen ordentlichen Bonus, wenn ich die vollen vier Wochen bleibe. Wenn alles gut läuft, wollen sie mich auch fürs nächste Projekt." Er lachte leise. „Scheint, als wären Tonleute Mangelware, und der letzte wurde ihnen kurz vor Projektstart weggeschnappt."

„Das ist großartig. Ich freu' mich für dich." Ich war stolz auf den jungen Mann, den ich längst als meinen Sohn betrachtete. Die letzten vier Jahre nach dem Tod seiner Mutter waren schwer gewesen – für ihn und für mich. Aber nach all dem Schmerz hatte auch Heilung eingesetzt – und ich war mir sicher, dass Trish über ihn wachte, so stolz, wie es nur eine Mutter sein konnte. Vielleicht war genau das einer der

Gründe, warum Kennedy mit der Sache so zu kämpfen hatte. „Klingt nach einer echten Chance."

„Ist es auch." Doch die Begeisterung schwand schnell aus seiner Stimme. „Kennedy ist ausgezogen."

„Ich weiß. Ich war hier, als er gegangen ist. Es tut mir leid, Ty. Ich hab' versucht, ihn umzustimmen, aber er meinte, dass er das für sich tun muss."

„Wenigstens hat er mit dir gesprochen", sagte Ty, hörbar genervt. „Mir hat er nur eine Nachricht geschickt und gesagt, er ruft an, wenn er angekommen ist."

„Er wirkte ..."

„Egoistisch? Unvernünftig? Manipulativ?", knurrte Ty, sein Ärger kaum zu überhören.

„Ähm, nein", erwiderte ich vorsichtig. „Eher traurig. Und ein bisschen verloren."

Ty schnaubte. „Das kann ich nicht wirklich beurteilen. Er geht nicht ans Telefon."

„Vielleicht braucht er einfach Zeit", sagte ich, bemüht, diplomatisch zu bleiben.

„Zeit? Ehrlich? Er redet nicht einmal mit mir darüber. Was soll ich machen? Meine Karriere sausen lassen, weil er nicht will, dass ich mehr als zehn Meilen weg bin? Ich weiß, dass er gerade zu kämpfen hat, aber ich hab' auch viel um die Ohren. Und dieses Drama – was auch immer es ist – geht einfach nicht."

„Da hast du recht", sagte ich ruhig. „Du verdienst jemanden, der dich unterstützt. Ich bin da ganz auf deiner Seite. Aber vielleicht schreib ihn noch nicht ganz ab. Manchmal müssen Menschen erst mit sich selbst klarkommen, bevor sie ein guter Partner sein können."

Am anderen Ende der Leitung wurde es still, bis er leise sagte: „Ich mache mir vor allem Sorgen um ihn."

„Ich weiß. Mir geht's genauso."

„Ich bin doch nicht verrückt, oder? Ich sollte den Job annehmen."

„Du bist nicht verrückt", bestätigte ich. „Du sollst tun, was für dich richtig ist. Und wenn es passt, dann findet ihr vielleicht wieder zueinander – wenn ihr das beide noch wollt."

„Ich habe keine Ahnung, was er will. Außer, dass ich Premonition Pointe nicht verlasse", sagte er. „Es ist ja nicht für immer. Nur, bis das Projekt abgeschlossen ist."

„Oder bis zum nächsten? Oder dem danach?", fragte ich.

„Das ist nicht fair", blaffte er. „Ich weiß noch nicht, was danach kommt. Und in meinem Job ist fast nichts dauerhaft."

„Vielleicht ist genau das der Punkt. Kennedy hat sein ganzes Unterstützungssystem verloren. Und jetzt, kaum dass er wieder Halt findet, gehst du. Vielleicht fühlt er sich verlassen."

„Aber das habe ich doch nicht getan!", sagte Ty heftig.

„Ich weiß. Ich sage nicht, dass du irgendwas falsch gemacht hast. Vielleicht fühlt er sich einfach so. Und manchmal ..."

„Ich weiß. Muss man den Leuten Zeit geben. Ich hoffe nur, es dauert nicht über dreißig Jahre wie bei dir und Jax."

„Autsch", sagte ich trocken.

„Sorry."

„Die Wahrheit tut manchmal weh", antwortete ich und versuchte, unbeschwert zu klingen. „Du hast recht. Es hat viel zu lange gedauert, bis wir wieder zueinandergefunden haben – und das lag eher an mir als an ihm. Versuch, nicht denselben Fehler zu machen. Hake Kennedy einfach nicht vorschnell ab."

„Ja. Okay." Im Hintergrund hupte ein Auto. „Hör zu, Mama Marion, ich muss Schluss machen. Mein Kumpel Guy holt mich ab. Wir gehen was trinken. Ich melde mich morgen, okay?"

„Klar. Pass auf dich auf."

„Immer."

Der Anruf endete, und ich steckte das Handy in die Tasche. Ich fragte mich, ob Ty Kennedy erzählt hatte, dass er heute Abend mit Freunden ausgehen würde. Wenn ja, musste man kein Genie sein, um zu erkennen, warum Kennedy sich ausgeschlossen und zurückgelassen fühlte – ganz wie bei seiner Familie. Da war noch einiges zwischen den beiden, das sich klären musste. Aber nicht heute. Und so sehr ich mir wünschte, es einfach für sie geradebiegen zu können – ich hatte nun mal keinen Zauberstab, der alles wieder gutmachen konnte.

Frustriert ging ich in die Küche und begann aufzuräumen. Tandy war duschen gegangen, und ich fühlte mich, als würde ich auf der Stelle treten, nicht sicher, was ich tun sollte.

Wie sich herausgestellt hatte, war Grace nicht etwa vom Alkohol krank geworden, sondern hatte sich eine Lebensmittelvergiftung eingefangen und war immer noch nicht ganz auf dem Damm. Wir hatten beschlossen, dass Hollister und ich – vorausgesetzt Grace fühlte sich besser – uns am nächsten Abend bei Sonnenuntergang mit dem Zirkel treffen würden, um den Suchzauber zu wirken. Laut Gigi könnte die Verschiebung sogar hilfreich sein, weil der Vollmond vor der Tür stand. Seine Energie würde den Zauber verstärken.

Da klopfte es an der Tür – und gleich darauf hörte ich jemanden rufen: „Marion!"

Tazia. Sie wohnte ein paar Straßen weiter.

„Komm rein!", rief ich, ohne mich vom Fleck zu rühren. Ich war gerade fertig mit dem Abwasch und überlegte, ob ich eine Ladung Erdnussbutterkekse backen sollte. Ich brauchte dringend irgendwas, um meine Hände zu beschäftigen, während mein Kopf zwischen Kennedy und Kiera hin- und hersprang.

„Oh, den Göttern sei Dank", sagte Tazia, als sie hereinstürmte. Ihr Stufenrock wehte um ihre Beine, das schulterfreie Oberteil stellte ihre gebräunten Schultern zur Schau – sie sah wie immer aus, als käme sie gerade von einem Musikfestival in den Siebzigern. Besonders, wenn sie mir Sonnenblumen mitbrachte. Und das war nicht ungewöhnlich – nur diesmal kam sie mit leeren Händen. Ich konnte mich nicht erinnern, wann sie zuletzt ohne Blumenstrauß aus ihrem Gewächshaus vor der Tür gestanden hatte.

„Was ist passiert?", fragte ich.

„Ich weiß nicht genau", sagte sie und legte eine Hand an die Stirn. „Ich habe einfach so ein komisches Gefühl. Als müsste ich dich warnen, dass jemand in deinem Umfeld üble Absichten hat."

Ich blinzelte. „Und was heißt das genau?"

Sie schüttelte den Kopf. „Das ist es ja. Ich weiß es nicht. Aber das Unbehagen hat heute Morgen angefangen, und es wird immer stärker. Ich wollte dir einfach Bescheid sagen, damit du vorsichtig bist."

Ich trocknete mir die Hände ab und goss uns beiden Kaffee ein – unter anderem, um mir einen Moment zum Nachdenken zu verschaffen. Jemand in meinem Leben hatte schlechte Absichten? „Sind diese Absichten gegen mich oder gegen jemand anderen gerichtet?", fragte ich und reichte ihr die Tasse.

Sie nahm sie entgegen und setzte sich an den Küchentisch. „Weiß ich nicht."

Hilfreich war das nicht gerade. Ich goss mir ebenfalls Kaffee ein und ließ mich neben ihr nieder. „Erklär es mir. Schlechte Absichten kann alles Mögliche bedeuten. Heißt das, dass Ty oder mein Dad mir was verschweigen oder über irgendwas lügen, das sie mir nicht erklären wollen? Oder geht's eher in die Richtung, dass Jax heimlich jemand Neues hat und es mir nicht sagt?"

„Oh nein, nichts in der Richtung." Sie gestikulierte wild mit den Händen, als wolle sie schlechtes Juju vertreiben. „Eher, dass jemand in deinem Leben gefährlich ist – und du aufpassen solltest."

Seltsamerweise beruhigte mich das ein bisschen. Wahrscheinlich war es einfach nur die logische Folge unserer Suche nach Kiera. Ihr Ex war zwar nicht direkt in meinem Leben – aber gefährlich war er auf jeden Fall. Und je länger wir suchten, desto wahrscheinlicher war es, dass ich ihm irgendwann begegnen würde. „Okay", sagte ich und lehnte mich zurück. „Ich behalte es im Hinterkopf."

Tazia kniff die Augen zusammen. Sie sah nicht gerade begeistert aus. „Du nimmst das nicht ernst genug. Ich weiß, ich klinge manchmal ein bisschen vage und abgehoben, aber wenn ich solche Gefühle habe, stimmen sie fast immer."

Ich legte meine Hand auf ihre und drückte sie sanft. „Ich nehme dich absolut ernst, wirklich. Und ich schätze deine Warnung. Aber ich meine zu wissen, wen du meinst. Und glaub mir, ich weiß sehr gut, wie gefährlich er ist."

Aus ihrer Frustration wurde Sorge. „Du passt auf dich auf, oder? Weiß dein Dad Bescheid? Oje. Der wird sich wahnsinnige Sorgen machen. Vielleicht sollte er wieder bei dir einziehen."

„Whoa", sagte ich. „Langsam. Ich hab' mit Dad noch nicht gesprochen. Keine Ahnung, was er gerade macht. Wahrscheinlich weißt du das besser als ich."

Sie errötete und sah zur Seite. „Ich treffe mich später mit ihm, ja, aber ... also ... wir sehen uns nicht ständig. Wir lernen uns ja gerade erst kennen." Sie runzelte die Stirn. „Ich glaube, er hatte heute Morgen im *Bird's Eye Café* ein Frühstücksdate mit einer Frau. Also fang bitte nicht an zu denken, wir wären ein Paar."

„Wirklich?" Ich war drauf und dran, ihn anzurufen und mir das erklären zu lassen. Wenn er das mit Tazia vermasselte, würde ich ihm was erzählen. Er hatte jahrelang die falschen Frauen gedatet – bloß keine, die vielleicht was Festes wollen könnte. Nach dem letzten Online-Desaster hatte ich gehofft, dass er endlich eine ernsthafte Beziehung suchte. Jemanden wie Tazia.

„Ich bin mir nicht sicher", sagte sie leise. „Ich hab' ihn gesehen, wie er mit einer Blondine was getrunken hat, als ich auf dem Weg zur Massage kurz reingeschaut hab'. Er wirkte angespannt, also habe ich nichts gesagt und bin einfach gegangen."

Ich stöhnte und legte den Kopf in den Nacken. „Dad, was machst du?"

„Jetzt mach ihm keinen Vorwurf, Marion", sagte sie schnell. „Wir sind nicht zusammen, und wir haben auch nie darüber gesprochen. Wir ..."

„Lernen uns ja erst kennen. Schon klar. Ich verstehe ihn nur manchmal nicht."

„Ich schon", sagte sie leise. „Leider. Ich verstehe nur zu gut, warum er sich nicht binden will. Wenn man so verletzt wurde, fällt es schwer, sein Herz wieder zu öffnen." Diesmal war sie es, die meine Hand tätschelte.

Zum ersten Mal, seit ich sie kennengelernt hatte, sah ich bei Tazia echten, tiefen Kummer. Es ging mir ans Herz. Sie war eine so besondere Frau – ich konnte nicht nachvollziehen, warum jemand ihr wehtun wollen könnte. „Du wurdest auch verlassen, nicht wahr?"

Sie lächelte mich traurig an, stand auf und legte mir die Hand auf die Schulter. „In meinem Alter hat man zwangsläufig ein paar Dellen in der Rüstung. Pass gut auf dich auf, Marion. Ich werd' nicht aufhören, mir Sorgen zu machen, bis dieses Gefühl wieder weg ist."

„Das werde ich. Versprochen."

Sie nickte und ging.

Ich blieb noch eine ganze Weile am Tisch sitzen und dachte an sie. Und an meinen Vater. Ich hatte vom ersten Moment an gewusst, dass die beiden perfekt füreinander waren. Und jetzt war mir klarer denn je, wie sehr. Ich hoffte nur, dass mein Dad nicht zuließ, dass sich seine Angst zwischen sich und etwas wirklich Besonderes stellte.

KAPITEL 9

*E*s war schon spät, als Jax hereinkam. Er war schmutzig, und die Schatten unter seinen Augen sprachen Bände. Wortlos kam er zu mir und küsste mich flüchtig auf die Wange. „Ich wollte eigentlich erst nach Hause, um zu duschen", bemerkte er. „Aber ich hatte nicht die Energie dazu. Macht es dir was aus, wenn ich einfach dein Bad benutze?"

„Natürlich nicht." Ich warf einen Blick zu Tandy, die es sich in meinem Riesensessel bequem gemacht hatte und in ein Notizbuch schrieb. „Wir haben einen Film geschaut und was zu essen bestellt. Im Kühlschrank sind Enchiladas, falls du Hunger hast."

Er sah mit einem sehnsüchtigen Ausdruck im Gesicht in Richtung Küche, schüttelte dann aber den Kopf. „Erst duschen."

Kaum war er im Schlafzimmer verschwunden, stieß Tandy einen leisen Pfiff aus. „Verdammt, Mädchen. Deine Selbstbeherrschung ist wirklich beeindruckend. Wenn meiner so heiß nach Hause käme, so vollkommen eingesaut …, wäre ich schon mit unter der Dusche."

„Tandy!" Ich schüttelte lachend den Kopf. Aber kaum hörte ich, wie das Wasser durch die Leitungen rauschte, stellte ich mir vor, wie Jax sich auszog und unter die Dusche trat. Jemand musste ihm doch helfen, sich den Dreck vom Rücken zu schrubben, oder? Noch bevor ich den Gedanken zu Ende gedacht hatte, bewegten sich meine Füße wie von selbst – und hinter mir hörte ich Tandy leise kichern.

„Los, hol's dir, Mädchen", kicherte sie.

„Das sag ich ihr auch dauernd", ertönte Celias vertraute Stimme aus dem Nichts.

Ich warf einen schnellen Blick zurück – und da lag mein Hausgeist, zusammengerollt auf dem Sofa. Die zierliche Blonde grinste wie ein Honigkuchenpferd, und ihre Kulleraugen funkelten, während sie mir zuwinkte. Dann spähte sie in Tandys Notizbuch.

„Oh, ist das eine neue Serienidee?", rief sie begeistert. „Sag' mir, dass du einen Geist eingebaut hast! Ich wäre perfekt dafür. Keine Spezialeffekte nötig. Und Nacktszenen? Kein Problem."

Tandy musterte sie, als würde sie tatsächlich darüber nachdenken.

„Behalt sie im Hinterkopf, Tandy", sagte ich. „Es ist überraschend praktisch, Celia in der Nähe zu haben."

Celia strahlte. „Danke, Marion. Du hast keine Ahnung, wie viel mir das bedeutet."

Doch, dachte ich. Irgendwie hatte ich eine Ahnung. Ich nickte nur, verschwand ins Schlafzimmer und schloss die Tür hinter mir. Die Badezimmertür stand offen, auf dem Boden lag ein Haufen Kleidung – Jax war also schon unter der Dusche. Ich zog mich aus und folgte ihm.

„Hey", sagte er, seine Augen glitten über meinen nackten Körper – und wurden dabei deutlich wärmer.

„Ich hoffe, es macht dir nichts aus, dass ich einfach mit dazukomme."

Seine Hände landeten sanft auf meinen Hüften. Anstatt zu antworten, zog er mich an sich, bis unsere Körper sich berührten – und küsste mich. Hungrig, fordernd, atemraubend. In Sekundenschnelle flackerte jede Nervenbahn in mir auf.

Das hier. Genau das hatte mir in den letzten dreißig Jahren gefehlt. Alles an Jax ließ mein Herz schneller schlagen – seine stille Präsenz, seine sanfte Art, dieses kleine, verschwörerische Lächeln, das nur mir galt. Und dann war da noch dieses Feuer zwischen uns. Ein Blick, eine Berührung – und mein Körper war hellwach.

Unter dem Wasser drehte er mich, bis mein Rücken gegen die kühlen Fliesen stieß. Mit einem leisen Knurren senkte er den Kopf zu meinem Hals und biss sanft in die Stelle unter meinem Ohr.

Ein heißer Schauer schoss durch mich. Ich schlang ein Bein um seine Hüfte, zog ihn näher, spürte ihn hart und bereit gegen meine Mitte.

„Götter, Marion", flüsterte er heiser. „Wie kann es sein, dass ich nie genug von dir bekomme?"

„Warum fragst du überhaupt?", hauchte ich, während meine Fingernägel sich in seinen Rücken krallten. „Genieß es. Genieß mich."

„Das habe ich vor." Seine Hand stützte mein Bein, während er den Kopf senkte und meine Brustwarze zwischen seine Lippen saugte, um sie zu liebkosen.

Ich schloss die Augen und gab mich den Gefühlen hin, die er in mir weckte. In über drei Jahrzehnten Sexualgeschichte hatte mich nie jemand so erregt wie Jax. Wir waren ein Streichholz und ein Benzinkanister – hochexplosiv.

„Ich brauche dich, Marion", knurrte er und positionierte die Spitze seines Schafts zwischen meinen Beinen.

„Ja", stieß ich rau hervor, fast verzweifelt. „Nimm mich!"

Er zögerte keine Sekunde und mit einem kraftvollen Stoß füllte er mich aus.

Ich keuchte, meine Finger krallten sich in seinen Po und hielten ihn für einen Moment fest.

„Heilige Scheiße", stöhnte er. „Du fühlst dich so verdammt gut an, Babe."

„Du dich auch", flüsterte ich und bewegte meine Hüften ein bisschen, drängte ihn, sich zu bewegen.

Mehr brauchte es nicht. Mit den Händen an den Fliesen begann er zu pumpen und stieß immer wieder in mich hinein. Als er dann seine Zähne über meinen Nacken kratzte, verlor ich mich in einem Mehr aus Gefühlen.

Dann verlor er jede Kontrolle, packte mich fester und hob mich von den Füßen, um den Winkel so zu verändern, dass sein Schaft genau die richtige Stelle traf. Mit beiden Beinen um seine Taille, meinen Händen in seinen Haaren, klammerte ich mich an ihn, während seine Lippen mein Brustwarze saugten – bis sich mein Körper plötzlich anspannte und mein Orgasmus über mich hereinbrach – so intensiv, dass ich für einen Moment aufhörte zu atmen.

„Fuck, fuck, fuck", stöhnte er und stieß weiter in mich hinein, bis auch er kam. Dann blieb er reglos in mir, sein Körper zitternd und nach Luft ringend.

Ich strich ihm sanft über den Rücken und lachte leise. „Das ist mal eine Art, den Abend einzuläuten."

Jax vergrub das Gesicht in meiner Schulter und lachte

lautlos mit. „Hoffentlich waren wir nicht zu laut. Vielleicht war das ein bisschen mehr, als Tandy erwartet hat."

„Ha", schnaubte ich. „Sie war diejenige, die meinte, ich solle dir beim Sauberschrubben helfen."

Er zog sich aus mir zurück und setzte mich behutsam ab. „Dann schulde ich ihr wohl was." Er küsste mich zärtlich auf die Lippen.

Dann drehte er mich so, dass ich unter dem warmen Wasser stand. Ich schloss die Augen und lehnte mich zurück in seine Arme. Seine Hände glitten über meinen Bauch und wanderten zu meinen Brüsten. Dabei murmelte er, wie schön ich sei.

Lügen, dachte ich und versuchte, nicht an die dreißig Kilo zu denken, die ich loswerden müsste, oder an die Cellulite an meinen Oberschenkeln. Aber ich sagte nichts. Jax mochte es nicht, wenn ich über meine Makel sprach. Also genoss ich einfach, was er mir schenkte – bis ich an der Reihe war, ihn zu erkunden.

„Ich bin eigentlich hergekommen, um dir den Dreck abzuwaschen. Wir sollten das wohl tun, bevor das ganze heiße Wasser weg ist", sagte ich und drehte mich zu ihm um.

„Wenn du darauf bestehst", sagte er mit einem sexy schiefen Lächeln.

„Ja." Das Wort fühlte sich seltsam an auf meinen Lippen – wie ein kleines Gelübde. Plötzlich hatte ich ein Bild im Kopf: ein weißes Kleid, Blumen, ein DJ mit Achtzigerjahre-Hits. Heilige Göttin! Was in aller Welt ging mir da bitte durch den Kopf? Eine Hochzeit? Ich war nicht einmal ansatzweise bereit für eine Hochzeit, geschweige denn die Ehe.

„Was geht da gerade in deinem Kopf vor?", fragte Jax – mehr neugierig als misstrauisch.

79

„Was?" Ich blickte auf und begegnete seinem Blick. „Nichts. Wieso?"

„Du hast eben amüsiert ausgesehen, dann fast erschrocken." Er runzelte die Stirn. „Sag mir bitte, dass du das nicht bereust."

Ich runzelte die Stirn. „Was soll ich bereuen?"

„Das hier." Er deutete auf uns. „Duschen, während deine Freundin nebenan ist. Dass wir uns so mitreißen lassen, ist das eine – aber danach rauszugehen und den Leuten in die Augen zu schauen, die das alles mitgehört haben ..."

„Himmel, nein", sagte ich, trat näher und rieb ihm Seife über den Waschbrettbauch, der zu gut war, um wahr zu sein. „Sex mit dir bereue ich nie. Nicht, wenn er so gut ist, dass mir die Zehen kribbeln."

Er schmunzelte, fing meine Hände und führte sie nach unten, bis ich seinen Schaft hielt. Er wurde hart, während er sich gegen meine Hand bewegte, langsam, fordernd. „Dann heißt das wohl, du bist bereit für Runde zwei?"

Ich biss mir auf die Lippe – schon wieder hungrig nach ihm.

Wenn wir so zusammen waren, konnte ich die Leidenschaft zwischen uns einfach nicht leugnen.

„Das sieht ganz nach einem Ja aus", sagte er – und diesmal drehte er mich so um, dass ich den Fliesen zugewandt stand. Beide Hände an die Wand gepresst, nahm er mich zum zweiten Mal.

KAPITEL 10

Jax saß auf der anderen Seite des Betts, einen Teller Enchiladas auf dem Schoß. Ich hockte neben ihm und starrte ihn fassungslos an. Er hatte mir gerade erzählt, dass sein aktuelles Bauprojekt – ein Bürogebäude auf der Nordseite der Stadt – eingestürzt war und alles auf Sabotage hindeutete. „Wie meinst du das, dein Bau wurde sabotiert?"

„Ich hab' den ganzen Tag mit den Leuten vom Bauamt in den Trümmern gewühlt", sagte er. „Und sie haben in den Überresten Spuren von Sprengstoff gefunden. Präzise platziert am Tragwerk."

„Aber wer würde sowas tun? Und warum? Hast du jemandem den Auftrag weggeschnappt?" Ich konnte kaum glauben, dass irgendwer absichtlich so weit gehen würde. „Ist jemand verletzt worden?", schob ich hinterher, entsetzt bei dem Gedanken.

„Zum Glück nicht." Er atmete tief durch. „Aber das ist noch nicht alles … Der Sprengstoff war nicht irgendein handelsübliches Zeug", sagte er vorsichtig.

„Was soll das heißen? Zeug vom Schwarzmarkt?"

Er schüttelte den Kopf, zuckte dann aber mit den Schultern, als wolle er sagen: *vielleicht*. „Der Sprengstoff war magisch, was bedeutet, dass er selbstgemacht war und nicht zurückverfolgt werden kann. Wir mussten die *Magical Task Force* einschalten. Die machen jetzt Rückstandstests, vielleicht lässt sich so die magische Signatur ermitteln."

Ich ließ mich zurückfallen, wie vor den Kopf gestoßen. „Das ergibt doch keinen Sinn. Warum sollte eine Hexe ausgerechnet dich ins Visier nehmen?"

Jax lachte bitter. „Erikson – der Typ von der Task Force – meinte, es könnte eine Art Stalker sein, der auf sich aufmerksam machen will."

„Was? Warum?" Ein Pochen begann in meiner Schläfe, und ich wünschte, ich könnte die Zeit einfach ein paar Tage zurückdrehen. Bevor alles aus dem Ruder gelaufen war.

„Er hat gefragt, ob ich in letzter Zeit jemandem ans Bein gepinkelt habe. Und ich habe halb im Spaß geantwortet: Vielleicht die Fans von Lennon Love, nachdem rausgekommen ist, dass ich jemand anderen date." Er schob sich einen großen Bissen Enchilada in den Mund und schloss genüsslich die Augen.

„Glaubt er allen Ernstes, dass dir dein kleiner Online-Ruhm einen Stalker eingebracht hat, der ein ganzes Bauprojekt in die Luft jagt, nur um deine Aufmerksamkeit zu bekommen?"

„Oder um mir eine Lektion zu erteilen, weil ich Lennon nicht genug Respekt entgegengebracht habe."

Nichts an dieser Theorie kam mir richtig vor. „Und dieser Erikson glaubt wirklich, dass jemand einfach so dein Gebäude gesprengt hat, ganz ohne Vorwarnung?"

Jax verzog das Gesicht. „Das würde ich nicht sagen. Ganz ohne Vorwarnung war es nicht."

Ein dumpfer Schmerz meldete sich in meinem unteren Rücken. Ich verlagerte das Gewicht und versuchte, die Spannung zu lindern, während ich darauf wartete, dass er fortfuhr. Als er es nicht tat, sah ich ihn an. „Jax? Du lässt das jetzt aber nicht so stehen. Von welcher Vorwarnung redest du?"

Er stellte den fast leeren Teller auf den Nachttisch und gestikulierte mir zu, dass ich näherkommen sollte.

Ich schüttelte den Kopf. „Mir geht's ganz prima hier, danke."

Seufzend lehnte er sich an das gepolsterte Kopfende. „Ich habe ein paar ziemlich verstörende Nachrichten bekommen. Online. Wegen dieser Lennon-Sache."

Der Schmerz in meinem Rücken wurde stärker, und mein Magen begann, sich unangenehm zusammenzuziehen. „Du hast nie was davon erwähnt."

„Stimmt. Habe ich nicht. Aber nur, weil ich sie nicht ernst genommen habe. Wenn die Nachrichten richtig abgedreht wurden, habe ich die Absender einfach geblockt. Geht man nicht so mit Social-Media-Trollen um?"

„Ja, aber nicht, wenn sie dir drohen." Ich schüttelte den Kopf. „Solche Nachrichten speichert man – für den Fall, dass mehr dahintersteckt als nur ein Troll."

„Das habe ich inzwischen auch gehört", murmelte er angewidert. „Und weil ich sie gelöscht habe, hat Erikson jetzt nicht viel in der Hand. Wenn ich sie behalten hätte, gäbe es eine richtige Ermittlung. Ich soll auf jeden Fall jede neue Drohung direkt an ihn weiterleiten. Er sagt, es sei nicht ungewöhnlich, dass der Täter nochmal Kontakt aufnimmt. Gehört zum Aufmerksamkeitsspiel dazu."

„Verdammt, Jax. Das tut mir so leid." Ich nahm seine Hand

in meine. „Das alles wäre nie passiert, wenn ich dich nicht zu dieser blöden Party geschleppt hätte."

„Glaubst du das wirklich?" Er neigte den Kopf und musterte mich. „Ich bin mir ziemlich sicher, dass ich auch so dort gewesen wäre – allein schon wegen des Feuers."

Er hatte recht. Auch wenn er nicht mein Begleiter gewesen wäre, als Freiwilliger bei der Feuerwehr von Premonition Pointe wäre er sowieso aufgetaucht.

„Ich wünschte, ich könnte behaupten, dass ich dich überredet hätte, mit Lennon auszugehen", sagte ich mit einem schiefen Lächeln. „Aber das wäre gelogen. Ich hätte es getan, weil sie ein Date mit dir wollte – und ich wollte, dass sie gute PR für meine Agentur macht. Doch das hätte ich nie tun sollen, aus vielerlei Gründen."

„Weil du mich für dich wolltest." Ein Grinsen huschte über sein Gesicht.

Ich verdrehte die Augen, aber er hatte ja recht. „Ja, wollte ich. Und es war nicht okay, euch beide auf ein Date zu schicken, obwohl ich wusste, dass du nie Interesse an ihr haben würdest. Und jetzt das alles ... Das hast du nicht verdient. Es tut mir leid, Jax."

„Hey." Sanft legte er den Arm um meine Schultern und zog mich in eine seitliche Umarmung. „Dass jemand mein Gebäude in die Luft gejagt hat, ist nicht deine Schuld. Kein Stück. Das ist ganz allein die Schuld dessen, der es getan hat. Und das weißt du auch. Wenn es wirklich ein Stalker ist, hätte das auch ohne das Date passieren können. Das Ganze ist überhaupt nur eine Möglichkeit, weil ich seitdem bekannter bin. Aber mal ehrlich – der Feuerwehrkalender, der in ein paar Wochen rauskommt, hätte den gleichen Effekt haben können. Es ist ja nicht so, dass ich mich versteckt hätte."

Ich löste mich aus seiner Umarmung und starrte ihn fassungslos an. „Du hast für den Feuerwehrkalender posiert?"

„Ja. Nur mit den Einsatzhosen." Er zwinkerte und grinste – und da war dieses unwiderstehliche Grübchen in seiner rechten Wange. „Klingt, als hätten wir unsere erste Vorbestellung."

Ich lachte. „Ich nehme ein halbes Dutzend."

„Musst du nicht. Du hast ja das Original direkt hier." Er küsste mich auf die Schläfe. „Jetzt erzähl mir von deinem Tag."

Ich stöhnte und begann zu berichten. Als ich zu dem Teil mit dem Chaoszauber kam, spielte ich die Wirkung runter – ich wollte nicht, dass er sich noch mehr Sorgen machte.

Nicht, dass es funktioniert hätte. In seinen dunklen Augen stand glasklare Sorge. „Das klingt gefährlich, Marion. Das gefällt mir nicht. Überhaupt nicht."

„Glaubst du, ich finde es super?", fragte ich gereizt. „Denkst du nicht, ich würde am liebsten sofort zur Polizei gehen und Kiera als vermisst melden? Oder direkt zur *Magical Task Force*? Wenn es nach mir ging, würde ich deinen Erickson-Typen noch heute Abend anrufen. Aber sie war sich sicher, dass ihr Ex überall Kontakte hat. Ich weiß nicht, wem ich trauen kann – außer denen, die mir wirklich nahestehen."

„Du kannst mir keinen Vorwurf daraus machen, dass ich mir Sorgen um dich mache." Er strich sanft und beruhigend mit der Hand über meinen Arm, auf und ab. „Ich weiß, wie schwer das für dich ist. Ich wünschte nur, ich könnte morgen bei dir sein. Aber ich muss mich um das Desaster von heute kümmern."

Ich lehnte den Kopf gegen seine Brust. Unter meinem Ohr pochte sein Herz. „Ich weiß. Und glaub' nicht, dass ich mir keine Sorgen um dich mache – was, wenn dein Stalker das nächste Mal noch weiter geht? Was, wenn jemand verletzt wird?" Meine Angst begann, mir den Magen zu drehen.

„Meine Leute und ich werden vorsichtig sein", sagte er. Aber seine Worte klangen hohl. Keiner von uns konnte irgendetwas versprechen. Wir wussten beide nicht, was auf uns zukam. Aber genauso wussten wir, dass keiner von uns aufgeben würde. Ich würde Kiera nicht im Stich lassen – und Jax würde nicht zulassen, dass irgendein Wahnsinniger ihm seine Karriere zerstörte.

Der einzige Weg für uns beide war, unbeirrt weiterzugehen.

ES FÜHLTE SICH MERKWÜRDIG AN, am nächsten Morgen mein Büro zu betreten. Ich hatte eigentlich frei – es war Sonntag –, aber da Kiera immer noch verschwunden war, brauchte ich etwas, auf das ich mich konzentrieren konnte. Ich wollte raus und nach ihr suchen, aber ich hatte keine Ahnung, wo ich überhaupt anfangen sollte. Gigi hatte gesagt, sie würde sich melden, sobald Sebastian etwas zu den Fingerabdrücken auf dem Dolch sagen konnte.

Also hatte ich fast den ganzen Tag Zeit, bevor ich mich mit dem Zirkel treffen sollte. Und zu Hause rumsitzen und warten wäre Folter.

„Guten Morgen!", trällerte Celia, als sie ins Büro schwebte. „Was für ein Abenteuer steht heute an?"

Ich warf ihr einen Blick zu, während sie am Fenster innehielt und auf die Straßen spähte.

„Du siehst es. Es sei denn, du hast eine heiße Spur." Ich schaltete den Computer ein.

„Nein. In Pointe ist es totenstill." Sie verzog das Gesicht

und schmollte. „Ich schwöre, die Leute in dieser Stadt würden einen saftigen Skandal nicht einmal erkennen, wenn er ihnen in den Arsch treten würde. Das Einzige, worüber geredet wird, ist der Einsturz dieses Bürogebäudes."

Ich spitzte die Ohren. Jax' Projekt. „Ja? Was sagen sie?"

„Nur, dass es wohl Pfusch am Bau war – und jetzt spekulieren alle, dass gespart wurde, wo es nur ging, und dass die städtischen Beamten bestochen wurden, um Genehmigungen ohne Kontrollen auszustellen. Ganz gewöhnlicher, langweiliger Kleinstadtpolitik-Kram."

Ich verzog das Gesicht. Nicht gerade das, was ich hören wollte. „Das war Jax' Projekt. Und es hat sicher keinen Pfusch am Bau gegeben."

Celia zuckte die Schultern. „Ich sage dir nur, was ich gehört habe. Keiner spricht über eine vermisste Frau."

Das war klar. Wenn die Stadt keine offizielle Stellungnahme über das Bürogebäude abgab, würden die Lücken eben mit Gerüchten gefüllt – egal, ob da was dran war oder nicht.

„Wie läuft's eigentlich mit Danny?" Ich wechselte das Thema – ich brauchte dringend etwas, das mich weniger stresste.

„Gut." Sie strahlte. „Er ist der beste Partner, den man sich wünschen kann. Stell dir vor, jeden Abend ins *Abs, Buns &* *Guns* eingeladen zu sein."

„Ernsthaft? Er bringt dich dahin?"

„Klar. Er ist ja irgendwie an den Ort gebunden. Er hat noch keinen Weg gefunden, wie er sich frei bewegen könnte. Also treffen wir uns dort. Und mal ehrlich – wer würde da Nein sagen?"

„Solange du glücklich bist, ist alles gut."

Ihr Lächeln wurde noch breiter. „Das bin ich. Aber das

heißt eben auch, dass ich tagsüber was zu tun brauche. Und da bin ich. Was steht an, Chefin? Soll ich jemanden beschatten?"

Am liebsten hätte ich sie auf Kieras Ex angesetzt. Ich dachte kurz darüber nach, ob ich sie Jax hinterherschicken sollte, verwarf den Gedanken aber sofort. Sie würde ihn in den Wahnsinn treiben. „Kannst du Kennedy im Auge behalten? Er ist gestern ausgezogen, und ich mache mir ein bisschen Sorgen um ihn. Einfach darauf achten, dass ihm nichts passiert?"

„Bin schon dabei." Sie salutierte, als hätte ich ihr einen offiziellen Auftrag erteilt. „Ich mag den Jungen wirklich. Ich sorge gern dafür, dass er keinen Blödsinn macht."

„So war das nicht –", begann ich, aber da war sie schon verschwunden.

Na ja. Wenigstens war sie harmlos. Meistens. Das Schlimmste, was sie tun könnte, wäre, Kennedy ein bisschen zu nerven. Oder?

Es klopfte an der Bürotür, und ich zuckte zusammen. Ich runzelte die Stirn, während ich aufstand, um zur Tür zu gehen. Ich hatte für den Morgen keine Termine, und wenn Iris vorbeikommen würde, dann würde sie sicher nicht klopfen. Es klopfte erneut.

„Ich komme schon!", rief ich und öffnete.

Vor mir stand ein großer, makellos gepflegter Mann mit blondem Haar und glattrasiertem Gesicht. „Marion Matched?"

Ich nickte. „Die bin ich. Was kann ich für Sie tun?"

„Ich hab' einiges über Ihre neue Agentur gehört und dachte, ich schaue einfach mal vorbei. Vielleicht haben Sie ja noch einen Platz frei für einen vielbeschäftigten Geschäftsmann, der jemand Besonderen sucht."

„Und Sie sind dieser vielbeschäftigte Geschäftsmann?"

Er lachte leise. „Ganz genau." Er streckte mir die Hand entgegen. „Brixton Belford. Meine Freunde nennen mich Brix."

Ich schüttelte seine Hand – und im selben Moment zuckte ein Kribbeln meinen Rücken hinunter. So heftig, dass ich beinahe zusammengezuckt wäre.

„Wow", sagte Brix. „Das war intensiv, nicht wahr?"

„Sie haben das auch gespürt?", fragte ich, noch immer auf seine Hand starrend.

„Bis in die Zehenspitzen." Er zwinkerte, und ich konnte mich seinem Charme einfach nicht entziehen. Der Mann war mehr als nur gutaussehend – er hatte eine Wärme an sich, die ansteckend war. Die Anspannung der letzten Tage ließ nach, als ich ihn hereinbat, dankbar, mit jemandem zusammenzuarbeiten, dessen Vermittlung ein echtes Vergnügen werden würde.

Sobald wir an meinem Schreibtisch saßen, fuhr ich meinen Computer hoch und wandte mich ihm zu. „Also, erzählen Sie mir, was Sie suchen."

Er lehnte sich zurück, schlug ein Bein über das andere und wirkte, als würde er darüber nachdenken, bevor er antwortete.

„Jemanden mit Feuer. Stark, voller Leben. Jemanden, der loyal ist. Spontan, abenteuerlustig. Aber am wichtigsten ist jemand, der einfach diesen Funken hat." Er sah auf meine Hände. „Dieses gewisse Etwas, das man sofort spürt, wenn man jemanden trifft. Davon verstehen Sie bestimmt was, oder?"

Ich schenkte ihm ein geduldiges Lächeln. „Verschwenden Sie Ihr bestes Material nicht an mich. Ich date keine Klienten."

Er lachte – und da war wieder dieses spitzbübische Funkeln in seinen Augen.

Ich musste mir eingestehen: Wäre ich nicht längst vergeben, wäre er definitiv jemand, dem ich nur schwer widerstehen könnte. Er war im klassischen Sinne attraktiv und wahnsinnig charmant.

„Das hab' ich im Internet anders gelesen", neckte er. Dann, ernster: „Ich suche jemanden, der mich wirklich begeistert. Jemanden, der spontan mit mir in den Flieger steigt – aber mich nicht nur daten will, weil ich Geld habe. Ich hasse das Gefühl, benutzt zu werden."

Zum ersten Mal, seit er hereingekommen war, schwang etwas Bitterkeit in seiner Stimme mit. Er war schonmal enttäuscht worden.

„Denken Sie, Sie können mir da helfen?"

„Ich werde es gern versuchen." Ich öffnete eine Datei mit Kandidatinnen, die ausdrücklich einen wohlhabenden Partner suchten – aber aus dem gleichen Grund wie er: weil sie keine Lust hatten, ausgenutzt zu werden. „Wie wäre es, wenn Sie ein paar Dates ausprobieren und wir sehen, was sich ergibt?"

„Ich würde lieber mit einer Party anfangen." Er stellte beide Füße auf den Boden und beugte sich vor. „Wie gesagt, ich will diesen Funken gleich beim ersten Treffen spüren. Wenn es nicht passt, verschwende ich ungern Zeit."

„Okaaay. Sicher." Ich nickte langsam. Nicht gerade meine Lieblingsidee – nach der letzten Party war ich vorsichtig geworden. Aber vielleicht würde es dieses Mal besser laufen.

Falsch. Wann würde ich endlich daraus lernen? Denn, oh ja – ich lag mit meiner Einschätzung sowas von falsch.

KAPITEL 11

*N*achdem Brix das Büro verlassen hatte, warf ich einen Blick auf meine Uhr. Es war früher Nachmittag, und ich wurde langsam unruhig, weil ich noch nichts gehört hatte. Weder von Jax noch von Hollister oder Iris.

Ich stand auf und begann auf und ab zu gehen, während ich Jax' Nummer wählte. Wir waren nicht gerade an dem Punkt, wo wir uns mehrmals täglich meldeten, aber nach der Explosion am Vortag hatte ich einfach das Bedürfnis, seine Stimme zu hören.

„Hey, Marion. Alles okay? Ist was passiert?", fragte er. Seine Stimme klang besorgt.

„Nein, nichts ist passiert. Mir geht's gut. Ich wollte nur hören, ob es dir gutgeht." Die Anspannung in meinen Schultern ließ allein durch den Klang seiner Stimme nach.

„Ja, mir geht's gut." Jetzt war seine Stimme weicher. Ich hörte, wie sich eine Tür schloss, dann wurde es im Hintergrund still. Vermutlich war er in sein Büro gegangen. „Die Crew ist ziemlich mitgenommen, dass jemand sowas getan hat, aber sie wollen unbedingt weitermachen. Wir warten nur auf die Freigabe der Gutachter."

„Das ist gut." Ich fühlte mich plötzlich albern, weil ich mir solche Sorgen gemacht hatte. Aber seit mein neuer Klient das Büro verlassen hatte, konnte ich dieses ungute Gefühl nicht loswerden. Wahrscheinlich brauchte ich einfach etwas, womit ich mich ablenken konnte, während wir auf Ergebnisse warteten. „Ich habe einen neuen Klienten", platzte es aus mir heraus, ohne recht zu wissen, warum. Neue Klienten meldeten sich ständig.

„Oh? Dann bist du im Büro?" Er klang überrascht. „Ich hätte gedacht, du bist zu sehr mit allem anderen beschäftigt."

„Der Zirkel trifft sich heute Abend, und ich warte auf eine Rückmeldung von Hollister. Ich musste irgendwas tun, damit ich nicht durchdrehe", sagte ich – und klang dabei selbst in meinen eigenen Ohren defensiv.

„Klar. Ja. Klingt sinnvoll", sagte er zögernd. Dann seufzte er. „Ich wollte damit wirklich nichts andeuten, Marion. Es ist viel passiert in den letzten Tagen. Ich hatte einfach nicht auf dem Schirm, dass du ins Büro gehst – aber eigentlich war das ja klar. Du bist nie der Typ gewesen, der die Hände in den Schoß legt. Erzähl mir von deinem neuen Klienten."

„Ist nicht wichtig", sagte ich und winkte ab, obwohl er mich nicht sehen konnte. „Ich habe eigentlich nur angerufen, weil ich deine Stimme hören wollte. Wie du gesagt hast – es ist viel passiert, und ich wollte einfach wissen, ob es dir gutgeht."

„Ja, mir geht's gut. Und, Marion?"

„Hm?"

„Ich freue mich, dass du angerufen hast. Ich hab' mir auch Sorgen um dich gemacht."

Er zögerte kurz. „Ich weiß, du hast heute Abend das Treffen

mit dem Zirkel, aber danach … willst du zu mir kommen? Ich koche."

„Ja", sagte ich sofort, als dieses vertraute Kribbeln in meiner Wirbelsäule zum Leben erwachte und sich eine angenehme Wärme in meinem Körper ausbreitete. „Ich seh' dich heute Abend."

Lächelnd beendete ich das Gespräch und scrollte weiter, bis ich Hollisters Nummer fand.

Er ging beim ersten Klingeln ran. „Ich habe nichts gefunden", schnaubte er. „Keine einzige Spur von Kieras Auto in einem Abschlepphof im Umkreis von hundert Meilen. Und als ich versucht habe, ihre Nummernschilder zu überprüfen, um zu sehen, ob irgendwas dabei rauskommt – gab es keine Einträge. Überhaupt keine."

„Wie meinen Sie das – keine Einträge? Wie kann das sein?" Ich runzelte die Stirn und versuchte, mir einen Reim darauf zu machen.

„Das geht eigentlich nur, wenn das Kennzeichen gefälscht ist. Aber ich habe Garrison angerufen. Er meinte, das müsse ein Fehler sein, denn er war dabei, als sie das Auto angemeldet hat."

„Du glaubst, er irrt sich? Dass es kein Systemfehler ist?"

„Ehrlich gesagt – keine Ahnung. Aber nach diesem Chaoszauber halte ich mittlerweile alles für möglich. Wenn jemand wollte, dass Kiera verschwindet, dann wäre es ein logischer Schritt, ihre Fahrzeugdaten aus dem Register zu tilgen. Das macht es definitiv schwerer, das Auto zu finden."

Ich musste zugeben, dass an seiner Theorie etwas dran war. „Und was machen wir jetzt?"

Seine Stimme wurde hart. „Ich werde ihren Namen suchen und sehen, was ich finde. Ihren echten Namen."

„Sie kennen ihren richtigen Namen?", fragte ich

fassungslos. Sie hatte mir geschworen, dass sie ihn niemandem sagen würde – zu gefährlich.

„Nein. Aber Sie schon."

Die Botschaft war klar. Er wollte, dass ich ihn ihm nannte. Aber das würde nicht passieren. „Ich mache das selbst."

Hollister knurrte frustriert. „Marion, Sie können das nicht länger für sich behalten. Wenn wir sie finden wollen, müssen Sie endlich mit offenen Karten spielen."

„Vielleicht." Ich war nicht dumm. Natürlich war unsere Chance größer, wenn ich ihm alles erzählte. Aber ich wusste auch, dass Kiera niemals zulassen würde, dass Garrison in Gefahr geriet – und genau das würde passieren, wenn ich bei Hollister die Karten auf den Tisch legte. Wenn jemand bemerkte, dass er herumschnüffelte, würde das Garrison zur Zielscheibe machen. Kiera hatte mir über die Jahre viele Szenarien geschildert. Ich würde ihr Vertrauen jetzt nicht enttäuschen. „Ich mache einen Background-Check auf beide Namen und sage Ihnen Bescheid, wenn irgendwas rauskommt."

„Marion!"

Celia tauchte plötzlich im Büro auf – genau in dem Moment, in dem sie auch meinen Namen rief. Ihre Haare waren zerzaust, ihr Gesicht angespannt.

„Du musst sofort mitkommen. Es geht um Kennedy."

„Das ist nicht –", begann Hollister, aber ich unterbrach ihn.

„Tut mir leid, Hollister. Ich muss los." Ich legte auf, ohne mehr zu erklären, und wandte mich Celia zu. „Was ist passiert? Ist er verletzt?"

„Noch nicht. Aber wenn er weiter mit diesem Trottel rumhängt, wird es bald passieren. Er ist bei *Sky's The Limit*, und Skyler ist kurz davor, die Polizei zu rufen."

„Weswegen?" Ich griff schon nach Schlüssel und Geldbeutel.

„Ladendiebstahl." Celia verschwand – und ließ mich mit einem ganzen Berg unbeantworteter Fragen zurück.

„Verdammt!" Ich stürmte aus dem Büro, Wut kochte in mir hoch. Ladendiebstahl? Meinte sie das ernst? Ich konnte mir nicht vorstellen, dass Kennedy sowas tat. Er hatte mein Haus verlassen, weil er nicht das Gefühl haben wollte, mir zur Last zu fallen – und jetzt das? Aber ehrlich gesagt kannte ich ihn ja auch erst seit ein paar Wochen. Vielleicht war das doch nicht so untypisch für ihn?

Während ich die Main Street hinuntereilte, fragte ich mich, ob sein Verhältnis zu seinen Eltern vielleicht aus mehr Gründen angespannt war als nur wegen seiner Sexualität. War das irgendwie ausschlaggebend? Nein. Absolut nicht. Was auch immer Kennedy in der Vergangenheit getan hatte – das rechtfertigte nicht, dass seine Eltern ihn verstoßen hatten, nur weil er mit einem Mann ausging.

Mein Herz zog sich zusammen, als ich den Streifenwagen vor *Sky's The Limit* sah. Nicht, dass ich es Skyler verdenken konnte. Wenn jemand in meinem High-End-Designerladen geklaut hätte, würde ich wahrscheinlich auch die Polizei rufen. Ich hatte nur gehofft, es klären zu können, bevor es so weit eskalierte.

Die Ladentür stand offen, und drinnen hielten sich etwa ein halbes Dutzend Leute auf. Ich sah Kennedy sofort. Sein Kopf war gesenkt, und seine Hände waren auf dem Rücken gefesselt.

Der Anblick tat mir im Herzen weh. In den wenigen Wochen hatte ich den Jungen wirklich ins Herz geschlossen. Ihn so zu sehen schmerzte.

Celia schwebte neben einem Polizisten mit dem

Namensschild *J. Stone* und redete ununterbrochen auf ihn ein. Sie betonte, es sei nicht Kennedys Schuld, ein anderer Mann habe ihn gezwungen, die Sachen in seinen Rucksack zu stecken.

„Ma'am", sagte der Beamte ungeduldig, „ich kann keine Aussage von einem Geist aufnehmen."

„Dann schauen Sie sich die Sicherheitsvideos an! Fragen Sie Kennedy, der wird es Ihnen sagen!", beharrte Celia.

Alle Blicke richteten sich auf den jungen Mann mit den gefesselten Händen.

Kennedy hob den Kopf nicht.

Ich ging schnell zu ihm hinüber. „Stimmt das? Hat dich jemand dazu gezwungen?"

„Es ist die Wahrheit!", warf Celia ein. „Ich habe gesehen, wie der Mistkerl einen Zauber gewirkt hat, und ehe ich mich versah" – sie fuchtelte mit der Hand – „war das hier passiert."

Ein Zauber? Mir wurde flau im Magen. War Kennedy verflucht worden? Ich konnte Celias Behauptung nicht einfach abtun – ich war schließlich selbst erst kürzlich Opfer eines Fluchs geworden.

Kennedys Kopf zuckte hoch. „Marion, ich…" Die Worte blieben ihm im Hals stecken, Panik flackerte in seinen blauen Augen.

„Du musst jetzt nichts sagen", sagte ich ruhig und legte ihm eine Hand auf die Schulter. Dann wandte ich mich Skyler zu, den Besitzer des Ladens – und zufällig Gigis Nachbar. „Was genau ist passiert?"

„Der Alarm ging los, als er den Laden verlassen wollte." Skyler runzelte die Stirn, während er Kennedy musterte. „Wir haben Klamotten und Pflegeprodukte im Wert von über tausend Dollar in seinem Rucksack gefunden." Dann verzog er das Gesicht, als würde ihm etwas nicht ganz einleuchten. „Kennst du den Jungen?"

„Ja. Er ist mit meinem Sohn Ty zusammen. Kennedy ist gerade erst nach Premonition Pointe gezogen."

Skyler ließ den Blick noch einmal über Kennedy wandern.

„Marion, du musst wirklich nicht –", setzte Kennedy an, doch ich hob die Hand.

„Können wir kurz reden?", fragte ich Skyler. „Unter vier Augen?"

„Ma'am", mischte sich nun eine Polizistin ein, „wir haben hier einen Job zu erledigen. Kann das nicht warten?"

„Nein", sagte ich bestimmt. Ich las ihr Namensschild – *Matson* – und prägte es mir ein. Dann wandte ich mich wieder Skyler zu. „Nur eine Minute?"

Er zögerte, nickte dann aber, und wir traten auf den Bürgersteig vor dem Laden, immer noch mit Blick auf das Geschehen drinnen.

„Hör zu, Skyler", begann ich, bemüht, nicht zu verzweifelt zu klingen. „Ich weiß, das ist eine große Bitte, aber Kennedy hat in den letzten Wochen einiges durchgemacht. Es gibt einen Grund, warum er hierhergezogen ist – nicht nur wegen Ty. Nach seinem Coming-out…" Ich schüttelte den Kopf. Ich hatte nicht das Recht, seine Geschichte zu erzählen. Aber ich musste irgendetwas sagen, um Kennedy vor dem Gefängnis zu bewahren. „Es war schlimm. Ich will sein Verhalten nicht schönreden, aber wenn Celia recht hat und er verzaubert wurde, dann denke ich einfach, dass er sich von einer Verhaftung nicht erholen würde."

Skyler sah wieder in den Laden, wo die Polizisten Kennedy weitgehend ignorierten und Celia immer noch versuchte, sich Gehör zu verschaffen. Ihre Hartnäckigkeit war ungewöhnlich – und genau das machte ihre Aussage für mich glaubwürdig.

„Ich verstehe nicht, warum Kennedy ausgerechnet Kleider stehlen sollte, denn genau das haben wir in seinem Rucksack gefunden", sagte Skyler.

„Kleider?", fragte ich überrascht. „Ich weiß, dass die Kids heute geschlechtsübergreifend shoppen, aber bisher hatte ich nicht den Eindruck, dass das sein Ding ist. Oder Tys."

„Die Kleider sind viel zu klein für ihn", sagte Skyler und tippte sich nachdenklich an die Lippen. „Und die Gesichtspflegeprodukte sind auch nicht für seinen Hauttyp geeignet. Der Geist könnte recht haben. Vielleicht hat der andere Typ ihn tatsächlich gezwungen. Ich muss die Kameras checken."

„Kannst du das gleich tun?", fragte ich hoffnungsvoll. „Bevor sie ihn mitnehmen?"

„Ja." Er nickte entschlossen und verschwand wieder im Laden.

Aber bevor er die Videos auf seinem Computer aufrufen konnte, führten die Polizisten Kennedy bereits zur Tür.

„Sie bekommen eine Vorladung zur Anhörung", sagte Matson. „Es sei denn, er bekennt sich schuldig."

„Warten Sie – Anhörung?" Ich bekam es mit der Angst zu tun.

„Die Kaution wird wahrscheinlich morgen festgesetzt." Der Polizist schob Kennedy zur Tür und rief: „Los, Bewegung!"

„Warten Sie!" Skyler hob beide Hände, seine Stirn besorgt gerunzelt. „Ich will keine Anzeige erstatten. Wir verbuchen das als Missverständnis."

Die beiden Polizisten tauschten einen Blick aus. Die Frau packte Kennedys Arm fester.

„Ich denke, wir sollten das lieber auf der Wache klären."

Skyler sah sie mit zusammengekniffenen Augen an. „Ich sehe nicht, was es da noch zu klären gäbe. Ich danke Ihnen, dass Sie gekommen sind, aber ich habe mich offenbar geirrt. Ich wäre Ihnen sehr verbunden, wenn Sie Kennedy jetzt freilassen würden."

Wieder ein Blick zwischen den Beamten. Stone zuckte mit den Schultern, Matson seufzte – und schloss schließlich die Handschellen auf. Dann beugte sie sich zu ihm hinüber.

„Ich werde dich im Auge behalten, du kleiner Punk."

Ich hätte sie am liebsten angeknurrt. Aber ich hielt mich zurück. Eine Eskalation half niemandem.

Wir alle schwiegen, während die Beamten den Laden verließen. Kaum waren sie außer Sicht, wandte sich Skyler Kennedy zu, die Hände in die Hüften gestemmt. „Also Honey, du hast einiges zu erklären."

Kennedy starrte ihn mit großen Augen an, sein Adamsapfel hüpfte, aber er brachte kein Wort heraus.

„Du kannst gern mit einem Danke anfangen", sagte Skyler kühl. „Und dann regeln wir das mit der Bezahlung."

„Bezahlung?" Kennedys Blick huschte zur Kasse, wo der Haufen Kleider lag.

„Du wirst das abarbeiten", sagte Skyler. „Also wie wär's, wenn wir gleich damit anfangen. Hinten ist eine Lieferung, die muss ausgepackt und inventarisiert werden." Er nahm einen Lieferschein und drückte ihn Kennedy in die Hand. „Kontrollier' nach, ob alles da ist, dann zeige ich dir, wie man die Sachen etikettiert."

Kennedy stand einen Moment wie erstarrt da, mit dem Zettel in der Hand, sein Blick fassungslos. „Ähm, danke, dass Sie verhindert haben, dass die mich mitgenommen haben."

„Gern geschehen", antwortete Skyler knapp. „Aber bring mich nicht dazu, meine Entscheidung zu bereuen. Und halt' dich von dem Typen fern, mit dem du hier warst. Der bedeutet nur Ärger. Wenn ich eins im Leben gelernt habe, dann, dass der Umgang mit den Falschen dich runterzieht. Und ehe du dich versiehst, stehst du in Handschellen da und steckst bis Oberkante Unterlippe in der Scheiße, während sie längst das Weite gesucht haben. Verstehst du, was ich dir damit sagen will?"

Der Junge nickte stumm, dann wandte er sich mir zu. „Marion, es war nie meine Absicht, dich da reinzuziehen."

Celia schnaubte hinter ihm. „Da zeigt sich mal wieder – mit Verlierern abhängen ist eine schlechte Idee. Vor allem, wenn man Marion auf seiner Seite hat. Heiliger Vollpfosten am Pranger!"

Kennedy versteifte sich und presste die Lippen zusammen.

„Celia", seufzte ich. „Danke, dass du mich gerufen hast. Aber lass mich jetzt bitte übernehmen, ja?"

„Oh, ich verstehe", sagte sie theatralisch. „Solange ich brav den Wachhund spiele, ist alles super. Aber sobald ich auch mal 'ne Meinung habe, bin ich raus. Na schön. Wenn du wissen willst, wer der Arsch war, der ihm das hier eingebrockt hat, dann frag mich. Bis dahin werde ich Danny wie einen Baum besteigen."

„Viel Spaß!", rief Skyler, während sie verschwand.

„Ich mach mich dann einfach an die Arbeit", sagte Kennedy so leise, dass ich ihn kaum hörte.

„Warte", sagte ich und warf Skyler einen Blick zu. „Wir brauchen nur einen Moment. Es gibt ein paar Dinge, die wir klären müssen."

Skyler nickte, und ich hakte mich bei Kennedy unter, um ihn weiter in den Laden zu ziehen. Wir blieben bei einer Auslage mit Hautpflegeprodukten stehen, wo wir weit genug entfernt waren, um ein Gespräch unter vier Augen führen zu können, aber immer noch in Skylers Sichtlinie.

„Was ist hier passiert?", fragte ich ohne Umschweife.

Kennedy holte tief Luft und schüttelte den Kopf. „Ich weiß es nicht. Eben stand ich noch vor dem Sale-Ständer mit upgecycelten Jeans, und plötzlich wurde mir schwindelig – als könnte ich jeden Moment umkippen. Ich erinnere mich noch, wie ich mich an einem Ständer festgehalten habe, dann hat mein Mitbewohner gesagt, wir müssten gehen. Beim Rausgehen ging der Alarm los, und Vince ist abgehauen. Ich habe keine Ahnung, wie das Zeug in meinen Rucksack gekommen ist."

Ich zog eine Augenbraue hoch. „Ernsthaft? Du hast keine Ahnung? Du erinnerst dich nicht, dass du es da reingesteckt hast?"

„Ich bin kein Dieb", sagte er trotzig und zeigte endlich ein bisschen Rückgrat.

„Das habe ich auch nie angenommen", sagte ich ehrlich. „Wer ist dieser Vince?"

„Nur ein Typ, der mir angeboten hat, dass ich auf seiner Couch pennen kann, bis ich was Eigenes finde."

„Nur ein Typ?", fragte ich ungläubig. „Du bist einfach mit irgendeinem Typen mitgegangen? Mit jemandem, der dich vielleicht magisch dazu gebracht hat, bei Skyler zu stehlen?"

Er wandte den Blick ab und scharrte mit dem Fuß. „Ich habe einen Platz zum Schlafen gebraucht. Ich wusste doch nicht, dass er … sowas machen würde."

„Du wohnst bei mir. Verstanden?" Mein Mama-Ton war plötzlich da – den benutzte ich selten, aber ich würde Kennedy ganz sicher nicht bei Fremden wohnen lassen, die ihn unter den Einfluss von Magie setzten und dann Reißaus nahmen.

„Jetzt, wo Ty weg ist, dachte ich –"

„Hör auf zu denken", unterbrach ich ihn. „Hier geht es nicht mehr um Ty. Es geht um dich. Und um mich. Und darum, dass mir wichtig ist, was mit dir passiert. Wenn du bei Fremden auf der Couch schlafen kannst, kannst du auch in der Wohnung über meiner Garage wohnen. Da wirst du nicht verflucht oder verhext oder zu irgendwas gezwungen – außer vielleicht dazu, ein verantwortungsbewusster Mensch zu sein."

Er hob den Kopf, sah mich an und nickte.

„Gut. Wenn du hier fertig bist, kommst du nach Hause, und wir gehen die Hausregeln durch. Geht klar?"

„Ja."

Ich drückte sanft seine Hand. „Ich weiß, die Sache mit deinen Eltern war schwierig und du hast gerade eine Menge um die Ohren, aber lass das nicht dein Urteilsvermögen trüben. Ty und ich, wir kümmern uns um dich. Was zwischen euch beiden ist, geht mich nichts an. Ich mische mich da nicht ein. Aber ich will, dass du weißt: Ich bin hier, du bist mir nicht egal, und wenn du bereit bist, meine Hilfe anzunehmen, dann hast du bei mir immer einen sicheren Ort."

Er schluckte schwer, und Tränen glänzten in seinen Augen, als er mich plötzlich fest umarmte. Als er sich wieder löste, waren die Tränen verschwunden, aber seine Stimme war heiser, als er sagte: „Danke, Mama Marion."

Mir wurde warm ums Herz. Ich wusste einfach, dass er ein guter Junge war – einer, dem es gerade schwerfiel, seinen Platz in der Welt zu finden. Und vielleicht würde er mit ein bisschen Stabilität finden, was er brauchte.

Als Kennedy mit dem Lieferschein in der Hand nach hinten verschwand, ging ich wieder zu Skyler an den Tresen.

„Hier", sagte er und deutete auf den Bildschirm. „Siehst du das?"

Ich blinzelte auf das stark gepixelte Bild. „Was meinst du?"

„Oh, das ist die vergrößerte Version. Warte." Er tippte ein paar Tasten, und das Bild wurde klarer. Ich erkannte eine tätowierte Hand auf Kennedys Schulter. „Siehst du diesen

Funken?" Er zoomte erneut heran, und ein silbriger Schimmer lag wie ein Schleier über den tätowierten Fingern. „Das ist definitiv irgendeine Form von Magie."

Meine Kehle wurde trocken, als er Celias Version bestätigte. Das musste Vince' Hand sein – und ja, er hatte definitiv Magie eingesetzt. Meine Hände ballten sich zu Fäusten bei dem Gedanken, was der Mistkerl getan hatte. Fast hätte er Kennedys Leben ruiniert – für eine Handvoll Kleider und ein paar Tiegel luxuriöse Hautpflege.

Skyler klickte weiter und übersprang ein paar Frames. „Da. Das ist eins der Kleider, die wir in seinem Rucksack gefunden haben." Noch ein Klick, und Kennedys schlanke Silhouette erschien. Er hielt das Kleid in den Händen, stand aber stocksteif da und starrte geradeaus – wie in Trance. Die tätowierten Hände hielten den Rucksack geöffnet, Kennedy nickte kaum merklich, dann steckte er das Kleid hinein. Der andere Mann schloss den Rucksack und gab ihn Kennedy zurück.

„Das Video beweist zwar nicht eindeutig, dass Kennedy nichts wusste", sagte Skyler, „aber für mich ist klar, dass Magie im Spiel war. Und als ich ihn gebeten habe, den Rucksack zu öffnen, war er vollkommen ruhig. Aber als ich die Sachen gefunden habe, war er sichtlich geschockt. Wenn das gespielt war, dann ist er ein verdammt guter Schauspieler. Ich jedenfalls gebe dem Typen mit den Tattoos die volle Schuld – wer auch immer er ist."

„Kennedy sagte, sein Name sei Vince. Nur ein Typ, der ihm angeboten hat, dass er vorübergehend auf seinem Sofa schlafen kann."

Skyler schnaubte. „Dann sollte Kennedy sich dringend bessere Freunde suchen. Vielleicht lernt er ja was draus, wenn er hier arbeitet, bis die Sachen abbezahlt ist."

„Da sind wir uns einig." Ich blickte zum Durchgang zum Hinterzimmer, dann zurück zu ihm. „Danke, dass du so damit umgegangen bist. Du weißt gar nicht, wie viel mir das bedeutet."

Er legte die Hand auf meinen Unterarm und drückte sanft. „Kein Problem." In seinem Blick lag echtes Mitgefühl, als er sagte: „Ich war früher ein bisschen wie Kennedy. Als meine Eltern mich verstoßen haben, habe ich viele schlechte Entscheidungen getroffen, bevor ich begriffen habe, dass Selbstakzeptanz der Schlüssel ist. Ich gebe ihm gern eine Chance. Solange er nicht versucht, mich auszunutzen, kommen wir gut klar."

Ich musste fast lachen, aber beherrschte mich. „Ich glaube, das Letzte, was er tun würde, ist, dich auszunutzen. Er ist in diese ganze Misere geraten, weil er nicht wollte, dass ich das Gefühl habe, er nutzt mich aus."

„Deswegen ist er auf dem Sofa gelandet?"

„Ja. Hoffentlich liegt das jetzt hinter ihm." Ich umarmte Skyler, dankte ihm noch einmal und machte mich dann auf den Weg zurück ins Büro.

ein Haus war dunkel, als ich ein paar Stunden später in meine Einfahrt einbog. Ich hatte gerade genug Zeit, mich umzuziehen und dann zum Zirkelkreis aufzubrechen. Stirnrunzelnd sah ich mich nach Tandys Auto um, doch es war weder in der Einfahrt noch irgendwo auf der Straße zu sehen. Normalerweise ließ sie mich wissen, wenn sie irgendwohin ging. Nicht, dass sie sich bei mir abmelden musste. Sie war schließlich erwachsen. Trotzdem, in den letzten Wochen war alles so angespannt gewesen, dass ich einfach sicher sein wollte, dass es allen gut ging.

Noch während ich die Haustür aufschloss, fischte ich schon mein Handy aus der Tasche, um ihr zu schreiben. Doch bevor ich ihren Namen antippen konnte, fiel mein Blick auf einen Zettel auf dem kleinen Tisch, auf dem ich immer meine Schlüssel ablegte – in Tandys Handschrift.

Marion, hab' einen Notruf aus dem Studio bekommen. Musste zurück nach L.A. Habe dir geschrieben, aber keine Antwort bekommen. Melde mich bald. T.

Ich durchsuchte mein Handy nach der angeblichen Nachricht, aber da war nichts. Die letzte von ihr war von vor ein paar Tagen, als sie gefragt hatte, ob ich noch was aus dem Laden brauchte. Ich schrieb ihr schnell, dass es mir leidtat, dass sie losmusste, und sie sich bitte melden sollte, sobald sie sicher zu Hause angekommen war.

Eine halbe Stunde später saß ich wieder im Auto, auf dem Weg zum Zirkelkreis. Ich war in letzter Zeit so oft dort gewesen, dass ich mich fast schon wie ein Ehrenmitglied fühlte.

Hollister wartete schon an seinen BMW gelehnt. Sein ganzer Körper war angespannt, seine Stimme vorsichtig, als er sprach. „Es gibt eine neue Entwicklung."

Mir wurde kalt. „Was ist passiert?" Ich sah mich um, suchte nach den Autos der anderen Mitglieder, aber außer uns war noch niemand da.

„Garrison hat einen Brief bekommen. Angeblich von Kiera. Sie bittet ihn, nicht nach ihr zu suchen."

„Sie glauben nicht, dass er wirklich von ihr ist." Es war keine Frage.

„Ich kann es mir nicht vorstellen. Es ist ein klassischer Schlussmachbrief. Kiera würde Garrison sowas nie antun – nicht, während er gegen den Krebs kämpft. Das sieht ihr einfach nicht ähnlich." Hollister begann, auf und ab zu gehen. „Jemand hat sie gezwungen, ihn zu schreiben. Wahrscheinlich dieselben Leute, die sie entführt haben, oder?"

Ich nickte und hatte plötzlich ein flaues Gefühl im Magen. „Wenn sie sich die Mühe gemacht haben, Garrison einen Brief zu schicken, dann wissen sie von ihm. Und vermutlich auch von Ihnen." Ich fühlte mich plötzlich verletzlich. Hatten sie uns die ganze Zeit beobachtet? Wussten sie, dass ich ihm half, Kiera zu finden?

„Ganz sicher wissen sie das. Was bedeutet, dass er in Gefahr ist." Entschlossenheit trat in sein Gesicht. „Ich kann nicht mehr lange hierbleiben. Ich muss zurück zu Garrison."

Anders hätte ich es von ihm auch nicht erwartet. Wenn bei Hollister eins nie zur Debatte stand, dann, wie sehr er seinen Bruder liebte. „Dann los." Ich deutete auf den Pfad zum Kreis. Nur weil ich keine Autos gesehen hatte, hieß das noch lange nicht, dass niemand da war.

Wir gingen schweigend, und etwa auf halbem Weg zum Kliff beschlich mich das seltsame Gefühl, dass wir beobachtet wurden. Instinktiv griff ich in meine Tasche und schloss die Finger um den Dolch, den ich inzwischen überallhin mitnahm. Ein leichtes Prickeln zog sich vom unteren Ende meiner Wirbelsäule bis in meine Fingerspitzen, die den Griff umklammerten.

Ich hatte keine Ahnung, was genau diese magische Reaktion in meinem Rücken auslöste. War es der Dolch? Oder war es umgekehrt – war es meine Magie, die den Dolch aktivierte? Alles war noch so neu für mich. Und ehrlich gesagt ein bisschen unheimlich. Ich wusste einfach nicht, wie ich damit umgehen sollte.

„Wo sind sie?", fragte Hollister, als wir am Kreis ankamen.

Ich warf einen Blick auf die Uhr. „Da stimmt was nicht. Sie hätten schon vor zwanzig Minuten hier sein sollen. Denken Sie, sie sind gekommen und wieder gegangen, weil wir zu spät sind?"

„Ich war zehn Minuten vor der vereinbarten Zeit da. Ich habe niemanden kommen oder gehen gesehen."

„Verdammt!" Ich holte scharf Luft und checkte mein Handy. Die letzte Nachricht war von Iris, sie hatte bestätigt, dass der Zirkel sich heute Abend träfe. Ich schrieb ihr sofort und fragte, wo sie blieb.

Keine Antwort.

Das war ungewöhnlich. Iris antwortete sonst immer sofort. Heute Nachmittag war sie nicht in der Agentur gewesen. Es war aber auch Sonntag. Trotzdem – das hatte sie sonst nie abgehalten. Sie war genauso entschlossen wie ich, die Miss Matched Midlife Dating Agentur zum Erfolg zu führen. Irgendwas hatte sie doch von einem Mittagessen mit Gigi und Carly erzählt ... vielleicht hatten sie einfach die Zeit vergessen?

Aber als nach ein paar Minuten noch immer keine Antwort kam, wählte ich Iris' Nummer. Besetztzeichen. „Was zum ...?" Ich starrte auf mein Handy, als könne es mir eine Erklärung liefern.

„Besetzt? Sollte das nicht eigentlich direkt auf die Mailbox gehen?"

„Klingt nach einem Netzproblem", sagte Hollister. „Geben Sie mir ihre Nummer."

Ich diktierte sie ihm, während ich weiter den Pfad hinabsah und den Zirkel anflehte, aufzutauchen. Doch niemand kam.

Hollister schüttelte den Kopf. „Auch nur das Besetztzeichen."

Ich scrollte durch meine Kontakte und versuchte es bei Gigi.

Wieder besetzt.

Nachdem ich auch die vier übrigen Zirkelmitglieder durchprobiert hatte, fluchte ich und starrte aufs unruhige Meer hinaus. „Irgendwas stimmt nicht."

„Das ist offensichtlich", sagte Hollister.

Ich hätte ihn am liebsten angeschrien, dass er ein unerträglicher Besserwisser war. Aber tatsächlich war es die Situation, die mich in Rage brachte. Dass alle sechs Mitglieder uns versetzten – und wir keinen einzigen telefonisch erreichen konnten – das war zu viel. Eine dunkle Ahnung kroch mir über die Haut. Hatte Kieras Ex sie gefunden? Es war die einzige Hypothese, die einen Sinn ergab. Wenn er erfahren hatte, dass sie mir halfen ... Ich schüttelte den Kopf und versuchte, die Gedanken zu verscheuchen. Wir mussten einen klaren Kopf behalten.

„Wir müssen sie finden." Ich machte kehrt, doch Hollister griff nach meiner Hand und hielt mich zurück.

„Warten Sie." Hollister streckte mir eine Schmetterlingsbrosche entgegen, die ich seit Jahren nicht mehr gesehen hatte. Ich kannte sie gut – sie war die Hälfte eines Paars, das meiner Großmutter gehört hatte. Ich hatte eine behalten und die andere Kiera geschenkt, an dem Tag, als sie bei mir ausgezogen und in ihre erste eigene Wohnung gezogen war.

„Das haben Sie für den Suchzauber mitgebracht?", fragte ich.

Er fuhr mit den Fingern über das Schmuckstück, als würde er es streicheln. „Sie trägt sie ständig."

Mein Herz begann für Kiera zu schmerzen. Für das, was sie gerade durchmachte. Für Garrison und Hollister, ihre neue Familie. Ich legte meine Hand auf seine, sodass die Brosche zwischen unseren Handflächen eingeschlossen war. „Wir werden sie finden."

Ein Prickeln begann in meiner Wirbelsäule und stieg auf, bis es sich in meinen Fingerspitzen entlud – und unsere ineinander verschränkten Hände von Magie umhüllt wurden.

Ich wurde in einen Wirbel aus Chaos gerissen. Visionen fluteten meine Gedanken, verzerrt wie in einem Picasso-Gemälde. Eine Vision von Kiera drang hindurch – mit zu großer Nase, einem grünen Auge, das größer war als das andere – sie sah mich direkt an und schenkte mir ein schiefes

Lächeln. Dann öffnete sie den Mund, und Worte brachen heraus:

Lass mich. Ich bin glücklich hier. Es ist vorbei. Leb dein Leben weiter.

Die Worte flossen weiter, doch eine einzelne große Träne glitt über ihr verzerrtes Gesicht. Schmerz schnitt mir durchs Herz, als hätte mir jemand ein Messer in die Brust gerammt. Meine Kehle schnürte sich zu, plötzlich bekam ich keine Luft mehr.

Panik riss mich mit. Mein ganzer Körper begann zu beben.

„Ich bin gefangen! Ich komme hier nie wieder raus! Bring Garrison in Sicherheit!" Die Worte brachen aus mir heraus – aber es waren nicht meine.

Kiera.

„Marion!" Hollister rüttelte mich, sein Gesicht ganz nah an meinem. „Ich bin hier. Sehen Sie mich an. So ist es gut. Sehen Sie mich an."

Ich blinzelte heftig und versuchte, die Bilder aus meinem Kopf zu vertreiben. Da tauchten alle Mitglieder meines Zirkels auf – alle mit düsteren Mienen, alle schüttelten den Kopf, als wären sie wütend. Dann waren da nur noch Ty und Jax, beide flehten mich an, mit der Suche nach Kiera aufzuhören. Ty weinte, während er langsam verblasste, und Jax schüttelte traurig den Kopf, bevor auch er verschwand – zurück blieb nur eine Leere, die meinen Körper und meine Seele ausfüllte.

„Marion!" Hollister hielt mich an den Schultern und schüttelte mich sanft aus meinem Fiebertraum. „Bitte. Sehen Sie mich an."

Meine Augen fanden endlich seinen Blick, das Chaos verzog sich allmählich. Ich wollte etwas sagen, ihm die Visionen erklären, doch bevor ich den Mund aufmachen konnte, blendete mich ein grelles Licht. Ich trat einen Schritt zurück und hob instinktiv die Arme, um meine Augen zu schützen.

Hollister stöhnte auf – und sackte vor mir zusammen.

„O meine Götter! Hollister!" Ich ging sofort neben ihm in die Hocke und drückte die Finger an seinen Hals. Ein winziger Moment der Erleichterung – sein Puls schlug kräftig. Aber sein Gesicht war schlaff, er war bewusstlos.

„Es wird eine Weile dauern, bis er aufwacht", sagte eine tiefe Stimme hinter mir.

Ich sprang auf, wirbelte herum und zog gleichzeitig den Dolch aus meiner Tasche.

„Das würde ich an Ihrer Stelle nicht versuchen", sagte der Mann. Er blieb im Schatten verborgen, sein Gesicht war nicht zu erkennen.

„Was soll ich nicht versuchen?", fragte ich mit fester Stimme – dabei fühlte ich mich alles andere als selbstsicher. Mein Herz raste, und ich wusste, sobald das Adrenalin nachließ, würde ich zittern wie Espenlaub.

„Mich mit dem Dolch angreifen." Er hob den Arm und machte eine knappe Bewegung, die einen magischen Stoß durch meinen Arm jagte und ihn sofort lähmte. Der Dolch fiel zu Boden, mein Arm hing nutzlos herab.

Ich starrte auf meine schlaffe Gliedmaße. Angst lähmte meine Gedanken. Ich war wehrlos.

„Jetzt, wo ich Ihre Aufmerksamkeit habe, sollten Sie gut zuhören", sagte er selbstzufrieden.

Ich starrte ihn finster an, obwohl ich ihn kaum erkennen konnte. Wenn ich sicher hätte sein können, dass er mich nicht ganz außer Gefecht setzen würde, hätte ich mit der anderen Hand längst den Dolch gegriffen und ihn nach ihm geworfen.

„Ihre rebellische Ader tut ihnen gar nicht gut", knurrte er. „Sie überschätzen sich."

„Was wollen Sie von mir?" Ich war so wütend, dass ich kurz davor war, mich auf ihn zu stürzen – trotz meines gelähmten Arms.

„Kiera hat mich geschickt. Ich soll Ihnen eine Botschaft überbringen."

„Oh sicher. Kiera hat Sie geschickt", schnaubte ich. „Glauben Sie wirklich, dass ich Ihnen das abnehme, besonders nachdem Sie meinen Freund hier außer Gefecht gesetzt haben?"

„Es ist besser, wenn Hollister die Botschaft von Ihnen hört", sagte er kalt.

„Dann raus damit", verlangte ich, da ich wusste, dass ich keine Chance hatte, zu entkommen, bevor er seine Nachricht überbracht hatte.

„Kiera möchte, dass Sie die Suche nach ihr aufgeben. Sie hat ihre Entscheidung getroffen und will niemanden mehr in die Sache reinziehen. Besonders Sie und Garrison Crooner nicht."

Trotz allem spürte ich, wie sich ein leises Kribbeln an meinem unteren Rücken regte – ein instinktives Gespür für Wahrheit. Es klang nach Kiera. Wenn sie glaubte, dass wir in Gefahr sind, würde sie sich opfern, um uns zu schützen.

„Gut. Ich habe ihre Bitte gehört. Aber ich kann nicht versprechen, dass ich mich daran halten werde."

Warum hatte ich das gesagt? Wahrscheinlich, weil ich es nicht mochte, wenn jemand versuchte, mir den Mund zu verbieten. Aber es war dumm. Ich hätte die Klappe halten sollen.

„Das würde ich mir an Ihrer Stelle gut überlegen, Marion Matched. Es wäre wirklich schade, wenn Ihrem Vater etwas zustoßen würde. Oder Ty. Oder diesem traurigen Jungen, der wieder bei Ihnen lebt. Das wollen Sie doch nicht, oder? Und ich bin mir sicher, Ihre Tante Lucy will auch nicht in diese Sache reingezogen werden."

Ich knurrte leise.

„Oh, Sie haben Feuer, was?" Seine Stimme klang fast belustigt.

„Was haben Sie dem Zirkel angetan?" Jetzt bebte mein ganzer Körper. „Wenn Sie irgendjemandem was angetan haben, schwöre ich bei der Göttin —"

„Beruhigen Sie sich", fiel er mir ins Wort. „Ihrem Zirkel geht's gut. Die dürfen wieder Amateurdetektive spielen, wann immer ihnen danach ist, ein paar Kerzen anzuzünden. Solange sie nicht nach Kiera suchen. Verstanden?"

Ich knirsche mit den Zähnen, unfähig, zu antworten.

„Sie scheinen Schwierigkeiten zu haben, Kieras Bitte zu akzeptieren", sagte er nonchalant. Nach einer Pause fügte er hinzu: „Dann lassen Sie es mich ganz klar sagen: Beenden Sie die Suche. Oder jeder, den Sie lieben, wird in Gefahr sein. Wir werden jeden einzelnen holen – bevor wir uns Sie vornehmen."

Ich wollte schreien. Dem gesichtslosen Mann sagen, dass er zur Hölle fahren sollte. Ihn eigenhändig von der Klippe werfen.

Doch bevor ich auch nur einen Schritt machen konnte, schwang er seinen Mantel – und verschwand in der Nebelsuppe. Einfach so. Als hätte er sich wegteleportiert.

Die Luft war schwer von dunkler Magie. Von der Sorte, die das Bedürfnis in mir weckte, mich zu duschen. Der Mann, der mich bedroht hatte, benutzte illegale Magie, doch wenn er Verbindungen zu Strafverfolgungsbehörden hatte, war es unwahrscheinlich, dass er je für seine Verbrechen bezahlen würde.

Hollister regte sich zu meinen Füßen. Erst da fiel mir ein,

dass ich ihn seit Minuten vollkommen ignoriert hatte. Ich ging neben ihm auf die Knie und legte meine Hand an seine Wange. Mein anderer Arm war noch immer taub, und ich fragte mich, wie lange das wohl so bleiben würde.

„Hollister?", flüsterte ich und betete innerlich, dass er aufwachte.

Keine Reaktion. Sein Atem war flach, sein Puls kaum spürbar.

„Verdammt, Hollister!", schrie ich ihn an. „Sie müssen aufwachen. Sofort! Hören Sie mich?"

Nichts.

Tränen der Frustration stiegen mir in die Augen – ich blinzelte sie weg, da ich keine Schwäche zeigen wollte. Nicht, solange ich nicht wusste, ob dieser Schattenmann nicht noch irgendwo in der Nähe war.

„Hollister", sagte ich wieder, diesmal eindringlicher. „Kommen Sie, Mann. Wir müssen hier weg."

Er rührte sich nicht. Panik kribbelte unter meiner Haut.

„Nein. Das passiert nicht", knurrte ich und schüttelte den Kopf. „Ich lasse Sie nicht hier zurück. Sie stehen jetzt auf und gehen auf eigenen Beinen aus diesem Wald. Haben Sie mich verstanden?"

Ich strich mit der Hand seinen Arm entlang – und kaum berührte ich seine Handfläche, schoss Magie aus mir heraus, geradewegs in ihn hinein.

Hollister richtete sich abrupt auf, blinzelte – und sah mich direkt an. „Marion? Was ist passiert?"

Ich war so erleichtert, dass ich ihn praktisch an mich riss und ihn mit meinem einen funktionierenden Arm umklammerte.

„Marion?", fragte er erneut, leiser diesmal – als hätte er Angst, ich könnte weglaufen. „Was ist los? Was ist passiert?"

„Ich …" Ich schüttelte den Kopf, versuchte, meine Gedanken zu ordnen. Ich musste ihm von der Warnung erzählen – aber in diesem Moment war ich einfach nur froh, dass er wach war. Ich stand auf und streckte ihm die Hand entgegen.

„Kommen Sie. Wir müssen hier weg."

Er stand auf und schwankte nur kurz, bis er wieder festen Stand hatte.

Das musste reichen. Ich packte seine Hand und sagte: „Verschwinden wir von hier."

KAPITEL 13

„Was ist da eben passiert?", fragte Hollister, als ich auf den Beifahrersitz seines BMW kletterte.

Mit meinem lädierten Arm war an Autofahren nicht zu denken. Mein SUV musste also erst einmal stehen bleiben. „Erinnern Sie sich an irgendwas?"

„Nur daran, dass Sie eine Art Vision hatten und dann …" Er schüttelte den Kopf. „Nichts mehr. Bis ich auf dem Boden lag und Sie mich panisch angestarrt haben."

„Dafür gab es auch einen guten Grund", murmelte ich und seufzte. „Wir müssen zu Gigi."

„Ich sollte Sie zu einem Heiler bringen. Dieser Arm –"

„Wird schon wieder", fiel ich ihm ins Wort, auch wenn er recht hatte. Mein Arm pochte inzwischen bis runter zum Ellenbogen, aber bewegen konnte ich ihn immer noch nicht. Vielleicht würde ich mich um die Verletzung kümmern, sobald ich wusste, dass alle, die mir wichtig waren, in Sicherheit waren. „Erst mal sollten Sie wissen, wer Sie bewusstlos geschlagen hat."

Er drehte sich zu mir und blinzelte. Der Motor blieb aus. „Ich wurde angegriffen?"

Was dachte er denn? Dass er einfach umgefallen war? „Ja. Die Beule an Ihrem Hinterkopf ist wahrscheinlich der Grund für Ihre Kopfschmerzen."

Seine Finger verkrampften sich am Lenkrad. Die Stimme war leise und wütend. „Erzählen Sie mir alles."

Ich griff in meine Tasche und ergriff den Dolch, den ich vorhin so dringend gebraucht hätte. Magie kribbelte über meine Fingerspitzen, huschte über meine Haut. Mein tauber Arm begann zu prickeln. Ich keuchte erschrocken, zog den Dolch aus der Tasche und legte ihn in meine andere Hand. Magische Energie knisterte über meine Haut, bis sich meine Finger von selbst um den Griff schlossen. Die Magie wurde intensiver und hüllte den ganzen Arm ein. Was als warmes Prickeln angefangen hatte, wurde zu brennendem Schmerz, der mich schreien ließ.

„Marion?" Hollister streckte die Hand nach mir aus, doch sobald er mich berührte, riss er sie erschrocken zurück und hielt sich die Brust. „Heilige Scheiße. Was ist los?"

Ich schüttelte den Kopf. Ich hatte keine Ahnung, warum das passierte. Ich wusste nur, wenn ich wollte, dass der Schmerz aufhörte, musste ich den verdammten Dolch loslassen. Nur konnte ich das nicht. Meine Hand gehorchte mir nicht. Ich konnte nichts tun, außer die Zähne zusammenzubeißen und zu beten, dass die Magie mich bald wieder freigeben würde.

Hollister rutschte unruhig auf dem Sitz hin und her, als wollte er dringend etwas tun. Irgendwas. Aber jedes Mal, wenn er sich näherte, wurde die Magie noch heftiger – und mein Schmerz schlimmer.

„Nicht", presste ich mühsam hervor. „Bitte ... einfach warten."

Stille breitete sich im Wagen aus, während wir beide auf meinen Arm starrten, der immer noch in Magie gehüllt war, und darauf warteten, dass irgendwas passierte.

Schließlich murmelte Hollister: „Scheiß drauf. Ich bringe Sie zu einem Heiler."

Bevor ich widersprechen konnte, hatte er den Gang eingelegt und fuhr mit quietschenden Reifen los in Richtung Stadt

„Gigi kann helfen", sagte ich. „Fahren Sie zu ihr."

„Marion, das ist ernst. Sie brauchen professionelle Hilfe", erwiderte er und trat aufs Gas, als er um die nächste Kurve bog.

Ich wurde zur Seite geschleudert, gegen die Beifahrertür. Ich konnte nichts tun, um den Aufprall abzufedern, und mein angeschlagener Arm krachte gegen das Fenster. Die Magie flackerte auf und verschwand. Meine Finger öffneten sich, der Dolch fiel klirrend zu Boden.

„Guter Gott, Marion." Hollister trat abrupt auf die Bremse und brachte den Wagen zum Stehen.

Ich sah ihn böse an. „Was machen Sie? Nicht anhalten. Wir müssen zu Gigi. Ich muss nach dem Zirkel sehen."

„Aber Ihr Arm?" Seine Miene war eindeutig besorgt.

Normalerweise hätte ich das zu schätzen gewusst, aber mir ging die Geduld aus. „Es geht mir gut, Hollister. Fahren Sie einfach. Bitte." Ich rollte die Schulter, um ihm zu zeigen, dass ich das überleben würde und wir keine Zeit mehr zu verlieren hatten.

Er seufzte. „Verdammt. Könnte sich dieser Tag noch länger hinziehen?"

„Er ist noch nicht vorbei", sagte ich und ballte vorsichtig die Hand zur Faust. Ich verzog keine Miene, obwohl es wehtat. Der Arm war noch nicht wieder ganz in Ordnung, aber immerhin kein nutzloses Anhängsel mehr. Jetzt tat er nur weh, und ich war sicher, dass sich das mit ein paar Schmerzmitteln aushalten lassen würde, bis er geheilt war.

Draußen begann es zu nieseln, doch schon nach wenigen Sekunden prasselten dicke Tropfen im Stakkato gegen die Windschutzscheibe. Ich beugte mich vor und spähte in die Dunkelheit. „Es passte zu diesem Tag, dass er in einem regelrechten Wolkenbruch endete. Es war einfach so eine Art von Abend.

„Hier abbiegen", sagte ich und deutete auf eine Seitenstraße, die zu Gigis und Sebastians Strandhaus führte.

„Ihre Freundin wohnt hier?", fragte Hollister kurz darauf, als ich ihn bat, anzuhalten. Er stand unter einem Schirm, hielt mir die Autotür auf und betrachtete den gepflegten Weg, der durch dichte, akkurat gestutzte Büsche führte – bis zu einem von Jasmin überwachsenen Torbogen.

„Ja. Sie hat einen grünen Daumen", sagte ich und ging an ihm vorbei auf die Veranda. Das Haus schien mich zu spüren, und ich fühlte eine Verbindung zu diesem Ort, wie ich sie noch nie gespürt habe. Irgendetwas – oder jemand – wachte hier über mich. Normalerweise hätte mich ein solches Gefühl nervös gemacht. Doch jetzt war es nur tröstlich.

Hollister dagegen musterte alles mit extremem Argwohn.

„Ganz ruhig", sagte ich und drückte auf die Klingel.

Ein verspieltes Glockenspiel ertönte, das verdächtig nach dem Titelsong der *Addams Family* klang.

Hollister wich einen Schritt zurück.

Ich hob den Kopf – und lachte. Zum gefühlten ersten Mal seit Wochen.

„Marion?", fragte Gigi, als sie einen Moment später die Tür öffnete. „Ich dachte, du wärst verreist?"

Ich stürzte auf sie zu, schlang meine Arme um ihren zierlichen Körper und umarmte sie fest.

Gigi kicherte nervös, erwiderte die Umarmung aber. „Das kommt jetzt unerwartet. Aber eine spontane Umarmung von einer guten Freundin ist immer eine schöne kleine Überraschung."

Ich hielt sie weiter fest – aus Angst, sie könnte sich in Luft auflösen, wenn ich losließ. „Ich dachte, dir und dem Zirkel wäre was passiert. Als ihr nicht zum Zirkelkreis gekommen seid, habe ich sofort das Schlimmste angenommen."

„Was?" Gigi trat einen Schritt zurück und sah mich verwirrt an. „Du hast das Treffen abgesagt. Warum dachtest du, dass wir dort sein würden?"

„Ich habe es nicht abgesagt", erklärte ich.

Gigi runzelte die Stirn. „Aber wir haben doch deine Nachricht bekommen ..." Sie drehte sich um, ging ins Haus und winkte uns, ihr zu folgen.

Ich stellte den Schirm ab, zog die Schuhe aus und hängte die Jacke an den Haken neben der Tür.

„Ich bin hier!", rief Gigi aus dem Wohnzimmer.

Ich folgte ihrer Stimme und fand sie neben einem großen Fenster, das auf die Bucht von Premonition Pointe hinausblickte. Trotz des Regens war der Mond zu sehen – sein Licht spiegelte sich silbern auf dem Wasser. Und wieder war da dieses Gefühl: Als würde mir jemand ein Zeichen schicken, dass alles gut werden würde. Dass selbst mitten im Sturm noch ein Licht war, das mir den Weg wies. Ich schüttelte den Kopf. Wahrscheinlich redete ich mir das nur ein, weil ich so verzweifelt glauben wollte, dass es Kiera gut ging.

Ich war mir fast sicher, doch dann begann meine Wirbelsäule zu kribbeln – ein magisches Kribbeln. Und ich wusste: Das war kein Wunschdenken. Ich war sicher, dass, was auch immer vor sich ging, der Mond da war, um mir Hoffnung zu geben. Um mich daran zu erinnern, dass ich nicht aufgeben durfte. Er war das Licht im Sturm und genau das, was ich in diesem Moment brauchte.

Gigi streckte mir ihr Handy entgegen. „Diese Nachricht hat jeder von uns bekommen – außer Iris. Ich nehme an, sie hat auch eine bekommen."

Die Nachricht lautete: *Kiera hat sich bei Garrison gemeldet. Die Suche ist beendet. Der Suchzauber ist abgesagt.*

„Du hast uns sogar geantwortet, als wir nach Kiera gefragt haben. Erinnerst du dich nicht daran?", fragte Gigi.

Ich schüttelte langsam den Kopf. „Nein. Und wir haben auch nichts von Kiera gehört. Nicht direkt", erklärte ich. „Garrison hat einen Abschiedsbrief bekommen, aber ich glaube nicht eine Sekunde, dass sie ihn freiwillig geschrieben hat."

„Das ist übel", sagte Gigi und rang die Hände. Ich wusste, dass sie selbst einst Opfer häuslicher Gewalt gewesen war. Das musste einiges in ihr aufwühlen. Doch bevor ich etwas sagen konnte, straffte sie die Schultern und sah mir entschlossen in die Augen. „Wir wissen alle, dass dieser Brief Bullshit ist. Jetzt müssen wir uns auf diese Nachrichten konzentrieren. Wenn du sie nicht geschickt hast – wer dann?"

Das war der Moment, vor dem ich mich gefürchtet hatte. Der, in dem ich aussprechen musste, dass alle, die mir etwas bedeuteten, in Gefahr waren. „Definitiv Kieras Ex."

„Ihr Ex hat dich gefunden?", keuchte Gigi.

Ich nickte. „Und offenbar auch den Zirkel. Schließlich habt ihr Nachrichten bekommen, die nicht von mir stammen. Kannst du die anderen zusammenrufen?", fragte ich, obwohl ich vollkommen erledigt war. „Ich muss sie mit eigenen Augen sehen, sonst kann ich nicht aufhören, mir das Schlimmste auszumalen."

„Klar." Gigi verschickte eine Nachricht an alle. Obwohl auch sie verwirrt waren, sagten alle zu und versprachen, gleich zu kommen.

Ich ließ mich in den nächstbesten Sessel fallen, lehnte den Kopf zurück und schloss die Augen. Ich würde warten, bis alle da waren – dann würde ich erzählen, was mit dem mysteriösen Fremden passiert war. Aber erst brauchte ich einen Moment, um meine Gedanken zu ordnen.

Plötzlich wurde ich unsanft geweckt – von Hollister und Sebastian, die sich in Gigis Wohnzimmer ein lautstarkes Wortgefecht lieferten.

KAPITEL 14

„*A*uf keinen Fall. Kiera aufzugeben ist keine Option",
sagte Hollister durch zusammengebissene Zähne.
Seine Hände waren zu Fäusten geballt, und er war so wütend,
dass er praktisch vibrierte.

„Sie ist nicht diejenige, für die sie sich ausgegeben hat",
konterte Sebastian scharf. „Den ganzen Zirkel mitten in so ein
Minenfeld zu schleppen, *das* ist keine Option."

„Sebastian", sagte Gigi und legte sanft die Hand auf seinen
Arm. „Lass uns tief durchatmen und –"

Sebastian legte seine Hand über ihre und zog sie
beschützend an sich. „Es ist zu gefährlich, G. Ich weiß, dass du
helfen wolltest, als du erfahren hast, dass sie Opfer häuslicher
Gewalt war. Aber jetzt wissen wir, dass sie eine ehemalige
Agentin der Magical Task Force ist und wegen Totschlags
angeklagt wurde – da sieht die Geschichte plötzlich
vollkommen anders aus. Wenn wir uns da einmischen, könnte
das den ganzen Zirkel in rechtliche Schwierigkeiten bringen –
ganz zu schweigen von der Gefahr. Versprich mir, dass du dich
da raushältst."

Ich starrte mit offenem Mund zwischen Sebastian und Gigi hin und her. Magical Task Force? Anklage wegen Totschlags?

„Wir können Kiera nicht einfach aufgeben", beharrte Hollister. „Die Frau, die ich kenne, ist weder eine Kriminelle noch eine Mörderin."

„*Mörderin?*", brachte ich endlich heraus, während ich mich an die Sofakante setzte. „Kann mir bitte jemand erklären, was hier los ist? Ich habe das Gefühl, ich bin in einem Paralleluniversum aufgewacht."

Alle Köpfe drehten sich zu mir. Offenbar hatten sie gerade erst bemerkt, dass ich wach war.

Gigi kam sofort zu mir und ließ sich neben mich sinken. „Sebastian hat die Ergebnisse der Fingerabdrücke vom Dolch bekommen."

„Okay", sagte ich, mein Blick bohrte sich in Sebastians. „Und was hast du herausgefunden?"

Sebastian trat einen Schritt von Hollister zurück und setzte sich auf den Couchtisch mir gegenüber. „Die Abdrücke gehören einer Desiree Ciaràn Hopkins."

Ich nickte langsam.

„Du kanntest ihren richtigen Namen", sagte Hollister. Keine Frage, eher eine Feststellung. „Dachte ich es mir doch!"

„Ja. Sie hat mir ausdrücklich verboten, mit irgendjemandem darüber zu sprechen." Ich blickte an Hollister vorbei. „Zu eurem Schutz."

„Zu ihrem Schutz, meinst du wohl", warf Sebastian ein. Seine Stimme war eiskalt.

„Das musst du mir erklären", verlangte ich.

Sebastian fuhr sich frustriert mit der Hand durchs dunkle Haar und begann im Wohnzimmer auf und ab zu gehen. „Wir haben die Ergebnisse der Fingerabdrücke tatsächlich schon gestern bekommen."

„Und du hast Marion nicht angerufen?", fragte Gigi, ihre Miene angespannt vor Sorge.

„Nein." Er schüttelte den Kopf. „Weil sich absolut nichts über sie finden ließ. Als wäre ihre gesamte Vergangenheit aus allen zugänglichen Datenbanken gelöscht worden."

Sebastian war ein einflussreicher Anwalt und hatte Zugriff auf Datenbanken, die der Allgemeinheit nicht offenstanden.

„Zuerst dachte ich, vielleicht ist sie im Zeugenschutzprogramm", fuhr er fort. „Aber als der Privatdetektiv tiefer gegraben hat, fand er Hinweise darauf, dass sie für die Magical Task Force gearbeitet hat. Und wie ihr wisst, haben wir dort Kontakte. Darüber kam dann die Bestätigung: Sie war Agentin und ist seit ihrer Anklage wegen Totschlags auf der Flucht." Sebastian griff nach einer Akte, die auf einem Sideboard lag, und reichte sie mir. „Kieras Geschichte über den gewalttätigen Ex ist erfunden."

Ich starrte auf die geschlossene Akte in meinen Händen. Ein kalter Schauer lief mir über den Rücken. War das wirklich wahr? Hatte ich mich von einer cleveren Agentin täuschen lassen, die untergetaucht war? Es würde zumindest erklären, warum sie mich so eindringlich gebeten hatte, nicht zur Polizei zu gehen, falls sie je verschwinden sollte. Wenn sie erneut untertauchen musste, wollte sie keine Spuren hinterlassen. Mir wurde speiübel. Hatte ich unwissentlich einer flüchtigen Straftäterin Unterschlupf gewährt?

„Ich glaube kein Wort davon", sagte Hollister und verschränkte die Arme vor der Brust. „Ich kenne Kiera. Sie würde Garrison niemals in so einer Sache belügen."

Ich sah ihn nur an. „Glaubst du das wirklich? Sie hat ihn die ganze Zeit über ihre Identität belogen. Wieso sollte der Rest ihrer Geschichte nicht auch erfunden sein?" Die Worte kamen mir selbst falsch vor. Mir wurde übel bei dem Gedanken, dieser Frau zu misstrauen, die mir so ans Herz gewachsen war. Aber nach allem, was Sebastian gesagt hatte – wie konnte ich ihre Version der Wahrheit einfach hinnehmen?

„Ich kann nicht fassen, dass du bereit bist, eine jahrelange Freundschaft einfach über Bord zu werfen, ohne diese neue Geschichte auch nur ein bisschen anzuzweifeln", sagte Hollister, schüttelte den Kopf und ging zur Tür.

Ich sprang auf. „Wohin willst du?"

„Nach Hause. Ich muss nach Garrison sehen und dann überlegen, wie wir weitermachen." Er öffnete die Tür und verschwand.

„Hollister, warte!" Ich lief ihm barfuß in den Regen hinterher. Er war schon fast an seinem Wagen, als ich ihn einholte. „Was macht dich so sicher, dass Kiera mir die Wahrheit gesagt hat, wo sie sie doch vor allen anderen verheimlicht hat?"

„Weil ich ihr Herz kenne", sagte er, ohne mich anzusehen, den Blick in die verregnete Nacht gerichtet.

Da war etwas in seinem Gesicht – ein stiller Schmerz, eine Traurigkeit –, das mich innehalten ließ. Zum ersten Mal fragte ich mich, ob da mehr war als bloß freundschaftliche Zuneigung. „Man kann ein gutes Herz haben und trotzdem Fehler machen", sagte ich vorsichtig. „Wenn sie wegen Totschlags angeklagt wurde, war es vielleicht ein Unfall oder zumindest keine geplante Tat, oder? Wir kennen die Hintergründe nicht. Vielleicht war sie ein Opfer des Systems. Oder sie hat Mist gebaut und dachte, Weglaufen sei die einzige Lösung."

Er zuckte mit den Schultern. „Spielt das jetzt noch eine Rolle? Willst du weiter nach ihr suchen, wenn ihre Geschichte erfunden war? Oder überlässt du das alles lieber den Behörden und hältst dich raus?"

Ich öffnete den Mund und wollte etwas sagen – aber ich wusste es nicht. Ich hatte keine Ahnung, was ich tun sollte. Doch eines wusste ich: Wenn Kiera wirklich von der Magical Task Force angeklagt worden war, gab es nicht viel, was ich für sie tun konnte. Das war eine Sache für Anwälte und mächtige Hexen innerhalb des Systems. Nicht für eine Partnervermittlerin, die so gut wie nichts darüber wusste, wie man sich gegen das Gesetz behauptete.

„Dachte ich mir." Er öffnete die Autotür. Bevor er einstieg, sagte er noch: „Passen Sie gut auf sich auf, Marion. Und behalten Sie den Dolch bei sich. Die Verbindung zur Magie wird Sie schützen – wenn Sie es zulassen."

Ich nickte nur und sah ihm nach, als er in der Dunkelheit verschwand. Dann seufzte ich und ging zurück zu Gigis Haus. Sie wartete schon an der Tür – mit einem Handtuch in der einen und einer dampfenden Tasse Tee in der anderen Hand.

„Hier", sagte sie und reichte mir den Tee. „Ich habe ihn mit Heilkräutern gemacht – die werden deiner Schulter helfen. Hat bei Hollisters Kopfschmerzen auch Wunder gewirkt."

„Du hast ihm auch welchen gegeben?", fragte ich überrascht.

Sie nickte. „Während du auf der Couch geschlafen hast." Sie lächelte sanft, legte mir das Handtuch um die Schultern und führte mich durch das Wohnzimmer in die Küche. „Hast du Hunger? Ich mach' dir schnell was zu essen."

Ich runzelte die Stirn. Hatte ich Hunger? Ich hatte keine Ahnung, wann ich das letzte Mal etwas gegessen hatte.

„Egal. Du brauchst auf jeden Fall was im Magen", sagte sie. „Bin gleich zurück."

Ich ließ mich am Tisch nieder und schickte Jax eine Nachricht, dass der Zauber nicht stattgefunden hatte und ich es nicht rechtzeitig zum Abendessen schaffen würde. Ich schrieb ihm, dass ich ihn später anrufen und alles erklären würde. Dann verschränkte ich die Arme auf dem Tisch und legte den Kopf darauf. Ich konnte den enttäuschten Ausdruck in Hollisters Gesicht nicht vergessen, als er in sein Auto gestiegen war. Die Wahrheit war: Ich war auch enttäuscht. Und wütend.

Warum war dieser geheimnisvolle Mann aufgetaucht und hatte mich gewarnt, mit der Suche nach Kiera aufzuhören? Wer war er? Jemand von der Magical Task Force? Wenn ja, warum hatte er sich nicht einfach ausgewiesen? Es wäre doch viel einfacher – und überzeugender – gewesen, wenn die Behörde mir klargemacht hätte, dass Kiera zur Fahndung ausgeschrieben war. Hatten sie sie schon in Gewahrsam? Oder suchten sie noch nach ihr? Und wenn der Mann nicht von der Task Force war – wer war er dann? Hatte sie ihn geschickt?

Der Gedanke ließ mich frösteln, und ich verdrängte ihn so schnell wie möglich. Nein. Sie würde doch sicherlich nicht zulassen, dass jemand Hollister etwas antat. Oder?

Es waren einfach zu viele Fragen, auf die ich keine Antworten hatte.

„Hier", sagte Gigi.

Ich hob den Kopf und sah zu, wie sie mir einen Teller mit Ravioli hinstellte. Wahrscheinlich vom Abendessen übriggeblieben.

„Mit Hühnchen und Ziegenkäse", sagte sie. „Und hier ist Knoblauchbrot. Wein?"

Ich schüttelte den Kopf. „Nur Wasser. Danke."

„Kommt sofort." Sie goss mir ein Glas aus einer Karaffe ein und stellte es mir hin – genau in dem Moment, als es klingelte.

„Das ist Iris", sagte sie.

„Woher willst du das wissen?" Ich blinzelte in Richtung

Flur, aber da die Lichter eingeschaltet waren, konnte man durch die Fenster neben der Tür draußen nichts erkennen.

„Das Haus hat es mir gesagt", erwiderte sie geheimnisvoll und lächelte, während sie beinahe schwerelos zur Tür glitt. Und tatsächlich – als sie öffnete, stand Iris draußen. Sie umarmte Gigi flüchtig und kam dann schnurstracks zu mir.

„Marion!", sagte sie und schlang die Arme von hinten um mich. „Den Göttern sei Dank geht's dir gut. Als Gigi mir erzählt hat, was passiert ist …" Sie drückte mich noch fester. „Ich bin so erleichtert, dass du in Sicherheit bist."

Gigi setzte sich mir gegenüber, Iris nahm den Platz rechts von mir ein.

„Heute Abend ist eine Menge passiert", sagte Iris.

Ich nickte. Das war wohl die Untertreibung des Abends.

Wieder klingelte es. Sebastian öffnete die Tür, und der Rest des Zirkels kam herein. Die vier anderen Frauen wirkten alle bedrückt. Als sie am Tisch Platz nahmen, strich sich Hope eine Haarsträhne hinters Ohr und fragte: „Was ist passiert?"

„Ein Agent der Magical Task Force hat mich besucht", sagte Iris – im gleichen Moment, in dem ich herausplatzte: „Ich wurde am Zirkelkreis angegriffen."

„Was? Warum?", fragte Iris.

„Um mich zu warnen – dass wir uns in etwas einmischen, das uns ernsthaft in Schwierigkeiten bringen könnte", antwortete ich.

„Lass Marion erst erzählen, was passiert ist", sagte Sebastian in seinem geschmeidigen Anwalts-Tonfall.

So sehr ich auch wissen wollte, was der Agent zu Iris gesagt hatte – ich nickte und gab mein Bestes, die Ereignisse zusammenzufassen. Sieben Augenpaare waren auf mich gerichtet, während ich erklärte, dass ich ihnen nie eine

Nachricht geschickt hatte, um unser Treffen abzusagen. Dass ich beunruhigt gewesen war, als niemand auftauchte. Dass mein Handy nur ein Besetztzeichen von sich gegeben hatte. Und schließlich, dass Hollister angegriffen worden war – und der Mann mir befohlen hatte, die Suche nach Kiera einzustellen.

„Jemand hat Hollister angegriffen?", fragte Carly mit weit aufgerissenen Augen. „Wo ist er jetzt? Geht's ihm gut?"

„Er ist vorhin zu Garrison gefahren", sagte ich. „Es geht ihm gut. Hat nur eine Beule am Kopf."

„Ich habe ihm Tee gemacht, der gegen die Kopfschmerzen geholfen hat", warf Gigi ein. „Er schien keine Gehirnerschütterung zu haben."

„Das ist ... verrückt", murmelte Joy mehr zu sich selbst, doch alle stimmten ihr zu.

„Glaubt ihr, es war Kieras Ex?", fragte Grace Valentine und erinnerte uns daran, dass der Zirkel noch gar nichts von Sebastians Entdeckung wusste.

Ich begegnete Sebastians Blick und nickte ihm kaum merklich zu. Er sollte es erklären.

Er verstand sofort. „Wir haben Grund zur Annahme, dass Kiera nicht vor einem gewalttätigen Ex geflohen ist, sondern vor dem Gesetz." Er hielt den Bericht hoch, den sein Privatdetektiv zusammengestellt hatte. „Es sieht so aus, als wäre sie eine ehemalige Agentin der Magical Task Force und auf der Flucht, nachdem sie wegen Totschlags angeklagt wurde."

Joy schnappte nach Luft und schlug sich entsetzt die Hand vor den Mund. Dann schüttelte sie langsam den Kopf, ihre Augen wurden immer größer. „Meine Vision ... der schwarze SUV. Waren das die Behörden, die sie festgenommen haben?"

„Wir wissen es nicht", sagte ich, aber möglich war es auf jeden Fall.

„Das würde zumindest zu dem Besuch passen, den ich heute hatte", sagte Iris mit einem erschöpften Seufzen.

„Was für ein Besuch?", fragte ich.

„Ich habe einen Kontakt bei der Magical Task Force. Jemanden, mit dem ich schonmal zusammengearbeitet habe, als der Fluch über der Stadt lag. Ginny Stevens."

Grace, Hope und Joy tauschten einen Blick – dann nickten alle drei gleichzeitig.

„Wir erinnern uns an sie", sagte Grace.

„Sie stand heute Nachmittag plötzlich vor meiner Tür und hat mich gewarnt, in Kieras Vergangenheit zu wühlen – besonders Marion und ich sollten die Finger davon lassen. Sie meinte, das wäre eine Minenfeld, und es könnte sehr schnell sehr hässlich werden." Iris sah mich ernst an. „Vor allem für dich. Sie hat gesagt, wenn du nicht aufhörst, könnten dir rechtliche Konsequenzen wegen Beihilfe zur Flucht drohen."

Ich presste mir die Hand an den Hals und schluckte schwer. „Was hat sie noch gesagt?"

Iris schüttelte den Kopf. „Nicht viel. Sie meinte, sie dürfte eigentlich gar nicht hier sein. Dass es ein Risiko sei, überhaupt mit mir zu sprechen. Aber sie sagte auch, sie wisse, dass ich rechtschaffen bin – und sie wollte verhindern, dass ich mich in etwas hineinziehen lasse, das mich oder den Zirkel gefährdet." Sie ließ den Blick über ihre Freundinnen schweifen, dann sah sie mir in die Augen. „Ich vertraue Ginny. Damals, beim Fluch, war sie absolut professionell. Wenn sie sagt, wir sollten uns raushalten, neige ich dazu, auf sie zu hören. Erst recht nach dem, was Sebastian herausgefunden hat."

„Ich …", setzte ich an, brach aber sofort wieder ab. Ich konnte meine Freundinnen unmöglich bitten, sich mit etwas zu befassen, das sie oder ihre Familien in Gefahr bringen könnte. Wenn die Magical Task Force sich einschaltete und sagte, Kiera sei gefährlich – musste ich das nicht ernst nehmen?

„Was ist?", fragte Hope sanft. „Wir wissen, dass dir Kiera am Herzen liegt. Und ich glaube, ich spreche für uns alle, wenn ich sage: Keine von uns würde eine Freundin in Not einfach im Stich lassen. Aber –"

„Ich weiß. Es sieht so aus, als hätte Kiera mich benutzt. Oder zumindest gelogen, um ihren eigenen Hals zu retten. Aber ich … ich habe sie wirklich gern. Und nichts davon passt zu der Frau, die ich kennengelernt habe. Ich kann das einfach nicht unter einen Hut bringen."

Iris legte ihre Hand auf meine und drückte sie leicht. „Glaub mir, ich weiß, wie es sich anfühlt, wenn man verraten wird und es einfach keinen Sinn ergibt."

Ich nickte, denn ich erinnerte mich gut: Ihr Mann war in Drogengeschäfte verwickelt gewesen, hatte ihre Karriere ruiniert und ihre Ehe zerstört. Sie hatte alles auf einen Schlag verloren. Ich hatte bisher nichts verloren – noch nicht. Aber wenn ich nicht aufpasste, könnte das sehr schnell passieren.

„Es tut mir leid, Iris. Ich weiß, das ist nicht mit dem vergleichbar, was du durchgemacht hast."

Sie presste die Lippen zu einem schmalen Strich zusammen und schüttelte den Kopf. „Sag das nicht. Verrat ist Verrat. Dein Vertrauen wurde missbraucht. Du solltest nur wissen, dass ich das verstehe."

„Danke", sagte ich leise.

Dann folgte eine angespannte Stille, während wir alle verarbeiteten, dass wir nicht weiter nach Kiera suchen würden.

Schließlich räusperte sich Grace und sagte: „Da ist was, das ich nicht verstehe."

Ich blickte zu ihr auf und wartete.

„Wer hat uns die Nachricht geschickt, dass das Suchritual abgesagt ist? Wenn du und Hollister tatsächlich am Zirkelkreis auf uns gewartet habt, dann warst du es ja offensichtlich nicht."

„Keine Ahnung", sagte ich stirnrunzelnd. „Vielleicht jemand von der Magical Task Force?"

„Ich tippe auf denselben geheimnisvollen Typen, der Hollister angegriffen hat", sagte Iris. „Er hat euch aufgelauert – vermutlich wollte er nicht, dass wir dazwischenfunken."

Ich kniff die Augen zusammen und sah Iris prüfend an. „Gigi meinte, du warst nicht in der Gruppe, die die Nachricht bekommen hat. Woher wusstest du, dass das Ritual ausfällt?"

„Ich habe eine Nachricht von dir bekommen", sagte sie und hielt ihr Handy hoch. „Aber das war genau zu dem Zeitpunkt, als Ginny mich gewarnt hat. Ich wollte erst mit dir sprechen, bevor ich den anderen davon erzähle. Ich hab' dir dann zurückgeschrieben, und du meintest, wir reden morgen."

Ich beugte mich über das Display und sah ihre Nachrichten. Tatsächlich – es sah aus, als hätte ich ihr geantwortet. Mir wurde flau im Magen. Zu sagen, dass das unheimlich war, war eine Untertreibung.

„Gibt es irgendeine Möglichkeit, ein Handy zu reinigen? Also … wie man Geister aus einem Haus vertreibt, nur eben für Handys?"

„Ja, natürlich", sagte Carly. „Ist ein bisschen wie Ausräuchern. Können wir machen, wenn du willst."

Ich hatte keine Ahnung, ob das was bringen würde – aber ich war dabei. Ich legte mein Handy in die Mitte des Tisches. „Dann leg los."

Die anderen nickten und legten ihre Handys dazu.

Carly und Gigi steckten die Köpfe zusammen, murmelten einen Zauber, und bald darauf standen wir alle im Kreis um den Tisch. Magie lag in der Luft. Die Kerzen flackerten, während wir den Zauber zur Reinigung sprachen, und ich hätte schwören können, dass ein dünner, grauer Rauchfaden aus den Geräten aufstieg. Er schwebte kurz vor dem offenen Fenster und löste sich dann lautlos in der Nacht auf.

KAPITEL 15

*D*as warme Licht auf meiner Veranda rührte mich fast zu Tränen. Es war ein verdammt harter Tag gewesen, und allein die Tatsache, dass jemand – vermutlich Jax – daran gedacht hatte, das Licht für mich anzulassen, reichte, um meine letzten inneren Schutzmauern einzureißen.

Ich atmete tief durch, sammelte mich kurz und trat dann ein. Jax saß auf dem Sofa und hielt eine Tasse in der Hand. „Hey", sagte er. „Ich hoffe, es ist okay, dass ich es mir hier gemütlich gemacht habe. Ich dachte mir, nach deinem Abend könntest du ein bisschen Unterstützung brauchen."

Ich schenkte ihm ein dankbares Lächeln – und entdeckte auf dem Couchtisch vor ihm eine halb leere Dose mit etwas, das nach Shortbread aussah.

„War Tante Lucy hier?"

„Ja", sagte Jax mit einem leicht verlegenen Lächeln. „Sie hat dir dein Lieblingsgebäck gebracht. Zitronen-Shortbread. Kennedy und ich dachten, du könntest Hilfe beim Vernichten gebrauchen."

„Heute Abend könnte ich wahrscheinlich die ganze Dose

allein verdrücken", sagte ich. „Gut, dass ihr schon mal angefangen habt." Ich sah mich um, doch Kennedy war nirgends zu sehen. „Ist Kennedy schon schlafen gegangen?"

„Ja. Im Gästezimmer. Er meinte, er braucht einen Ty-freien Ort. Ich habe Tandys Zettel gesehen und mir gedacht, wenn sie gegangen ist, ist das in Ordnung. Ist es das?"

„Natürlich", sagte ich und runzelte die Stirn in Richtung des Zimmers. Soweit ich wusste, war Ty noch in L.A. Ich fragte mich, was dahintersteckte.

„Er hat mir erzählt, was passiert ist. Alles, was ich sagen kann, ist, dass es ihm wahnsinnig unangenehm ist – und er dir unglaublich dankbar für deine Hilfe ist", sagte Jax.

Ich nickte. „Heute war ... eine Menge."

„Er meinte, ihr wolltet heute Abend reden, aber er ist fast auf der Couch eingeschlafen, also habe ich ihm gesagt, er soll lieber ins Bett gehen. Ihr könnt morgen früh reden." Er warf einen kurzen Blick zur Tür des Gästezimmers, dann wieder zu mir.

„Ja. Morgen früh passt gut." Ich ging zur Dose, nahm mir ein paar Stücke Shortbread und ließ mich in den Sessel ihm gegenüber fallen. Die Wahrheit war: Ich war in dem Moment sowieso nicht in der Verfassung, mit Kennedy zu reden. Es war besser für uns beide, wenn ich erst mal selbst sortierte, was heute alles passiert war.

„Kein Glück mit dem Suchzauber?", fragte Jax.

Ich lehnte den Kopf zurück, schloss die Augen und zwang mich, die Energie zu finden, um alles zu erzählen, was in den letzten Stunden passiert war. Als ich sie wieder öffnete, sah Jax mich an – seine Sorge war ihm deutlich ins Gesicht geschrieben.

„Marion? Was ist passiert?"

Ich holte tief Luft und berichtete, dass der Zirkel nicht zum

Ritual aufgetaucht war, von dem Mann, der Hollister angegriffen hatte – und der Botschaft, die er mir überbracht hatte.

Als ich mit der Geschichte über den unheimlichen Fremden fertig war, lief Jax im Raum auf und ab, sichtlich aufgewühlt.

„Jax?", fragte ich. „Geht's dir gut?"

Er blieb abrupt stehen und sah mich direkt an. „Ob's mir gut geht? Geht's mir gut? Nein, verdammt. Die Frau, die ich fast schon mein ganzes Leben lang liebe, wurde von jemandem bedroht, der Hollister hätte umbringen können – und ich erfahre erst Stunden später davon. Ich sitze hier rum und mampfe Kekse, während du in Gefahr bist, und kann rein gar nichts tun, um dich zu beschützen."

„Hey", sagte ich und atmete langsam aus. „Du hättest wirklich nichts tun können. Wenn du dabei gewesen wärst, wäre dir womöglich dasselbe passiert wie Hollister."

„Darum geht's nicht, Marion", sagte er, kam zu mir und ging vor mir auf die Knie. „Du setzt alles daran, deiner Freundin zu helfen, und bringst dich dabei selbst in Gefahr. Und ich schlage mich in der Zwischenzeit mit Versicherungsansprüchen und Ermittlungen mit der Magical Task Force rum – und esse Kekse, anstatt an deiner Seite zu sein. Ab jetzt will ich dabei sein, wenn du nach Kiera suchst. Das ist einfach zu gefährlich."

Ich war dankbar, dass er nicht sofort angenommen hatte, ich würde die Suche aufgeben, nur weil mir jemand gedroht hatte. Jax kannte mich. Er wusste, dass ich mir nie verzeihen könnte, einer Freundin nicht geholfen zu haben, wenn sie mich brauchte. Aber er kannte noch nicht die ganze Geschichte. *Noch* nicht.

Ich ergriff seine Hand und rutschte zur Seite, um ihm auf dem großen Sessel Platz zu machen.

Er ließ sich neben mir nieder, legte den Arm um mich und zog mich ganz dicht an sich.

„Da ist noch mehr", sagte ich leise.

Jax spannte sich an – und ließ den Blick sofort über mich gleiten, als wolle er sich vergewissern, dass ich unverletzt war. „Sag mir bitte, dass er dir nichts getan hat."

„Hat er nicht", sagte ich und lehnte mich gegen ihn, dankbar für seinen Arm um mich. Es war leichter, über die schwierigen Dinge zu sprechen, wenn wir uns berührten. Solange er bei mir war, hatte ich das Gefühl, wir würden es schon irgendwie bewältigen. Selbst die Schuldgefühle, eine Freundin aufgegeben zu haben, die mich vielleicht jahrelang belogen hatte.

„Was ist passiert? Hat er dich unter Druck gesetzt? Dir gedroht? Dich ausgeraubt?" Jax vibrierte fast vor Anspannung.

Ich ignorierte das Stechen in meiner Schulter, legte eine Hand auf seine Brust und sah zu ihm auf. „Nichts davon. Ich hab' dir schon erzählt, was am Zirkelkreis passiert ist. Was jetzt kommt, habe ich erst später bei Gigi und Sebastian erfahren."

Langsam wich die Spannung aus seinem Körper, und er atmete hörbar auf. Doch als er sich ein wenig bewegte und ich vor Schmerz zusammenzuckte, fluchte er leise. „Du hast immer noch Schmerzen. Ich hol dir was dagegen, dann erzählst du mir den Rest."

Ich blieb sitzen und sah ihm nach, als er in meine Küche ging. Wenig später kam er mit einem Glas Wasser und zwei Tabletten zurück.

Er reichte sie mir und, nachdem ich sie genommen hatte, zog er mich sanft aus dem Sessel und führte mich zum Sofa.

„Hier ist es ein bisschen bequemer."

„Was habe ich bloß ohne dich gemacht?", fragte ich, während ich mich in die Ecke des Sofas kuschelte.

„Wahrscheinlich ziemlich gut überlebt." Er setzte sich und drehte sich zu mir. „Du warst schon immer eine starke, unabhängige Frau." Jax lachte leise und ein wenig bitter. „Bist du immer noch – und das soll auch so bleiben. Aber ich hoffe, dass du mir ab und zu erlaubst, dir zu helfen, wenn's drauf ankommt. Wenn es etwas gibt, das du mehr verdienst als alles andere, Marion Matched, dann ist es jemand, der sich um dich kümmert – so wie du dich um alle anderen kümmerst."

Verdammt. Da war es wieder – dieses Brennen in den Augen. Ich blinzelte die Tränen weg, fest entschlossen, jetzt nicht zu weinen. Es war nicht das Problem, vor ihm Gefühle zu zeigen. Verletzlichkeit machte mir keine Angst. Normalerweise jedenfalls nicht. Aber wenn ich jetzt anfing zu weinen, hatte ich keine Ahnung, ob ich je wieder aufhören könnte. Meine Nerven lagen blank.

Jax legte die Hand an meine Wange.

„Lass es ruhig raus, Marion. Wir sind unter uns."

Ich lächelte schwach. Er war so süß, so aufmerksam – all das, wovon ich nie gewusst hatte, dass ich es brauchte. Ich hatte mich so lange auf die Leidenschaft zwischen uns konzentriert, dass ich vergessen hatte, wie gut Jax mich wirklich kannte. Wirklich kannte. Er sah durch all die Schichten hindurch – die toughe Unternehmerin, das Selbstbewusstsein, das mehr Rüstung als Einstellung war – und erkannte die Frau dahinter, die so tief fühlte, dass es manchmal wehtat.

„Danke. Du hast recht. Ich bin okay. Oder werde okay sein. Denn die Suche ist vorbei."

Er runzelte die Stirn, sichtlich verwirrt. „Du hast sie gefunden?"

Ich schüttelte langsam den Kopf. „Nein. Sebastian hat herausgefunden, dass sie eine ehemalige Agentin der Magical Task Force ist und geflohen ist, nachdem sie wegen Totschlags angeklagt wurde. Und Iris hatte Besuch von einer Freundin bei der Task Force, die sie gewarnt hat: Wenn wir weiter nach Kiera suchen, könnten wir uns strafbar machen, falls wir ihr irgendwie helfen."

Jax' Augen weiteten sich – dann kniff er sie zusammen, als er anfing, eins und eins zusammenzuzählen. „Das ist ein ziemlich guter Grund, warum jemand nicht wollen würde, dass die Polizei eingeschaltet wird, wenn er oder sie verschwindet."

„Ja. Das dachte ich auch." Dieser Gedanke war mir mehr als einmal gekommen – und doch nagte da immer noch etwas an mir. „Was ich nicht verstehe, ist, warum sie Garrison gesagt hat, er solle zu mir kommen, falls sie je verschwindet? Das klingt doch so, als wollte sie gefunden werden, oder? Ich versteh' das nicht."

Er zuckte mit den Schultern. „Vielleicht wollte sie nie, dass Garrison von ihrer Vergangenheit erfährt – und hat gehofft, du erzählst ihm die Cover-Story."

„Vielleicht", sagte ich und zuckte ebenfalls mit den Schultern. Jax' Theorie war nicht ganz abwegig, aber sie fühlte sich nicht richtig an. Trotzdem – es ergab Sinn. Und dennoch konnte ich nicht aufhören zu zweifeln, da das Prickeln in meiner Wirbelsäule wieder angefangen hatte.

„Glaubt ihr denn, dass sie von der Task Force aufgegriffen wurde?", fragte Jax.

„Vielleicht. So oder so – mit der Warnung am Zirkelkreis und den Anklagen, die nun im Raum stehen, ist klar: Es ist zu gefährlich, weiter nach ihr zu suchen", sagte ich leise. Innerlich war mir eiskalt. „Ich hasse es, aufzugeben. Die Kiera, die ich kannte, war gutherzig und bodenständig. Mein Herz sagt mir, dass es, wenn sie jemanden getötet hat, ein schrecklicher Unfall war. Oder dass sie einen verdammt guten Grund hatte. Aber mein Verstand sagt: Menschen haben mehr als eine Seite. Und nur weil ich eine Version von ihr kannte, heißt das nicht, dass nicht auch eine andere existiert. Ich kann einfach nicht riskieren, dass jemand, den ich liebe, in Gefahr gerät. Nicht Ty. Nicht Kennedy. Nicht mein Vater, nicht Lucy … nicht du."

Jax sagte nichts. Stattdessen zog er mich einfach in seine Arme und hielt mich fest. Ich legte die Wange an seine Brust – und ergab mich endlich den überwältigenden Gefühlen, die ich seit Sebastians Hiobsbotschaft verdrängt hatte. Tränen liefen mir über die Wangen, während ich um die Freundin weinte, die ich gekannt hatte – und dafür betete, dass ich nicht die falsche Entscheidung getroffen hatte. Dass sie nicht irgendwo von einem gewalttätigen Ex festgehalten wurde, während wir alle unser Leben weiterlebten, als hätte sie nie existiert.

Denn eines wusste ich mit absoluter Sicherheit: Sollte sich herausstellen, dass Kiera die Wahrheit gesagt hatte, würde ich mir nie verzeihen, dass ich sie aufgegeben hatte.

KAPITEL 16

„Kaffee", murmelte ich, als ich mich am nächsten Morgen in die Küche schleppte.

„Schon fertig", sagte Kennedy.

Ich zuckte zusammen – seine Stimme hatte mich erschreckt. „Große Göttin!", rief ich und presste mir eine Hand auf die Brust, als ich ihn am Küchentisch entdeckte, mit einer Tasse in der Hand und einem halb gegessenen Stück Toast auf dem Teller. „Du hast mir den Schreck meines Lebens eingejagt. Ich hab' dich gar nicht gesehen."

„Tut mir leid." Er lächelte unsicher. „Ich dachte, du sprichst mit mir."

Ich erwiderte sein Lächeln etwas verlegen. „Ich hab' nur vor mich hingemurmelt."

Kennedy stand auf und fing prompt an, mir Kaffee einzugießen – mit meiner Lieblingssahne.

„Das musst du wirklich nicht", sagte ich und öffnete den Kühlschrank, um etwas zum Frühstück zu suchen.

„Ich hab' schon mit dem Frühstück angefangen", sagte er

und reichte mir die Tasse. „Setz dich und genieß deinen Kaffee. Ich mach' das schon."

Ich warf einen Blick zum Herd – da stand eine Pfanne, daneben lag eine Packung Speck. Der Ofen war an, und jetzt, wo ich darauf achtete, nahm ich auch den feinen Duft frischer Brötchen wahr, der sich langsam in der Küche ausbreitete.

„Der Himmel hat dich geschickt, oder?"

Er lachte und winkte mich an den Tisch.

„Im Ernst – hätte ich gewusst, dass du kochen kannst, hätte ich dich vielleicht gleich als meinen Privatkoch engagiert", sagte ich.

„Ach, hör auf. Ich habe in der Highschool in einem kleinen Familien-Diner gearbeitet. An den Wochenenden bin ich oft für den Besitzer eingesprungen." Er machte sich am Speck zu schaffen, dann rührte er Eier mit Ziegenkäse an. Als er fertig war, lief mir schon das Wasser im Mund zusammen.

„Ziegenkäse-Rührei, geräucherter Speck und frische Brötchen", sagte er und stellte mir den Teller hin. „Ich hätte Sauce gemacht, aber du hattest keine Bratwurst im Haus. Beim nächsten Mal dann."

„Sauce? Du machst Bratwurstsauce selbst?" Ich starrte ihn an, die Augen weit aufgerissen. „Im Ernst. Dich haben die Götter geschickt, oder? Ich hab' das nicht verdient."

„Du verdienst weit mehr als ein Diner-Frühstück", sagte Kennedy und setzte sich neben mich. „Das kannst du mir glauben."

Ich schob mir einen Bissen vom Rührei in den Mund – und war im Frühstückshimmel.

„Das ist köstlich. Wenn du gern kochst, dann schreib mir eine Einkaufsliste, und ich fülle den Kühlschrank mit allem, was du brauchst."

Sein Gesicht hellte sich auf, und das Lächeln, das er mir schenkte, ließ mein Herz tanzen.

„Ich koche wirklich gern. Aber ich besorge die Sachen schon selbst. Skyler hat gestern gesagt, wenn ich mich als zuverlässig erweise, überlegt er, mich als bezahlten Praktikanten zu übernehmen."

„Das hat er gesagt?" Ich legte die Gabel hin und sah ihn neugierig an. „Interessierst du dich für Modedesign?"

Kennedys Wangen wurden rosig, als er nickte. „Könnte mich dafür interessieren. Skyler ist ein interessanter Mensch."

Ich zog eine Augenbraue hoch und musterte ihn. „Dir ist klar, dass Skyler verheiratet ist, oder?"

Kennedy zuckte leicht zusammen und blinzelte. „Was?"

„Er hat einen Ehemann. Die beiden sind Gigis Nachbarn."

„Ach so, ja", stammelte er. „Stimmt. Das wusste ich." Er wurde so rot wie eine Tomate. „Ich meinte auch nicht, dass ich an Skyler interessiert bin. Ich meine – er ist alt genug, um mein Vater zu sein."

Ich lachte leise. „Oh, wie schrecklich. Ich dachte, Daddys wären ein Ding in der Szene?"

„Oh. Mein. Gott. Hör auf, Marion", sagte er, prustend vor Lachen.

„Okay, okay, ich hör ja schon auf." Ich schmunzelte und genoss unsere lockere Stimmung. „Erzähl mir lieber von diesem Praktikum. Wie kam es dazu?"

Er zuckte mit einer Schulter, als wäre es nichts Besonderes – aber das kleine Lächeln auf seinen Lippen verriet ihn.

„Komm schon. Erzähl Mama Marion die Deets", neckte ich.

Er warf den Kopf zurück und lachte. „Deets? Wirklich?"

„Details. Nun mach schon. Raus mit der Sprache."

„Ah, ich spreche leider kein Boomer, sorry", witzelte er.

Ich riss gespielt empört die Augen auf. „Ich bin Gen X, bitte schön."

„Oh, Verzeihung", sagte er grinsend, wurde dann aber wieder ernst.

„Gestern, nachdem ich die Lieferung eingeräumt hatte, habe ich Skyler beim Auszeichnen der Ware geholfen. Währenddessen hat er ein bisschen von seiner Familie erzählt, und dann habe ich auch was über meine gesagt." Kennedy runzelte die Stirn, und seine Augen wurden nachdenklich. „Wir haben mehr gemeinsam, als ich dachte."

Ich nickte. „Er hat mal angedeutet, dass es mit seiner Familie schwierig war."

Kennedy nickte. „Mehr als das. Seine Familie hat ihn nicht akzeptiert, als er sich geoutet hat – so wie meine. Aber das kommt ja leider oft vor."

Mir zog sich der Magen zusammen. Ich werde nie verstehen, wie man sein eigenes Kind verstoßen kann, nur wegen der Person, die es liebt. Das war für mich unbegreiflich.

„Ja. Leider."

„Wir haben auch viele gemeinsame Interessen. Theater, Eislaufen, in der Bibliothek rumhängen – all diese total uncoolen Sachen für schüchterne Bohnenstangen auf der Highschool."

Das machte mich auch wütend. „Weißt du, für ein Land, das so auf Promikultur abfährt, werde ich nie verstehen, warum Theaterkids als uncool gelten. Das sind die, die später berühmt werden. Genau wie die in der Schulband. Was glauben die Leute denn, wo Musiker oder Schauspieler herkommen?"

„Da bleiben dann wohl nur noch Eislaufen und Bücher. Und dafür dürfen Nerds ihren Ruf wohl behalten." Er zwinkerte mir zu und nahm einen Schluck Kaffee.

„Bitte. Schriftsteller sind cool", sagte ich.

„Aber nur für Buchnerds", erwiderte Kennedy überzeugt.

Ich seufzte. „Na gut. Trotzdem – das sind interessante Dinge. Viel spannender, als die meisten Leute kapieren, wenn sie Teenager sind."

Er schnaubte. „Das kannst du laut sagen."

„Also – ihr habt Gemeinsamkeiten. Klingt, als hättet ihr euch gut verstanden."

Kennedy nickte. „Ja. Er hat mir auch erzählt, wie schwer es für ihn war, nachdem er den Kontakt zu seiner Familie abgebrochen hatte. Es hat lange gedauert, bis er wieder Vertrauen fassen konnte." Seine Stimme wurde leiser, während er mit der Gabel auf seinem Teller herumstocherte. „Er hat mich gefragt, ob das vielleicht auch der Grund war, warum ich bei dir ausgezogen bin – obwohl ich es gar nicht musste."

Ich legte die Gabel auf den Tisch und richtete meine volle Aufmerksamkeit auf ihn. „Und was hast du geantwortet?"

„Erstmal gar nichts", gab Kennedy zu. „Aber dann hab' ich gesagt ... vielleicht?" Er sah mir direkt in die Augen. „Ich glaube, er hatte recht. Ich habe ein echtes Problem mit Vertrauen – aber du sollst wissen, dass es nicht an dir liegt. Ich vertraue dir. Ich zweifle nur an meinem eigenen Urteilsvermögen."

Ich legte meine Hand auf seine. „Wenn die Menschen, denen du am meisten vertraut hast, dich im Stich lassen, ist es vollkommen verständlich und normal, dass du alles infrage stellst. Glaubst du, das ist auch der Grund, warum du dich von Ty distanzierst?"

„Ja. Also ... nein." Er schüttelte schnell den Kopf. „Ich meine, das spielt bestimmt eine Rolle, aber das Hauptproblem ist, dass ich Angst habe, mich zu sehr auf ihn zu stützen. Er ist so unabhängig, weiß genau, was er will. Er lebt seinen Traum. Und ich ... ich stolpere nur so vor mich hin. Was mache ich schon, außer mich an einen Mann zu klammern, der nicht einmal hier ist?"

„Es ist okay, sich Zeit zu nehmen, um herauszufinden, was man will – besonders wenn einem gerade der Boden unter den Füßen weggezogen wurde", sagte ich sanft. „Was hast du eigentlich in L.A. gemacht, bevor du hierhergekommen bist?"

Er ließ ein schiefes Lachen hören. „Ich habe meiner Mutter in ihrem Landschaftsbauunternehmen geholfen."

„Oh. Autsch." Er hatte also nicht nur seine Familie verloren, sondern auch seinen Job.

„Ja. Autsch trifft es ziemlich gut. Ich habe alles verloren und bin einfach Ty hierher gefolgt. Dann ist er gegangen – und plötzlich hatte ich keinen Plan mehr. Ich wusste nicht einmal, warum ich überhaupt noch hier war." Er seufzte tief. „Ich habe einen Abschluss in Betriebswirtschaft – und keine Ahnung, was ich beruflich machen will. Ziemlich erbärmlich, oder?"

„Ganz und gar nicht", widersprach ich. „Auch das ist vollkommen normal. So viele Leute studieren und landen später ganz woanders. Wichtig ist nur: Du hast den Abschluss. Das heißt, du wirst nicht gegen irgendeine Wand laufen, nur weil du kein Diplom an der Wand hängen hast."

„Wohl wahr." Er zuckte mit den Schultern. „Eine Zeit lang kam mir alles so sinnlos vor. Ich dachte, wenn ich gehe, muss ich mich mit mir selbst auseinandersetzen. Aber stattdessen bin ich bei jemandem gelandet, der mich ohne mein Einverständnis verhext hat – und mir dann seine Tat in die Schuhe geschoben hat. Meine Entscheidungen waren … suboptimal. Aber hier zu bleiben und mit Skyler zu arbeiten, fühlt sich zum ersten Mal wieder richtig an. So richtig wie sonst nur, wenn ich mit Ty zusammen bin."

Ein Stück Anspannung fiel von mir ab. Er war auf dem richtigen Weg – und wenn er es schaffte, sich aus

Schwierigkeiten rauszuhalten, würde Skyler ein großartiger Mentor für ihn sein. Wenn Modedesign sein Ding war, wusste ich: Skyler würde ihn auf jede erdenkliche Weise unterstützen. So war Skyler einfach.

„Hör auf deine innere Stimme", sagte ich. „Ich habe festgestellt, dass ich immer dann die besten Entscheidungen treffe, wenn ich meiner Intuition folge."

Er nickte. „Ich werde es versuchen."

„Gut. Ich hab' dich wirklich gern hier. Aber wenn du Mist baust, fliegst du raus. Ohne Zögern."

Kennedys Gesicht wurde bleich, er biss sich nervös auf die Unterlippe. „Okay. Und was sind die Regeln?"

Ich schenkte ihm ein freundliches Lächeln.

„Zwei Sachen: Halt dich aus Schwierigkeiten raus – und wenn du nicht nach Hause kommst, gib mir kurz Bescheid. Ich bin eine notorische Sorgenmacherin."

„Das ist alles?", fragte er misstrauisch. „Keine Aufgaben im Haushalt, keine Fristen für die Miete oder bis wann ich ausziehen muss? Was ist mit Besuchern? Sind die erlaubt, oder wäre dir lieber, wenn ich Freunde anderswo treffe?"

„Das ist alles. Das Einzige, was ich erwarte, ist, dass du hinter dir aufräumst. Keine Miete, kein Auszugsdatum. Du kannst bleiben, solange du willst. Und was Freunde angeht – sie sind willkommen, solange sie sich benehmen. Wenn einer davon ein potenzieller Freund ist, bitte ich nur darum, dass du und Ty vorher klärt, wo ihr steht, bevor du jemand Neues mitbringst."

Kennedy starrte mich einen Moment lang an, als könne er es kaum glauben. Dann schüttelte er den Kopf.

„Ich koche, wann immer ich kann – und mache dabei gleich sauber. Das zweite Bad werde ich mindestens einmal die Woche putzen. Und was Freunde betrifft: Der einzige, den ich sehen will, ist *mein* Freund. Ty. Du musst dir da keine Sorgen machen. Ich schleppe vielleicht ein bisschen Ballast mit mir rum, aber ich bin treu. Ich wollte nur ein paar Freunde zu einem Housewives-Marathon einladen. Willst du mitschauen?"

„Ein Housewives-Marathon?" Ich zog eine Augenbraue hoch. „Kommt drauf an. Macht jemand Margaritas?"

Seine Augen blitzten verschmitzt auf. „Immer."

KAPITEL 17

„Klopf, klopf!" Tante Lucys Stimme war kaum verklungen, da flog auch schon meine Haustür auf.

„Du hast Glück, dass ich was anhabe!", rief ich aus der Küche, wo ich gerade das Frühstücksgeschirr abspülte.

„Ha!" Sie tauchte im Türrahmen auf. „Ich hatte ja gehofft, Jax wäre noch hier und ich könnte ein bisschen was fürs Auge geboten bekommen. Aber gut, dann muss ich eben wieder ins *Abs, Buns & Guns*, um mir dort ein paar eingeölte Muskelmänner anzuschauen."

Ich prustete vor Lachen. „Dachtest du etwa, Jax läuft hier in Boxershorts rum, mit Babyöl eingeschmiert?"

„Natürlich nicht. Aber nach all dem Shortbread war nicht ganz auszuschließen, dass Butter aus seinen Poren glänzt."

Immer noch lachend streckte ich ihr die Arme entgegen.

Sie zog mich in eine feste Umarmung. „Es fühlt sich an, als hätten wir uns ewig nicht gesehen."

„Es ist noch keine Woche her", sagte ich und trat zurück. „Aber du hast recht, es kommt mir auch länger vor. Danke übrigens für die Kekse. Die waren genau das, was ich gestern Abend gebraucht habe."

Sie legte mir die Hand an die Wange und lächelte. „Gern geschehen, Liebes. Du weißt doch, wie gern ich die Leute mäste, die ich liebe."

Ich legte eine Hand an meinen Bauch und nickte. „Du bist definitiv erfolgreich. Ich muss dringend mein Laufband freiräumen, sonst passe ich bald nicht mehr in meine Lieblingsjeans."

„*Pff.* Kekse sind jeder Jeans überlegen", sagte sie entschieden. „Behalte die Kekse. Verkauf' das Laufband."

„Du hast leicht reden", schnaubte ich und warf einen Blick auf ihre schlanke Figur. „Du hast den Stoffwechsel einer Zwanzigjährigen."

Sie strich sich eine Strähne ihres aschblonden Haars hinters Ohr und grinste verschmitzt. „Es gibt mehr als einen Weg, Kalorien zu verbrennen."

Ich hob eine Augenbraue. „Was willst du damit sagen? Hast du etwa jemanden hier in Premonition Pointe zum … ähm … Daten gefunden?" Ungewollt stellte ich mir meine Tante beim Matratzentango vor und verspürte das dringende Bedürfnis, meinen Kopf in Seifenlauge zu tauchen. Das war wirklich kein Bild, das ich im Kopf haben wollte. Aber wenn sie jemanden gefunden hatte, mit dem es im Schlafzimmer wieder krachte – warum nicht? Sie hatte es verdient, Spaß zu haben.

„Ich würde es nicht direkt daten nennen", sagte sie mit einem Anflug von Röte. „Eher so was wie … wie nennt ihr jungen Leute das? Booty Call?"

„Hast du gerade ernsthaft Booty Call gesagt?" Ich konnte mir ein Grinsen nicht verkneifen.

„War das nicht der richtige Ausdruck? Also gut. Wir

machen eben ein paarmal die Woche ein bisschen Netflix und Chillen."

„Stopp!", rief ich, schnitt eine Grimasse und hob die Hand. „Das sind keine Infos, die du mit deiner Nichte teilen solltest."

„Ach komm schon, Marion", schnaubte sie. „Du bist eine berufsmäßige Kupplerin. Du hast bestimmt schon ganz andere Sachen gehört."

„Klar. Aber nicht von meiner Lieblingstante. So sehr ich mich für dich freue – manches will ich einfach nicht wissen."

Sie rollte mit den Augen und ließ sich an meinem Küchentisch nieder. „Vergiss mein Tinder-Date. Ich bin aus einem ganz anderen Grund hier."

Dankbar, dass wir den Tinder-Teil unseres Gesprächs hinter uns hatten, hielt ich die Kaffeekanne hoch.

„Ja", sagte sie entschieden. „Und wenn noch Kekse da sind, brauchen wir die auch."

„Natürlich." Ich goss uns beiden Kaffee ein, stellte die Keksdose auf den Tisch und setzte mich neben sie.

„Jax hat hier aber ganz schön zugeschlagen." Sie nahm einen Keks, knabberte an einer Ecke und trank einen langen Schluck Kaffee. Dann schloss sie die Augen. „Das ist der perfekte Start in den Tag."

Ich hätte fast geantwortet, dass es noch besser wäre, wenn einem jemand das Frühstück servierte – aber ich behielt den Gedanken für mich. Lucy ging es wahrscheinlich eher um die Gesellschaft als um Kaffee oder Kekse.

Mit einem leisen Plopp erschien Celia auf dem Stuhl gegenüber von Lucy. „Ich bevorzuge ein paar Orgasmen, aber jeder das ihre."

„Celia! Das ist meine Tante!", rief ich empört.

„Und?" Celia schwang ihr langes, blondes Haar über die

Schulter und grinste. „Ich bin sicher, sie weiß, was ein Orgasmus ist."

„Aber hallo, meine Liebe", sagte Lucy und wackelte mit den Augenbrauen. „Ich muss euch von einer Nacht in den späten Achtzigern erzählen – da war ich mit einem Brad-Pitt-Verschnitt unterwegs, und als er –"

„Gibt's einen Grund, warum du uns heute beehrst?", fragte ich trocken und fiel ihr ins Wort. Ich brauchte wirklich nicht noch mehr Details. „Oder bist du einfach auf einen Sprung vorbeigekommen?"

„Nur ein kurzer Besuch. Ich wollte dir sagen, dass Kennedy und Skyler sich bestens verstehen. Ehrlich gesagt ist es inzwischen richtig langweilig, ihn zu beobachten. Er folgt Skyler auf Schritt und Tritt und löchert ihn mit Fragen übers Modedesign und den Laden."

Kennedy war nach dem Frühstück zu *Sky's the Limit* gegangen. Und obwohl er gesagt hatte, wie dankbar er für den Job sei, war es schön, von Celia zu hören, dass er sich auch wirklich dafür interessierte. „Das sind gute Nachrichten. Dann bist du ja jetzt frei für andere Aufgaben."

Celia schürzte die Lippen. „Was? Du hast keine neue Mission für mich? Was ist mit deiner vermissten Freundin?"

Ich runzelte die Stirn. Daran hatte ich gar nicht gedacht – aber die Idee war brillant. Celia könnte weiter nach Kiera suchen, ohne jemanden zu gefährden. „Celia, du bist ein Genie!"

„Fällt dir das auch schon auf? Sag' ich doch immer. Höchste Zeit, dass du's auch bemerkst." Sie schwang ihre Haar über die Schulter wie in der Werbung.

Ich schüttelte lachend den Kopf. „Du hast recht – ich hätte früher auf dich hören sollen. Also, hier ist der Stand der Dinge in Kieras Fall." Ich erklärte ihr alles, inklusive der Warnung der Magical Task Force, uns nicht einzumischen.

„Sie hat jemanden umgebracht?" Celias Blick verengte sich. „Wissen wir warum?"

Ich schüttelte den Kopf. „Keine Details."

„Wahrscheinlich war der Typ ein Arschloch und hat's verdient", sagte Celia. „Du weißt, wie sehr ich Männer liebe – wirklich – aber manche sind einfach der letzte Dreck. Wäre nicht das erste Mal, dass eine Frau der Allgemeinheit einen Gefallen tut."

„Celia", tadelte Lucy. „Das ist eine ziemliche Unterstellung, findest du nicht? Marion hat doch gesagt, wir wissen nichts Genaues. Vielleicht war es Notwehr oder was ganz anderes. Wir sollten da nicht vorschnell urteilen."

Celia zuckte mit den Schultern. „War ja nur eine Theorie. Aber ich helfe gern bei der Suche. Wo soll ich anfangen?"

„Keine Ahnung. Vielleicht in der Nähe der Magical Task Force? Vielleicht bekommst du da irgendwas mit?"

„Und wo finde ich die?"

„Ein Agent ermittelt wegen der Explosion auf Jax' Baustelle. Fang bei ihm an. Häng dich an ihn dran."

„Oooooh. Ja." Celia rieb sich die Hände, und ihre Augen funkelten. „Ich wollte schon immer wissen, was diese Agenten so treiben. Die meisten schreiben nur Berichte, aber vielleicht bekomme ich ja auch ein bisschen magische Action zu sehen."

„Aber unauffällig", mahnte ich. Celia hatte die Angewohnheit, aufzutauchen und zu plappern, wenn ihr langweilig war – oder sie einfach Lust dazu hatte. „Wenn sie rausfinden, dass du mit mir zu tun hast und ihre Geheimnisse ausplauderst, kann das richtig Ärger geben. Verstehst du?"

Sie verdrehte die Augen. „Ich bin doch nicht blöd, Marion. Ich kann mich unsichtbar machen und die Agenten stalken."

Ich biss mir auf die Unterlippe. „Diese Leute sind von der Magical Task Force. Vielleicht haben die Geisterdetektoren oder so. Du musst wirklich aufpassen, dass sie dich nicht erwischen."

„Ich sage einfach, ich behalte Jax im Auge. Oder ich steh' auf einen Bauarbeiter. Keine Sorge – ich bin ein raffinierter Geist." Sie zwinkerte und war im nächsten Moment verschwunden.

„Sie ist ... eine schillernde Persönlichkeit", bemerkte Lucy.

„Allerdings", murmelte ich und verzog das Gesicht. „War es ein Fehler, sie darum zu bitten?"

Lucy legte ihre Hand auf meine. „Du tust, was du kannst. Ich habe gehört, was du gesagt hast – über die Task Force, den Zirkel und all das. Niemand kennt die ganze Wahrheit. Aber du kennst Kiera besser als jeder andere hier. Wenn dein Bauchgefühl dir sagt, dass sie nicht die Täterin ist, sondern das Opfer, dann ist es richtig, weiter nach ihr zu suchen. Celia einzusetzen ist ein guter Kompromiss – solange sie sich zusammenreißt."

„Diskretion ist nicht gerade ihre Stärke", sagte ich.

„Ich weiß." Lucy nickte. „Aber ich traue ihr das zu."

„Vielleicht hast du recht", sagte ich, auch wenn ich nicht ganz überzeugt war. Aber jetzt war es sowieso zu spät. Ich konnte nur hoffen, dass Celia keinen kompletten Mist baute. „So. Und warum bist *du* wirklich hier? Ich bezweifle, dass es nur um Kekse ging."

„Vielleicht wollte ich einfach meine Nichte sehen."

Ich schnaubte. „Klar. Und deshalb zerbröselst du vor Nervosität deinen Keks?"

Lucy sah auf die Krümel vor sich und fluchte. „Na schön. Du hast mich erwischt. Es geht um deinen Vater."

„Dad?" Mein Blutdruck schoss in die Höhe. Ich musste

mich zusammenreißen, um nicht aufzuspringen. Nach den letzten Wochen war ich einfach angespannt. „Was ist los?"

„Er ruiniert sich gerade sein Liebesleben, das ist los", schnaubte sie. „Wenn er sich nicht zusammenreißt, bleibt er für immer allein."

Ich blinzelte. „Geht's um ihn und Tazia?"

„Natürlich. Um wen sonst?" Sie sprang auf und begann, in der Küche auf und ab zu gehen. „Drei Dates in einer Woche. Mit drei verschiedenen Frauen. Keine davon Tazia. Und als ich ihn darauf angesprochen habe, hat er mir gesagt, dass ich mich um meinen eigenen Mist kümmern soll."

„Das ist ... enttäuschend", murmelte ich. Dad war in Sachen Daten schon immer eine Katastrophe gewesen. Aber mit Tazia hatte ich gehofft, dass er endlich den Dreh kriegen würde. „Ist was passiert, oder ist Dad einfach mal wieder Dad?"

„Ja, so ungefähr. Du weißt ja, wie er ist. Wenn er so weitermacht, macht er alles kaputt. Ich könnte ihn anschreien. Tazia ist wunderbar. Wenn ich mich entscheiden müsste – ich würde sie meinem starrköpfigen Bruder vorziehen."

„Nein, würdest du nicht", sagte ich sanft. „Aber ich verstehe dich. Ich bin nur nicht sicher, was ich unternehmen soll. Ich kann ihn ja nicht zwingen, mit ihr auszugehen. Das muss von ihm kommen."

„Weiß ich doch." Lucy blieb stehen, legte beide Hände auf die Küchentheke und sah mir fest in die Augen. „Aber wir können ihm einen kleinen Schubs geben."

Meine Mundwinkel zuckten. „Was genau schwebt dir vor?"

„Stellen wir Tazia ein paar nette Männer vor. Soll er mal sehen, wie sich das anfühlt. Du weißt, dass sie ihn beim Frühstücksdate mit einer anderen gesehen hat, oder?"

„Ja", seufzte ich. „Aber ich kann da nichts machen, solange Tazia mich nicht darum bittet."

„Sie wäre aufgeschlossen dafür, glaub' mir."

Ich sah sie misstrauisch an. „Du hast mit Tazia darüber gesprochen?"

Lucy nickte und zückte ihr Handy. Sie schaltete auf Lautsprecher und rief Tazia an.

„Hey Lucy. Was gibt's?", meldete sie sich.

„Ich wollte nur bestätigen, dass du gern jemanden daten würdest, der nicht mein Bruder ist."

„Ähm, also …" Tazias Stimme wurde leiser.

„Marion ist hier, und sie meint, sie macht nur mit, wenn du es auch wirklich willst. Also – willst du meinem Bruder zeigen, was er verpasst, wenn er halb Premonition Pointe datet?"

Schweigen.

„Lucy", sagte ich leise. „Wir sollten sie nicht so überrumpeln. Tazia, wenn du Interesse hast, komm einfach vorbei oder ruf mich an. Ich könnte eine kleine Party planen, oder du siehst dir ein paar Profile an – ganz wie du willst."

„Nein!", sagte Tazia plötzlich.

„Okay, auch gut. Kein Druck", sagte ich.

„Nein, ich meine – ich muss nicht überlegen. Mach das Event. Ich bin dabei." Ihre Stimme klang entschlossen. Die Frau, die perfekt zu meinem Vater passte, hatte endgültig genug von seinen Spielchen.

„Dann … freut mich das", sagte ich lächelnd. Vielleicht war das wirklich der Weckruf, den mein beziehungsunfähiger Vater brauchte. „Ich plane diese Woche sowieso ein Event für einen neuen Klienten. Der wäre altersmäßig in deiner Liga. Ich lade noch ein paar andere ein, und wir sehen einfach, was passiert."

„Sag mir nur wann und wo. Ich bin dabei", sagte sie.

„Das ist mein Mädchen", sagte Lucy zufrieden.

Tazia kicherte und verabschiedete sich.

Ich sah Lucy an. „Hoffentlich bist du darauf vorbereitet, dass sie vielleicht wirklich jemanden kennenlernt – der nicht Dad ist."

„Oh, das bin ich. Ich glaub nur nicht, dass Memphis es ist", sagte sie mit funkelnden Augen. „Und es geschieht ihm recht."

„Armer Dad", sagte ich. „Wie soll er in Premonition Pointe überleben, wenn wir uns gegen ihn zusammentun?"

„Pff. Hopp oder top." Lucy drückte mir einen Kuss auf den Scheitel, griff sich zwei weitere Kekse und winkte zum Abschied. „Ich muss los. Brauche ein neues Outfit für die Party."

„Du kommst auch?"

„Aber sicher. Das lasse ich mir doch nicht entgehen."

Als die Tür hinter ihr ins Schloss fiel, nahm ich mir vor, ein paar Männer in ihrem Alter einzuladen. Wenn sie sich schon in Dads Liebesleben einmischte – warum sollte ich mich aus ihrem raushalten?

KAPITEL 18

*I*ch sag's dir, Marion", sagte Tandy. „Das ist ein komplettes Desaster. Ich hab' noch nie erlebt, dass eine Produktion so aus dem Ruder läuft."

Ich warf einen Blick auf das Handy, das ich in eine Halterung geklemmt hatte, und musterte meine Freundin über Facetime. „So schlimm kann's doch gar nicht sein, oder? Ihr habt doch gerade erst mit den Dreharbeiten für die Show angefangen."

Ich saß im Büro und arbeitete an den letzten Details für die heutige kleine Party mit Brix Belford. Es waren vier Tage vergangen, seit ich die Suche nach Kiera eingestellt hatte, und ich hatte mich komplett in die Organisation gestürzt – vor allem, um mich abzulenken. Celia behielt den Agenten der Magical Task Force weiter im Auge, aber sie meinte, es sei ungefähr so spannend, wie ihrer Großmutter beim Zupfen ihres Damenbarts zuzusehen.

„Doch, es ist so schlimm", sagte Tandy mit einem übertriebenen Augenrollen. „Der Regisseur hat beschlossen, das Skript umzuschreiben – und jetzt ist es ein frauenfeindlicher Alptraum mit einem Dude-Helden und einer Heldin, die weniger im Hirn hat als eine Sexpuppe."

„Das ist wirklich schlimm", stimmte ich zu. „Lennon muss das lieben." Lennon Love, eine bekannte Social-Media-Influencerin, war der Star von Tandys neuer Serie – und die Vorstellung, dass sie eine eindimensionale Figur spielen sollte, war absurd. Die Frau war klug, präsent, einfach nicht zu übersehen. Ganz zu schweigen davon, dass ihre Fans rebellieren würden. Die Show war erledigt, bevor sie überhaupt abgedreht war.

„Sie droht, auszusteigen." Tandy verzog frustriert das Gesicht. „Ich könnte es ihr nicht einmal verdenken, wenn das das finale Skript wäre. Zum Glück habe ich das letzte Wort. Der Mist wird entsorgt – samt Regisseur –, und ich schreibe alles um. Aber das dauert. Zeit, die ich eigentlich mit dir verbringen wollte."

„Wer ist dieser Regisseur überhaupt?", fragte ich, um unser beider willen genervt. Es war nicht so, dass ich besonders viel Zeit mit meiner besten Freundin hatte. Sie war Showrunnerin beim angesagtesten paranormalen Sender in Hollywood. Dass sie ihren Besuch wegen irgendeines idiotischen Regisseurs abbrechen musste, war wie ungeschliffene Besenstile reiten.

„Ein Typ, den mein Executive Producer angeheuert hat, nachdem der ursprüngliche Regisseur sich das Bein gebrochen hatte und aussteigen musste. Ich schwöre bei allem, was magisch ist – diese Idioten sollen endlich ihre gierigen Finger von meinen Produktionen lassen, sonst finde ich einen Weg, meine Shows woanders unterzubringen."

„Sag das lieber nicht zu laut. Du weißt, wie paranoid die werden." Wenn sie auch nur ahnten, dass sie den Sender verlassen wollte, würden sie alles daransetzen, ihr die Projekte wegzunehmen.

Sie kniff die Augen zusammen, und ihre Miene wurde entschlossen. „Sollen sie's doch versuchen."

„Ich würde mich nicht mit dir anlegen", bemerkte ich schmunzelnd.

„Musst du auch nicht." Tandy zwinkerte mir zu, wurde dann aber ernst. „Okay, zu etwas Wichtigerem."

Ich zog die Brauen hoch. „Was Wichtigeres als die Implosion deiner Produktion?"

„Es geht um Ty."

Ich erstarrte und war sofort bei der Sache. „Was ist mit Ty? Ich habe gestern mit ihm geschrieben. Da hat er nichts gesagt. Ist was passiert?"

„Er ist unglücklich", sagte sie ohne Umschweife.

„Warum?"

„Er hasst seinen Job, ist aber so stolz und ehrgeizig, dass er nicht hinschmeißen will."

„Okay, das musst du mir erklären", sagte ich. „Er hat mir erzählt, alles läuft super. Dass er sogar schon ein Anschlussprojekt angeboten bekommen hat. Was weißt du, das ich nicht weiß?"

„Der Produzent, für den er arbeitet, ist ein Arschloch. Angeblich war er anfangs super, aber jetzt lässt er Ty jeden Abend Überstunden schieben und zwingt ihn, den Ton von Szenen nochmal zu überarbeiten, die schon perfekt waren. Ich verstehe es nicht. Ich habe eigentlich nur Gutes über ihn gehört, aber in der letzten Woche hat sich alles ins Gegenteil verkehrt. Ich habe Ty gesagt, er soll hinschmeißen. Niemand sollte unter solchen Bedingungen arbeiten müssen. Aber er weigert sich. Er will nicht, dass er den Ruf bekommt, dass er abhaut, bevor ein Projekt abgeschlossen ist."

„Kann ich nachvollziehen", sagte ich. „Aber mir gefällt

nicht, dass er das durchmachen muss. Es gibt doch auch außerhalb von Hollywood Jobs für Tonleute."

„Hab' ich auch gesagt." Sie seufzte. „Die Branche ist manchmal echt zum Kotzen. Vielleicht hätte ich es dir gar nicht erzählen sollen, aber ich dachte, du solltest es wissen. Falls er distanziert wirkt oder total erledigt – jetzt weißt du, warum."

„Danke, Tandy. Ich weiß das zu schätzen, auch wenn ich mich völlig hilflos fühle."

Sie schenkte mir ein mitfühlendes Lächeln. „Vielleicht reicht es, wenn du einfach mal bei ihm nachfragst. Zeig ihm, dass du für ihn da bist. Ich glaube auch, dass ihn das mit Kennedy ziemlich mitnimmt, aber darüber will er nicht sprechen."

„Ja. Kann ich mir vorstellen."

„Okay, Mar, ich muss losmachen. Pass auf dich auf. Ich melde mich, sobald ich kann." Tandy beendete den Anruf – und ließ mich mit einem schwarzen Display zurück.

Es juckte mir in den Finger, Ty sofort anzurufen, aber er ging tagsüber nie ran, wenn er arbeitete. Ich wäre besser beraten, es nach dem Abendessen zu versuchen. Wobei – heute war die Party. Wenn alles gut lief, wollte ich mindestens drei Paare zusammenbringen.

Die Tür flog auf, und Iris kam herein. „Ich bin da! Sorry, dass ich so spät bin. Ich habe mit Hope über die Party heute Abend gesprochen."

Hope Anderson organisierte das Event für uns. Nachdem das letzte, das ich selbst geplant hatte, mit einem kleinen Feuer geendet hatte – danke, Duftkerzen –, hatte ich beschlossen, das lieber einer Profi-Eventplanerin zu überlassen.

„Kein Problem. Du hast dich um Wichtiges gekümmert", sagte ich und drehte mich mit dem Stuhl zu ihr um.

„Das habe ich." Sie nickte. „Ich hab' nur vergessen, dir Bescheid zu geben."

„Ist echt nicht schlimm." Ich schlug die Mappe mit der Gästeliste auf meinem Schreibtisch auf. „Ich dachte mir schon, dass du mit Last-Minute-Dingen beschäftigt bist."

Sie lächelte mich dankbar an, dann wanderte ihr Blick zur Mappe. „Hast du genug Ladys für Brix gefunden?"

Ich stöhnte. „Ich habe nur zwei brauchbare Kandidatinnen, und eine davon ist Tazia. Ist das zu glauben?"

„Du willst ihn mit der Freundin deines Vaters verkuppeln?" Iris klang fassungslos.

„Sie ist nicht seine Freundin. Ich glaube, sie waren nur einmal essen." Allein das auszusprechen, fühlte sich falsch an. Warum sträubte sich mein Vater so sehr dagegen, sich neu zu verlieben? Ich kannte die Antwort, wollte sie aber nicht wahrhaben.

„Schade", sagte Iris. „Sie würden gut zusammenpassen."

„Tun sie auch", mischte sich Celia ein, die plötzlich auf meinem Schreibtisch erschien. Sie ließ sich seufzend auf der Kante nieder. „Ihr habt keine Ahnung, wie langweilig Mr. Dienst-nach-Vorschrift ist."

„Du meinst Agent Erikson?" Ich hob eine Braue.

„Götter, ja. Der Typ liest nur Akten und schnauzt seine Sekretärin an." Sie ließ sich theatralisch auf den Tisch fallen und streckte die Arme seitlich aus, als würde sie aufgeben. „Er geht nicht einmal raus – fährt ins Büro, liest stundenlang Akten, holt sich dann was zum Mittagessen und schaut zwei Stunden History Channel. Wenn ich noch leben würde, würden mir wahrscheinlich die Augen bluten."

„Warum sollten sie bluten?", fragte Iris neugierig.

„Weil ich sie mir selbst ausgestochen hätte." Sie setzte sich wieder auf und sah mich flehend an. „Muss ich wirklich weiter an ihm dranbleiben?"

„Nicht, wenn er keine Hinweise liefert. Aber hast du dir mal seine Akten angesehen?"

Sie stöhnte. „Hab' ich versucht, aber seine Handschrift ist furchtbar. Außerdem geht's da um Jax' Baustelle – aber da scheinen sie in einer Sackgasse zu stecken."

„Wenn's eine Sackgasse ist, warum liest er dann dauernd die Akten?"

„Woher soll ich das wissen?" Sie warf die Arme in die Luft. „Vielleicht tut er nur so, um nicht den neuen Fall übernehmen zu müssen, der gerade reingekommen ist."

„Was für ein neuer Fall?", fragte Iris.

„Irgendeine Sache mit illegalen Zaubern in einem Laden in L.A. Klingt nach klassischem Task-Force-Kram. Die stellen grad ein Team zusammen, das sich darum kümmern soll." Sie winkte ab. „Hat wahrscheinlich nichts mit Kiera oder der Explosion zu tun."

„Wahrscheinlich nicht", sagte ich. Mein Plan, Celia auf die Agenten anzusetzen, lief nicht gerade erfolgreich. „Du hast sonst nichts Interessantes aufgeschnappt?"

„Hmm, das nicht. Aber …" Sie grinste. „Die Chefin hat was mit mindestens zwei ihrer Agents. Gleichzeitig. Das ist alles, worüber alle reden. Als hätten sie noch nie was von einem flotten Dreier gehört."

„Kein Wunder, dass nie über die Fälle gesprochen wird", murmelte ich.

„Warum sollten sie auch, wenn alle damit beschäftigt sind rauszufinden, welchen von beiden sie als Nächstes fesselt. Ich sag's dir, das ist eine echte Seifenoper da drüben." Celia schüttelte den Kopf. „Sogar ich habe langsam genug davon. Haben die denn echt nichts anderes im Kopf?"

Ich sah Iris an – und wir mussten beide laut loslachen. Iris so sehr, dass ihr die Tränen in die Augen stiegen.

„Ja, okay. Mir ist durchaus bewusst, dass das aus meinem Mund komisch klingt. Aber ehrlich – das ist eine Strafverfolgungsbehörde!" Sie warf die Hände in die Höhe. „Das ist einfach unprofessionell."

„Da hat sie nicht Unrecht", japste Iris.

„Stimmt." Ich runzelte die Stirn. Wenn es dort wirklich so unprofessionell zuging, dass die Chefin mit ihren Untergebenen schlief, wie weit konnten wir dann dem trauen, was sie über Kiera gesagt hatten? „Celia?"

„Was?" Sie klang nicht begeistert.

„Was hältst du von den anderen Agenten? Abgesehen von denen, mit denen die Chefin schläft. Glaubst du, sie halten sich an Regeln oder sind sie ...?"

„Korrupt?", beendete sie den Satz für mich.

„Ja. Korrupt ist ein gutes Wort."

Sie verzog das Gesicht und zuckte dann die Schultern. „Vielleicht? Keiner von ihnen scheint mit seinem Job verheiratet zu sein."

„Wie meinst du das?", fragte Iris. „Dass sie gleichgültig sind? Oder nachlässig in ihren Ermittlungen?"

„Nein, das ist es nicht", sagte Celia. „Ich würde eher sagen ... ihnen fehlt das Dringlichkeitsgefühl. Gestern kam eine Meldung rein über einen möglichen Fluch an einer Seniorenwohnanlage, von dem alle Männer betroffen waren – und was machen die? Lachen und spielen Schnick-Schnack-Schnuck, um zu entscheiden, wer sich darum kümmern muss."

„Alle Männer waren verflucht? Wie?", fragte ich

„Ach das." Sie verdrehte die Augen. „Eine Hexe hat ihre Potenzpillen verhext – statt Erektionen bekamen sie

Inkontinenz. Die haben so viel in den Pool gepinkelt, dass das Wasser grün wurde."

„Das ist … nicht cool", sagte ich und schnitt eine Grimasse. Ich wollte gar nicht wissen, wie viel Pipi nötig war, um einen Pool grün zu färben.

„Auch nicht schlimmer als eine Frau mit einem Potenzpillenständer anzustupsen", sagte Celia. „Genau das war's nämlich – fünf Typen, zu viel Apfelwein, und sie haben beschlossen, ihre Ständer zu benutzen, um mit den Ladys zu flirten."

„Ihh", quietschte Iris angewidert, und ich konnte ihr nur zustimmen.

„Jedenfalls", fuhr Celia fort, „hätte ich gedacht, dass diese Leute sich auf diesen Fall stürzen würden. Drama pur. Genau ihr Ding, aber nein."

„Für mich hört sich das nicht so an. Das bestärkt nicht gerade mein Vertrauen darauf, dass sie wirklich an Jax' Fall arbeiten – oder dass sie uns die Wahrheit über Kiera gesagt haben."

Iris biss sich auf die Lippe und nickte dann. „So ungern ich es zugebe, aber ich glaube, du hast recht."

Ich wandte mich Celia zu. „Meinst du, du kannst uns ein paar Akten besorgen?"

Mein Geist hob die Hände und ließ sie durch meinen Laptop gleiten. „Siehst du? Ich kann nichts anfassen – nur andere Geister. Aber ich könnte euch nach Feierabend reinschleusen."

Ich war kurz davor, Ja zu sagen, als Iris den Kopf schüttelte. „Nein. Auf keinen Fall. Wenn die uns da erwischen, landen wir ohne Gerichtsverhandlung im Knast. Die Task Force versteht da keinen Spaß. Gestohlene Akten sind eine große Sache für sie. Top-Secret und so."

Stimmt. Sie überwachten und regulierten die Anwendung von Magie. Klar, dass es strenge Strafen für jeden geben würde, der Informationen stahl, besonders wenn es mit verbotenen Zaubersprüchen und Flüche zu tun hatte. „Ja, Iris hat recht. Das können wir nicht machen. Selbst wenn es hilfreich wäre. Vielleicht kannst du dich einfach nochmal ein bisschen umsehen oder lauschen, wenn jemand Überstunden macht. Vielleicht hörst du ja was."

Celia stöhnte. „Aber es ist so langweilig da. Ich will zur Party. Die letzte war explosiv."

„Im wahrsten Sinne des Wortes", schnaubte ich. Dann lächelte ich. „Wie wäre es damit: Du schnüffelst noch ein bisschen rum, und später kommst du nach. Ich hebe dir ein Glas Champagner auf."

Celia verdrehte die Augen, sagte aber nichts. „Okay. Aber ich bin Punkt acht da." Sie begann zu verblassen, fügte aber im Verschwinden noch hinzu: „Oder sieben, wenn es zu langweilig wird."

Ein lautes „Plopp" bestätigte, dass sie tatsächlich gegangen war. Iris und ich sahen uns einen Moment lang an – dann fingen wir gleichzeitig an zu reden.

„Wer leitet diese Task Force?", fragte Iris.

„Und wer hat wen mit seinem Ständer angestupst?"

Iris schüttelte den Kopf, warf mir ein halbes Lächeln zu und einen Blick, der sagte: *Das hast du jetzt nicht wirklich gefragt!* Ich wurde rot – offenbar hatte ich mich ausgerechnet auf das unwichtigste Detail konzentriert. Ich räusperte mich. „Ähm, also ... wir sollten wirklich rausfinden, wer da verantwortlich ist. Und ob sie den Laden wirklich so nachlässig leitet, wie Celia sagt oder ob sie übertreibt."

Iris lachte. Dann griff sie zum Handy und wählte. Es

dauerte nicht lange, bis sie sagte: „Agent Stevens, ich muss Sie um einen Gefallen bitten."

KAPITEL 19

*I*rgendeine Ahnung, wann Agent Stevens sich bei dir melden wird?", fragte ich Iris, während wir zur offenen Bar hinübergingen. Vor zwanzig Minuten hatten wir den Check-in der Gäste abgeschlossen und gaben Brix und den Kandidatinnen nun die Gelegenheit, einander kennenzulernen. Wir waren auf der beheizten Terrasse des *Hallucinations*, einer Strandbar, die Cocktails mit klingenden Namen wie *Lost Your Bikini* oder *Surfer's Tan* auf der Karte hatte. Aber da wir die Location gemietet hatten, servierten wir stattdessen Wein, Martinis und Champagner – dazu reichten wir kleine Häppchen.

„In ein paar Tagen vielleicht." Iris bestellte sich einen Martini mit zwei Oliven, was mich die Brauen hochziehen ließ. Normalerweise trank sie auf diesen Events höchstens ein halbes Glas Champagner. „Es war ein seltsamer Tag", sagte sie und lehnte sich an die Bar, während sie die Gäste beobachtete. „Stevens war ziemlich schockiert wegen der Vorwürfe. Sie meinte, wenn auch nur ein Hauch davon wahr sei, würde das Karrieren ruinieren."

„Das kann ich mir vorstellen." Der Barkeeper reichte mir ein Glas Rotwein, und ich sah gerade noch, wie Tazia auf Brix zusteuerte, um sich vorzustellen. Sie sah fantastisch aus in ihrem türkis-braun gemusterten Boho-Kleid mit weiten Ärmeln und kniehohen braunen Wildlederstiefeln zum Schnüren. Ihr kastanienbraunes Haar fiel ihr in sanften Wellen über den Rücken. Sie lebte diesen Flower-Power-Look zwar jeden Tag, aber heute Abend war sie einfach … retro-glamourös.

„Die beiden geben ein gutes Paar ab", meinte Iris.

„Da widerspreche ich dir nicht." Brix trug einen teuren, royalblauen Anzug mit einem weißen Hemd, dessen oberster Knopf offenstand. Dazu ein gepflegter Drei-Tage-Bart – sexy und souverän. Er war etwa zehn Jahre jünger als Tazia, aber das schien die beiden nicht im Geringsten zu stören. Sie hatte ihre Hand auf seinem Arm, er seine an ihrer Hüfte, beide lachten – und genossen ganz offensichtlich die Gesellschaft des anderen.

„Da ist Memphis", sagte Iris.

Ich folgte ihrem Blick über die Terrasse und entdeckte meinen Vater, der finster dreinblickte, während er Tazia und Brix beobachtete.

„Er sieht nicht gerade begeistert aus", stellte sie fest.

„Selber schuld", antwortete ich mit einem leisen Lachen. Vielleicht hatte Tante Lucy ja recht. Es sah ganz so aus, als würde ihn der Anblick von Tazia mit einem anderen Mann genau an der richtigen Stelle treffen.

Mein Blick wanderte zum Eingang des angrenzenden Restaurants. Jax hatte mir geschrieben, dass er nach Hause fahren, duschen und dann hierherkommen wollte. Seit ich nach Kiera gesucht hatte und er gleichzeitig Überstunden auf der Baustelle machen musste, hatten wir kaum Zeit miteinander verbracht. Die letzten beiden Nächte war er nicht mal vorbeigekommen, weil er alles daransetzte, das Projekt wieder auf Kurs zu bringen.

„Wen erwartest du?", fragte Iris, die meinem Blick gefolgt war.

„Mein Date", sagte ich lächelnd. „Du weißt schon, dass du nicht unbedingt bleiben musst. Alle Gäste sind da, Hope war auch da und ist schon wieder weg – sie hat sich vergewissert, dass alles perfekt läuft, bevor sie zu einem weiteren Event musste. Der Abend läuft rund. Am Ende spreche ich noch kurz mit Brix, um rauszufinden, für wen er sich interessiert, dann ein bisschen Aufräumen, und wir sind durch."

„Ich weiß", sagte sie. „Aber manchmal ist es einfach schön, einen Cocktail zu genießen." Sie hob ihr Glas. „Der hier ist köstlich. Außerdem ist Kade mit Lucas unterwegs, die beiden trinken irgendwo ein Bier. Die Einzige, die daheim auf mich wartet, ist Bunny. Und die hat sicher nichts dagegen, wenn ich ein bisschen länger bleibe."

Ich schmunzelte. Bunny war Kades kleines Hündchen – und schwer in Iris verliebt. „Ich weiß nicht. Manchmal ziehe ich Hunde Menschen vor."

„Wem sagst du das", seufzte sie zustimmend und kippte ihren Drink. „Ich glaube, du hast mich überzeugt. Bist du sicher, dass du keine Hilfe beim Aufräumen brauchst?"

„Ganz sicher. Kennedy kommt später vorbei und hilft mir. Fahr ruhig nach Hause, kuschle dich zu Bunny aufs Sofa und leg die Füße hoch. Morgen besprechen wir, wie wir mehr tolle Frauen für unsere Agentur finden." Die meisten glaubten, Männer seien schwerer davon zu überzeugen, sich bei einer Datingagentur anzumelden. Aber meiner Erfahrung nach waren es fast immer die Frauen, die zögerten. Viele von ihnen hatten sich in früheren Beziehungen ausgebrannt – sie hatten die ganze emotionale Arbeit gestemmt, Haushalt, Kindererziehung und nebenbei noch Geld verdient. Und wenn diese Beziehungen endeten, bemerkten sie, dass sie allein oft glücklicher waren.

Und wer konnte es ihnen verdenken? Wenn sie sowieso das ganze Leben allein schulterten – warum sollten sie sich jemanden ans Bein binden, der ihnen noch mehr Arbeit machte? Mein Ziel war es, genau diese Frauen mit Partnern zusammenzubringen, die sie nicht nur von Herzen liebten, sondern auch bereit waren, ihren Teil zur Beziehung beizutragen.

„Ich glaube, wenn wir die gelungenen Paare mehr herausstellen, hilft das", sagte Iris.

„Ja, wir brauchen Testimonials. Vielleicht sogar Videos. Aber das besprechen wir morgen. Mach dir einen schönen Abend." Ich deutete auf ihr leeres Glas. „Soll ich dir einen Fahrdienst rufen?"

Sie schüttelte den Kopf. „Nein. Ich mache noch einen Spaziergang am Strand und gehe dann nach Hause. Richte Jax einen lieben Gruß aus, wenn er da ist."

„Mach' ich." Ich winkte ihr hinterher, als sie ins Restaurant zurückging, und wandte mich wieder Brix zu. Er war immer noch mit Tazia im Gespräch, doch obwohl sie lächelte, wirkte es angespannt. Ich wollte gerade losgehen, um nach dem Rechten zu sehen, da tauchte plötzlich mein Vater neben ihr auf. Er legte ihr die Hand an den Ellbogen und flüsterte ihr etwas ins Ohr.

Tazia nickte knapp, sagte etwas zu Brix und ging dann mit meinem Vater zu einem freien Tisch, wo sie sich nebeneinandersetzten.

„Mein Plan scheint perfekt aufgegangen zu sein", sagte Tante Lucy, die sich neben mich an die Bar lehnte.

Ich schmunzelte. „Wenn du recht hast, hast du recht. Willst du was trinken?"

„Oh, immer. Ich bin vom ganzen Flirten mit diesen heißen Männern schon ganz ausgetrocknet. Wo hast du die nur alle aufgetrieben?" Sie deutete auf eine Gruppe älterer Gentlemen in der Ecke. Alle drei trugen Anzüge und sahen gut aus – einer davon hatte sich sogar für ein bordeauxfarbenes Modell mit weißem T-Shirt entschieden. Er sah aus wie die gereifte Version von Brendon Urie – und wenn ich meine Tante kannte, war er ihr Favorit für den Abend.

„Betriebsgeheimnis", sagte ich und reichte ihr einen trockenen Martini – ihr Standardgetränk.

Sie kicherte wie ein Schulmädchen und trank einen Schluck. „Ich muss zurück, bevor sie sich um mich prügeln." Mit einem Zwinkern war sie auch schon wieder auf dem Weg zu ihren Verehrern.

Ich lächelte. Es gab kaum ein besseres Gefühl, als wenn einer meiner Abende ein voller Erfolg war. Nachdem ich mich vergewissert hatte, dass Brix auch wirklich mit den erfolgreichsten Frauen sprach, die ich eingeladen hatte, warf ich einen Blick aufs Handy.

Nichts.

Seufzend schob ich es zurück in die Tasche – und erschrak, als mein Lieblingsgeist mit einem lauten *Plopp* aus dem Nichts auftauchte. Mein Herz pochte mir bis zum Hals, ich machte einen Satz zurück und presste eine Hand auf meine Brust. „Celia! Musst du immer so auftauchen? Wäre es nicht weniger auffällig, einfach ganz normal reinzuspazieren?"

„Ich *bin* nicht normal. War ich nie – nicht einmal, als ich noch gelebt habe." Sie fuchtelte mit der Hand herum. „Sieh mich an. Ich bin ein Wackelkopf auf einem Modelkörper. Ich glaube, ich hab' jedes Unterwäschestück getragen, das je erfunden wurde. Weißt du, welche meine liebsten waren?"

„Keine?" Ich musterte sie misstrauisch. „Ich glaube, du hast mal gesagt, dass du am liebsten ganz ohne gehst."

Celia legte dramatisch die Hand aufs Herz und sah mich verträumt an. „Du hast zugehört! Da wird mir ganz warm ums Geisterherz."

Ich verdrehte die Augen, musste aber lächeln. Mit Celia wurde es jedenfalls nie langweilig werden. „Hast du was im Field Office rausgefunden?"

„Überhaupt nichts. Ich schwöre, die sind alle Roboter. Keine Gerüchte, kein Flurfunk – als hätten sie Angst, belauscht zu werden. Vielleicht hat die Chefin das Büro verwanzt. Ich musste mich so zusammenreißen, nicht einfach loszubrüllen, was da zum Teufel los ist!"

„Kann ich mir vorstellen." Celia war nicht gerade für ihre Geduld bekannt. Beharrlichkeit dagegen – die hatte sie im Übermaß. Wenn sie etwas wissen wollte, ließ sie nicht locker. Aber diskret in der Ecke lauschen war definitiv Folter für sie.

„Du schickst mich da nicht nochmal hin, oder?", fragte sie mit flehendem Blick. „Es ist viel spannender, auf der Baustelle rumzuschweben. Oder Kennedy hinterherzuspuken. Der ist mal was fürs Auge."

Ich verzog das Gesicht. „Kennedy ist Tys … Angelegenheit. Sprich bitte nicht so über ihn, okay?"

„Spielverderberin", maulte sie.

„Was ihn angeht – Skyler behält ihn im Auge. Und Jax hat die Baustelle im Griff. Ich brauche eigentlich nur Infos vom Field Office. Du könntest doch schonmal anfangen, die Unterlagen durchzugehen, um zu sehen, woran sie gerade arbeiten, oder?"

„Ugh. Wenn's sein muss", sagte sie, deutlich weniger begeistert als ich gehofft hatte.

„Danke." Ich lächelte sie an – Dankbarkeit wirkte bei Celia oft Wunder. „Ich weiß das wirklich zu schätzen."

Sie schmolz sofort ein bisschen und verdrehte verspielt die Augen. „Solange du nicht vergisst, was für eine fantastische Mitarbeiterin ich bin, mache ich alles, was du brauchst."

„Du bist die Beste", sagte ich versöhnlich.

„Weiß ich." Sie wandte sich halb ab. „Ich werde mich jetzt mal unters Volk mischen. Vielleicht finde ich ja drinnen im Restaurant einen heißen Typen zum Anflirten."

„Was ist mit Danny?", fragte ich. „Was sagt der dazu, wenn du mit anderen flirtest?"

„Bitte!" Sie schnaubte amüsiert. „Der verbringt seine Abende mit betrunkenen, notgeilen Frauen, die es lieben, wenn er mit ihnen flirtet. Gleiches Recht für alle, oder?"

„Absolut", sagte ich. „Viel Spaß! Wir müssen sowieso darauf warten, dass Brix entscheidet, an wem er wirklich interessiert ist."

Der Geist winkte mir noch einmal mit den Fingern zu, dann verschwand sie im Gebäude.

Ich nutzte die nächsten Minuten, um eine Runde zu drehen und sicherzugehen, dass Brix alle Frauen getroffen hatte, die ich zur Party eingeladen hatte. Als ich zufrieden war, sah ich nach Tante Lucy. Sie und der Brendon-Urie-Verschnitt hatten tatsächlich zueinandergefunden und machten sich gerade auf den Weg – vermutlich zu einem etwas privateren Ort.

„Viel Spaß", sagte ich. „Pass auf dich auf. Nein zu Alkohol am Steuer, und Ja zu Kondomen."

Sie lachte und versicherte mir, dass sie nur einen halben Drink intus und die Handtasche voller Schutzmaßnahmen hatte.

Als die beiden verschwunden waren, ging ich zurück zur Bar und bestellte mir einen Kaffee. Gerade als mir die Kellnerin die Tasse reichte, entdeckte ich Tazia. Sie sah wütend aus, als sie mit schnellen Schritten von meinem Vater wegging. Ich folgte ihrem Blick und sah, dass Dad frustriert aussah, aber keine Anstalten machte, ihr zu folgen.

Ich schüttelte den Kopf und trank einen langen Schluck Kaffee. Vielleicht war es wirklich an der Zeit, einzusehen, dass mein Vater ein hoffnungsloser Fall war. Warum sollte ich wollen, dass Tazia sich weiter mit seinem Mist herumschlug, wenn ich ihr jemanden suchen konnte, der wirklich zu schätzen wusste, was sie zu bieten hatte?

Tazia wich einer Gruppe Frauen aus und steuerte direkt auf mich zu.

„Es tut mir wirklich –", setzte ich an, doch sie unterbrach mich.

„Ich muss mit dir reden", sagte sie und nahm mich am Arm, um mich weiter von der Menge wegzuführen.

„Wenn es um meinen Vater geht, dann –"

„Das tut es nicht." Sie schüttelte den Kopf. „Memphis hat seine eigenen Entscheidungen zu treffen, das ist seine Sache. Aber ich muss mit dir über Brix reden."

„Brix?" Ich sah zu meinem neuesten Klienten hinüber und runzelte die Stirn. „Was ist mit ihm? Sah vorhin so aus, als würdet ihr euch gut verstehen – bis Dad sich dazwischengedrängt hat."

„Haben wir auch. Es ist nur …" Sie seufzte. „Hör zu, erinnerst du dich, als ich dir gesagt habe, dass jemand in deinem Leben nicht der ist, der er zu sein vorgibt? Ich glaube, es ist Brix."

„Was?" Ich riss die Augen auf und sah sie dann verwirrt an. Jeder Klient unserer Agentur durchlief einen gründlichen

Background-Check. Ich würde nie riskieren, jemanden mit einer potenziellen Gefahr zusammenzubringen. Die Sicherheit meiner Klientinnen hatte immer oberste Priorität. Und Brix hatte alles mit Bravour bestanden. Trotzdem – ich vertraute Tazia. Wenn sie Bedenken hatte, wollte ich sie hören. „Wieso glaubst du das? Was hat er gesagt?"

„Es ist nicht, was er gesagt hat." Sie warf einen kurzen Blick zurück zu ihm, bevor sie mich wieder ansah. „Es ist dieses Gefühl. Es war so stark. So stark, dass ich—"

„Tazia?", unterbrach mein Vater sie, als er plötzlich hinter ihr auftauchte.

„Memphis, was —"

Ohne ein weiteres Wort zog Dad sie an sich, beugte sie über seinen Arm – und küsste sie, als hinge sein Leben davon ab.

KAPITEL 20

*I*ch starrte fassungslos auf Dad und Tazia. Sowas hatte ich bei ihm noch nie erlebt – nicht mal bei meiner Mutter.

Tazia erstarrte kurz in seinen Armen, doch dann schien sie einfach an ihn zu schmelzen.

Ich blinzelte, unfähig, mich zu rühren.

„Memphis", sagte Tazia und lehnte sich ein wenig zurück. „Was passiert hier gerade?"

Er zog sie noch fester an sich. „Ich will nicht, dass das endet."

„Der Kuss?", fragte sie.

„Nein." Er schüttelte den Kopf. „Das hier. Was zwischen uns ist. Ich will dich nicht verlieren."

Sie legte ihm eine zarte Hand aufs Herz und lächelte sanft. „Ich bin mir nicht sicher, ob es überhaupt wirklich angefangen hat."

„Das stimmt nicht, und das weißt du auch. Ich war nur wie immer – jemand, der andere auf Abstand hält. Aber bei dir will ich das nicht."

Mein Herz machte einen kleinen Sprung vor Freude, als ich sah, wie mein Dad zum ersten Mal um jemanden kämpfte, den er wirklich wollte. Was auch immer Tazia vorhin zu ihm gesagt hatte – es hatte offensichtlich gewirkt. Gut so.

Tazia strahlte. „Heißt das, wir sind jetzt ... zusammen?"

Dad nickte.

Sie zog die Brauen hoch. „Exklusiv?"

Ohne zu zögern, warf er einen Blick in Brix' Richtung und sagte: „Ja. Sag ihm, dass du vergeben bist."

Sie lachte leise. „Solange dir klar ist, dass du dann genauso vom Markt bist."

Seine Mundwinkel zuckten amüsiert. „Ich habe mein Online-Dating-Profil schon gelöscht."

„Sehr stilvoll, Dad", sagte ich und lachte.

Er sah mich an. „Ich dachte, du würdest dich freuen."

„Das tue ich. Und wie." Ich lächelte. „Also los jetzt. Schnapp dir dein Date und macht was Romantisches."

„Moment", sagte Tazia und legte mir eine Hand auf den Arm. „Vergiss nicht, was ich über Brix gesagt habe."

„Werde ich nicht", versprach ich. Ich war mir zwar noch nicht ganz sicher, was sie damit meinte, aber wenn sie so eindringlich warnte, würde ich es ernst nehmen.

Nachdem Tazia und mein Dad verschwunden waren, fing ich an, mir Notizen zu machen, welche Frauen am besten zu Brix passen könnten. Normalerweise würde ich mir ihre Auren ansehen, aber seitdem ich vor ein paar Wochen verflucht worden war, hatte ich diese Fähigkeit nicht mehr. Manchmal kribbelte es an meinem unteren Rücken – mein magisches Frühwarnsystem –, aber nicht immer. Manchmal hatte ich auch einfach nur ein Bauchgefühl.

Ich hatte meine Favoritinnen auf drei eingegrenzt und wollte gerade verkünden, dass die Party sich dem Ende zuneigte, als Kennedy auf mich zukam. „Hey", sagte ich und lächelte. „Du hast es geschafft."

„Ich hab's dir versprochen." Er sah sich kurz um. „Was soll ich machen?"

„Kannst du helfen, die Tische abzuräumen? Gläser und Teller stapeln, der Cateringservice kümmert sich um den Rest."

„Geht klar." Er salutierte, schnappte sich eine Wanne von der Bar und legte los.

„Marion!", keuchte Celia, die plötzlich direkt vor mir auftauchte.

„Heilige Scheiße!" Ich zuckte zurück – schon wieder hatte mich der Geist erschreckt!

„Dieser Mistkerl, der Kennedy verhext hat – er ist hier." Sie deutete quer über die Terrasse.

Ich runzelte die Stirn. „Wie bitte? Du meinst, er ist hier?"

„Ja!" Sie zeigte auf Brix. „Da – oh Mist!"

Ein schlaksiger Typ Mitte zwanzig mit einer Narbe auf der rechten Wange rempelte Brix an der Schulter an.

„Hast du das gesehen?", rief Celia, dann raste sie los. „Du kleiner Bastard! Was hast du in Brix' Drink getan?"

Brix blickte verwirrt auf sein Glas.

„Es war eine Tablette!" Celia umkreiste Vince inzwischen so schnell, dass sie fast wie der Tasmanische Teufel aus dem Cartoon wirkte.

Ich eilte zu Brix, schnappte mir sein Glas und roch daran – keine Spur von Alkohol. „Cola Light?", fragte ich.

Er nickte. „Bin vor einer Stunde umgestiegen."

Ich schnupperte erneut und betrachtete das Glas. Hatte Celia uns wirklich gerade gerettet oder drehte sie jetzt komplett durch?

Brix nahm das Glas zurück und ließ eine weiße Tablette

hineinfallen. Sofort verfärbte sich der Inhalt grün und fing an zu schäumen.

„Was zum ...?!" Ich riss die Augen auf. Kein Zweifel – Vince hatte versucht, Brix zu vergiften.

Vince rannte in Richtung Strand, doch eine der Frauen geriet ihm in den Weg. Er kollidierte mit ihr, riss sie um und beide gingen zu Boden. Er kam wieder auf die Beine – direkt vor Brix. Der zögerte keine Sekunde und schlug ihm mit der Faust ins Gesicht. Vince taumelte, zückte ein silbernes Messer und ging zum Angriff über.

Ich keuchte und griff nach meiner Tasche – meine Finger sehnten sich nach meinem eigenen Dolch. Als ich ihn berührte, flammte ein blauer Lichtschein auf, und Magie prickelte meinen Arm hinauf.

„Marion!", rief Kennedy, der zu mir gekommen war. „Was machst du?"

„Ich sorge dafür, dass Brix nichts passiert", sagte ich und stürmte los. Normalerweise war ich nicht gerade der Typ, der sich freiwillig in Gefahr stürzte – aber die Magie, die in mir pulsierte, hatte ein Eigenleben entwickelt, und niemand würde meine Gäste verletzen. „Lass das Messer fallen! Sofort!", schrie ich und richtete meinen Dolch auf Vince.

Vince warf mir einen Blick zu und musterte mich abschätzend, bevor er die Augen verdrehte.

„Marion", sagte Brix leise. „Ich hab' das im Griff."

„Sieht aber nicht so aus."

Vince stürzte auf mich zu, doch bevor er mich erreichte, trat Brix zu und traf meinen Angreifer direkt am Ellbogen. Vince schrie auf, ließ das Messer aber nicht los. Er sprang auf mich zu, doch Kennedy kam ihm zuvor, rammte ihn mit der Schulter und schleuderte ihn rückwärts gegen einen Tisch.

Holz splitterte, Frauen schrien und stoben auseinander. Vince rappelte sich auf und ging sofort wieder auf Kennedy los. „Du warst die größte Enttäuschung! Ich hab' dir ein unabhängiges Leben angeboten und mehr Geld, als du je gesehen hast – und was machst du? Lässt dich erwischen, bringst uns fast beide in den Knast. Du kannst froh sein, dass ich dich nicht längst abgestochen hab!"

„Du hast mir eine Couch zum Schlafen und einen Job als Hilfsarbeiter in einer Gartenbaufirma angeboten", konterte Kennedy. „Zu keiner Zeit habe ich zugestimmt, von irgendjemandem hier zu stehlen."

„Pff. Was glaubst du denn, wofür du so viel Geld bekommen hättest? Fürs Unkrautzupfen? So naiv kannst du nicht sein."

Ich legte Kennedy beruhigend eine Hand auf den Arm. „Lass dich nicht von ihm provozieren."

Er sah auf meinen Dolch. „Ich könnte dasselbe zu dir sagen."

Brix packte Vince' Handgelenk, verdrehte es, doch Vince hatte offenbar Nahkampferfahrung – ein schneller Ellbogenstoß in Brix' Magen, und er riss sich mit genug Schwung los, dass er gegen Kennedy geschleudert wurde und beide zu Boden gingen. Keinen Wimpernschlag später hatte er ihm das Messer an dessen Hals gedrückt.

Kennedys Augen weiteten sich vor Angst.

„Lass ihn los", sagte ich ruhig.

Vince lachte nur. „Ganz sicher nicht. Das Arschloch ist mein Ticket hier raus."

Brix blickte zwischen mir und Kennedy hin und her und wollte einen Schritt auf Vince und seine Geisel zumachen.

„Noch einen Schritt, Alter, und ich schneid ihm die Kehle

durch!", drohte Vince und drückte das Messer so fest gegen Kennedys Haut, dass er schon angefangen hatte, zu bluten.

„Zurück!", befahl ich Brix. „Tun Sie, was er sagt."

Brix hob beschwichtigend die Hände.

Ich sah, wie Vince abwägte, ob er gleich auf Brix losgehen und beenden sollte, was er angefangen hatte – doch Kennedy trat ihm gegen das Knie.

„Fuck!" Vince schlug ihm in die Niere. „Mach das nochmal – und du kriegst das Messer zu spüren."

Sirenen heulten in der Ferne. Vince presste Kennedy enger an sich. „Du bist mein Ticket hier raus, Arschloch. Beweg dich!"

„Nein!", schrie ich, als ich die Panik nicht mehr zurückhalten konnte. „Lassen Sie ihn gehen. Nehmen Sie mich!"

Celia sprang schützend vor mich. „Du nimmst sie nicht mit, Drecksack! Und Kennedy auch nicht!" Sie hechtete auf ihn zu – doch ihr Geistkörper löste sich beim Aufprall in winzige Partikel auf.

Vince schauderte kurz, erholte sich aber sofort wieder und stieß Kennedy vor sich her. „Beweg dich – oder ich sorge dafür, dass du's nie wieder tust, verstanden?"

Kennedy murmelte mir zu, dass ich auf mich aufpassen solle – und ließ sich von Vince auf die Terrasse und in die dunkle Nacht zerren.

Kaum waren sie am Strand verschwunden, sprangen Brix und ich los. Ich verfolgte sie mit meinem glühenden Dolch in der Hand und genug Wut im Bauch, um eine ganze Kleinstadt mit Energie zu versorgen. Dieser kleine Kriminelle hatte Kennedy entführt. Auf keinen Fall würde ich das den Cops überlassen. Ich war entschlossen, Kennedy nach Hause zu bringen, und wenn es das Letzte war, was ich tat.

„Marion, bleiben Sie hier!", rief Brix. „Sie haben keine Ahnung, womit Sie es zu tun haben."

„Ach, und Sie schon?" Ich kniff die Augen zusammen und musterte ihn. „Was weiß ein Immobilieninvestor schon über Verbrecherjagd?"

Er murmelte etwas Unverständliches und rannte los, den Strand hinunter.

Ich blieb stehen, schloss die Augen und lauschte. Das Kribbeln in meinem Rücken wurde stärker. Die Magie pulsierte durch meinen Körper und trieb mich an zu laufen. Zu kämpfen. Nicht innezuhalten, solange ich Kennedy nicht sicher zu Hause hatte, wo er sein sollte.

Doch als ich losrennen wollte, bewegten sich meine Füße nicht. Ich steckte im Sand fest, wie festzementiert. Ich schrie frustriert auf, heiße Tränen liefen mir über die Wangen.

„Marion? Du hast gerufen?", fragte Celia.

Ich riss die Augen auf und hätte den Geist umarmen können. „Hol Hilfe. Irgendwen aus dem Restaurant. Meine Füße stecken fest, und ich brauche Hilfe, hier rauszukommen."

Celia sah mich mehr als ein bisschen skeptisch an, bevor sie sich am verlassenen Strand umsah. „Ich kann dich hier nicht alleinlassen!", jammerte sie kopfschüttelnd. „Was, wenn Vince zurückkommt?"

„Dann bekommt er eine Gratiskastration", zischte ich und fuchtelte mit meinem glühenden Dolch. Sofort erstarrte ich und fixierte die Klinge. Das blaue Leuchten wurde intensiver, bis es ein tiefes Saphirblau annahm – und die Magie begann, ein Eigenleben zu entwickeln.

„Okay, bin sofort wieder da. Lass dich nicht auffressen oder entführen, während ich Hilfe hole", sagte Celia besorgt. Es war selten, dass sie Angst zeigte. Darum wusste ich, dass ich verdammt tief in Schwierigkeiten war.

Celia verschwand und ließ mich in der Dunkelheit allein. Ich starrte auf meinen glühenden Dolch, bis meine Arme und Beine vibrierten, als würde die Magie mich auffordern, etwas zu tun. Irgendwas.

„Also gut!" Ich schnaubte verzweifelt und benutzte den Dolch, um einen Kreis um meine Füße zu ziehen. Magie knisterte von der Klinge in die Linie, die ich gezogen hatte.

„Marion?", rief eine Frauenstimme aus der Dunkelheit. „Alles in Ordnung?"

Ich blinzelte in Richtung der Stimme und versuchte, sie zu erkennen, doch ich konnte nicht mehr ausmachen als die Gestalt einer Frau, die auf mich zukam. Ich umklammerte den Griff meines Dolchs fester und wusste, dass er, wenn es darauf ankam, das einzige war, das mich vielleicht retten könnte

„Ich bin bewaffnet!", rief ich. „Keinen Schritt weiter!"

„Ich weiß", sagte die Frau ruhig, ohne stehenzubleiben. „Ich spüre deine Angst. Atme. Als wolltest du meditieren, um dich zu beruhigen. Ich habe die Informationen, die du willst."

Ach so?

Ich versuchte, meine Füße zu bewegen – vergeblich. Trotz des magischen Rings, in den ich mich eingeschlossen hatte, spürte ich die Macht, die immer noch vom Dolch ausging.

Die Frau blieb direkt vor mir stehen, ihr Gesicht plötzlich sichtbar im Mondlicht und dem blauen Schein meines Dolchs. Sie sah vertraut aus, aber ich konnte sie nicht einordnen. Ihr langes, silbernes Haar fiel in Wellen über ihren Rücken, und um ihre Augen bemerkte ich Falten voller Weisheit.

„Angela Anderson", sagte die Frau und streckte mir die Hand entgegen.

Ich ergriff sie – und mein Verstand stellte endlich die Verbindung her. Hopes Mutter. Eine Gedankenleserin.

„Ich habe wichtige Informationen für dich", sagte sie.

„Über Kennedy?", fragte ich und gab meine geliebten Stiefel auf. Offensichtlich würde ich hier nur rauskommen, wenn ich sie aufgab. Ich schnitt eine Grimasse beim Gedanken, sie im Sand zurückzulassen, öffnete den Reißverschluss und trat aus dem magischen Kreis. Ich liebte diese Stiefel, doch meine Freiheit liebte ich noch viel mehr.

„Es geht um Jax' Baustelle", sagte sie.

Ich riss meinen Kopf hoch und starrte sie an. „Was ist damit?" Mein Herz begann wieder zu rasen, und Angst packte mich. Doch ich hatte keine Zeit für irgendwas davon. Kennedy war gerade entführt worden, und Angela stand vor mir, entschlossen, mir zu sagen, was sie gehört hatte. Ich könnte niemals schlafen, solange Kennedy verschwunden war, darum konnte ich ihn auch gut selbst suchen. Ich hatte keine Zeit, zu warten.

„Ich weiß, wer den Anschlag verübt hat", sagte Angela.

„Wer?" Sie hatte meine ungeteilte Aufmerksamkeit.

Sie nickte zum Strand. „Der Name des Typen ist Vince, oder?"

Ich schluckte und versuchte, den Felsen in meinem Hals herunterzuschlucken.

„Er war es. Im Auftrag seines Chefs."

„Und wer ist sein Chef?"

„Jemand namens Agent Erikson."

Ich keuchte. „Von Magical Task Force?"

„Genau die", sagte Angela. „Ich habe versucht, mehr Details zu bekommen, doch das Restaurant war voller als ich erwartet habe, und der Lärm hat viele Gedanken übertönt."

Ich starrte sie an. „Das ist ... mehr als genug. Danke, Angela."

Ich rannte vom Strand zurück hinauf zur Straße, um mein Auto zu finden, presste das Handy an mein Ohr und versuchte,

Jax anzurufen. Er musste sofort erfahren, dass die Leute, die den Fall untersuchten, an einer Vertuschung beteiligt waren. Was taten sie sonst noch? Angst rollte sich wie eine Feder in meinem Magen auf, als Jax nicht antwortete. Ich hinterließ schnell eine Nachricht und wählte nochmal, nur für den Fall, dass er den ersten Anruf nicht gehört hatte. Als er nicht antwortete, fing ich an, die Nummern der Mitglieder des Zirkels zu wählen.

Besetzt.

„Verdammt, Iris. Wo bist du?!", fluchte ich und legte auf. Bei allen anderen war es genau so. Zum zweiten Mal. Angst brodelte in meinem Bauch. Wie konnte das schon wieder passieren? Nur diesmal war Hollister nicht bei mir.

Fuck!

KAPITEL 21

*B*arfuß und bis auf die Knochen durchgefroren vom Wind, der vom Meer her wehte, sprang ich in meinen SUV und war heilfroh, dass ich den Schlüssel in der Tasche behalten hatte. Ich hatte die Party verlassen mit nichts als meinem Handy, dem Dolch und dem Autoschlüssel. Das reichte. Meine Tasche konnte warten.

Mit zitternden Händen fuhr ich vom Parkplatz, fest entschlossen, die Mitglieder des Zirkels zu finden, bevor ich irgendetwas anderes tat. Solange wir nicht wussten, wohin Vince Kennedy verschleppt hatte, mussten wir so schnell wie möglich einen Ortungszauber durchführen. Ich trat aufs Gas und steuerte auf Gigis Haus zu – das lag am nächsten.

Doch bevor ich in ihre Straße einbiegen konnte, schnitt mir ein schwarzer SUV den Weg ab, und ich musste voll auf die Bremse steigen, um nicht mit ihm zu kollidieren. Mein Dolch begann zu leuchten und tauchte das Wageninnere in ein bläuliches Licht. Ich griff danach und spürte, wie die Magie in mich hineinströmte. Ich hatte nicht vor, hier auf dem

Präsentierteller zu sitzen – also stieg ich aus, die Waffe in der Hand, bereit, sie einzusetzen, wenn nötig.

„Ich habe Sie gewarnt, sich da rauszuhalten", kam eine Stimme aus der Dunkelheit.

„Wo genau?", knurrte ich und versuchte, trotz der Finsternis zu erkennen, mit wem ich es zu tun hatte. „Ich hab' nur eine Party veranstaltet, bis dieser kriminelle Bastard aufgetaucht ist und versucht hat, meinen Klienten umzubringen."

„Tun Sie nicht so blöd, Marion. Sie haben den Geist zur Task Force geschickt. Denken Sie, wir haben es nicht bemerkt?"

Mir hämmerte das Herz gegen den Brustkorb. Verdammt! Aus der Nummer würde ich mich nicht herausreden können. „Ich kann nicht kontrollieren, was Celia macht."

„Sie ist Ihre Angestellte."

Ich sparte mir jeden Widerspruch – es hätte sowieso nichts gebracht. „Was wollen Sie von mir?"

„Steigen Sie ein", befahl er. „Ich bringe Sie zum Boss."

„Auf gar keinen Fall. Sie sind völlig übergeschnappt, wenn Sie glauben, ich fahre irgendwo mit Ihnen hin."

Ein magischer Blitz zischte durch die Nacht, und ich riss instinktiv den Dolch hoch, um mein Herz zu schützen. Die Magie prallte gegen die Klinge und schleuderte mich rückwärts gegen die Seite meines Autos. Mein Arm vibrierte, und der Griff war so heiß, dass es kaum auszuhalten war, aber ich hielt ihn fest umklammert – ich war mir sicher, dass mich schon die kleinste Bewegung das Leben kosten würde.

„Lassen Sie ihn fallen!", herrschte er mich an und kam näher. Mein Angreifer trug einen Kapuzenpullover, dessen Kapuze sein Gesicht verbarg, zerschlissene Jeans und Arbeitsstiefel – wie man sie auf dem Bau trägt.

„Wer sind Sie?", zischte ich.

„Der, der Sie erledigen wird." Seine Magie wurde stärker. Ich hielt den Dolch nun mit beiden Händen und versuchte, ihn an Ort und Stelle zu halten, aber meine Kräfte ließen nach. Meine Muskeln zitterten, ich verlor an Halt – viel länger würde ich das nicht aushalten.

Kennedys Gesicht erschien vor meinem inneren Auge – und plötzlich überkam mich ein wildentschlossener Wille, das zu überleben. Ich riss den Dolch von meiner Brust weg, richtete ihn auf den Angreifer und stellte mir vor, wie sich die Magie umkehrte. Und tatsächlich – sie tat es. Mein ganzer Körper bebte vor Anstrengung.

„Fuck!", fluchte der Mann und sprang kopfüber in die Büsche.

Ich wirbelte, ohne zu zögern zurück, in meinen SUV, riss ihn in den Rückwärtsgang und trat aufs Gas. Die Reifen quietschten, als ich das Lenkrad herumriss und versuchte, so schnell wie möglich wegzukommen.

Boom!

Das Auto schaukelte, ich schlug mit dem Kopf ans Dach, dann kippte es zur Seite. „Oh Scheiße!" Mir lief es kalt den Rücken runter. Ich wusste es einfach – der Kerl stand jetzt direkt neben mir.

Die Fahrertür wurde aufgerissen, und eine Hand packte meinen Arm.

Ich stach blindlings mit dem Dolch nach meinem Angreifer, doch eine zweite Hand packte mein Handgelenk und hielt mich fest.

„Marion. Stopp! Ich bin's, Brix!"

„Lassen Sie mich los!" Ich riss mich los, klammerte mich weiter an meinen Dolch.

Er hob die Hände und wich zurück. „Ich bin hier, um Ihnen zu helfen."

„Indem Sie mir die Reifen zerballern? Tolle Hilfe", fauchte ich.

„Das war nicht ich." Er deutete auf den schwarzen SUV vor mir. „Das war er."

Ich blinzelte, und endlich erkannte ich die Umrisse eines Mannes, der ausgestreckt auf dem Asphalt lag. „Waren Sie das?", fragte ich Brix.

„Ja. Er wollte Ihr Auto in die Luft jagen." Er streckte mir die Hand entgegen. „Kommen Sie. Sie müssen hier weg, bevor er wieder zu sich kommt."

Ich blickte zwischen den beiden hin und her. Einerseits hatte der Bewusstlose mich eben angegriffen. Andererseits hatte Tazia mit Brix recht gehabt – er hatte offensichtlich darüber gelogen, wer er war. Ich traute ihm nicht.

Der Mann am Boden stöhnte und regte sich.

„Marion, kommen Sie!" Brix streckte wieder die Hand nach mir aus, aber ich schlug sie weg.

„Ich kann sehr gut selbst gehen, danke." Ich stolperte aus dem Wagen – nur um direkt von einem Arm gepackt und zur Seite gerissen zu werden, als ein weiterer magischer Blitz in meine Richtung schoss.

Brix stellte mich ab, positionierte sich sofort vor mir und schirmte mich mit seinem Körper ab.

„Du Drecksack!", knurrte der Mann vor dem schwarzen SUV. „Der einzige Grund, warum du noch lebst, ist, weil der Boss es so will. Aber das heißt nicht, dass ich dir nicht vorher das Leben zur Hölle machen kann, bevor ich dich fessle und zurück auf das Anwesen schleppe."

„Nur zu. Versuchen kannst du es ja." Brix' Stimme war eiskalt, als er auf ihn zuging.

Ein weiterer Magieblitz zuckte durch die Nacht – und ich riss erstaunt die Augen auf, als Brix einfach die Hand hob, den Blitz auffing und ihn zurückschleuderte. Er traf den Angreifer mitten in die Brust, der sofort schlaff zusammensackte.

„Heilige Scheiße", hauchte ich. „Ist der tot?"

Brix ging zu ihm, tastete nach seinem Puls und schüttelte dann den Kopf. Er zog Kabelbinder aus der Tasche. „Leider nicht." Routiniert fesselte er dem Mann die Handgelenke, dann die Knöchel. „Marion, sehen Sie im SUV nach – Handy, Papiere, alles, was verdächtig aussieht."

Ich zögerte, unsicher, ob ich mich dem Wagen nähern wollte. Was, wenn da noch jemand lauerte …?

„Marion! Je länger wir trödeln, desto schwerer wird es, Kennedy zu finden!"

Das riss mich aus meiner Starre. Wenn Brix mir wirklich helfen wollte, Kennedy zu finden, musste ich ihm jetzt vertrauen – und später Fragen stellen.

Er durchsuchte die Taschen des Mannes, während ich tief Luft holte und einen Blick in den schwarzen SUV warf. Er war leer – bis auf ein kleines silbernes Kästchen, in dem sich ein Amulett, ein Ritualdolch und diverse Kräuter befanden. Ich rührte nichts davon an, klappte die Schatulle zu, schnappte mir das Handy vom Armaturenbrett und zog mich zum schwarzen Jeep zurück, der quer auf der Straße stand.

Brix saß bereits am Steuer, und keine fünf Sekunden später rasten wir davon. Er warf mir einen Seitenblick zu. „Geht's Ihnen gut?"

Ich sah ihn mit zusammengekniffenen Augen an. „Wer sind Sie?"

Er nickte knapp. „Ihnen geht's definitiv gut, wenn Sie das fragen."

„Ja, ich bin okay. Jetzt antworten Sie." Ich drehte mich zu

ihm und fixierte sein Profil, während er durch die Straßen von Premonition Pointe jagte.

„Ich bin Brixton Belford. Aber Sie können mich Brix nennen." Er grinste so lässig, dass ich ihm am liebsten eine verpasst hätte.

„Halten Sie sofort das verdammte Auto an!"

„Geht nicht. Wir verfolgen Vince." Er deutete auf sein Handy auf dem Armaturenbrett.

Erst hatte ich es für ein Navi gehalten – doch dann sah ich den blinkenden Punkt, der sich an der Küste entlang nach Norden bewegte. Wir lagen zwanzig Meilen zurück. Mein Herz schnürte sich zusammen. Wenn er Vince verfolgte, verfolgte er auch Kennedy. „Wie können Sie ihn orten? Und warum?"

Brix fuhr sich mit der Hand über die Kieferpartie, und plötzlich wirkte er erschöpft. Er sah mich an. „Der Peilsender ist Teil meines Jobs. Und warum ich ihn verfolge? Ganz einfach: Der Typ arbeitet für den größten Verbrecherboss der Gegend. Ich sammle seit Monaten Beweise, um ihn hochgehen zu lassen. Der einzige Weg zum Boss führt über seine Handlanger."

Meine Augen weiteten sich. Und auch wenn ich noch im Fluchtmodus war, atmete ich ein paarmal tief durch. Brix' Background-Check war unauffällig gewesen. Aber wenn er Magie besaß und Kriminelle verfolgte, war alles, was ich über ihn wusste, eine Lüge. Ihm zu vertrauen wäre Wahnsinn. Andererseits – wenn er wirklich Kennedy orten konnte, war er meine beste Chance, ihn zu retten.

„Ich brauche mehr als das", sagte ich und legte meinen Dolch griffbereit auf den Schoß. „Sind Sie Privatdetektiv? Arbeiten Sie für die Polizei? Ein sitzengelassener Lover?"

Er lächelte schief. „Letzteres auf keinen Fall. Aber ich mag

Ihre gründliche Fragetechnik."

„Bitte sparen Sie sich die Witze", seufzte ich. „Ich muss wissen, ob Sie zu den Guten oder den Bösen gehören."

„Was denken Sie?" Er hob die Augenbraue.

Das vertraute Kribbeln an meiner Wirbelsäule setzte ein. Genau wie bei Hollister. Ihm vertraute ich. Sollte ich also auch diesem Mann vertrauen?

Auf keinen Fall.

Er würde sich mein Vertrauen verdienen müssen. „Ich denke zwei Dinge. Erstens: Sie haben mir das Leben gerettet, nachdem wer auch immer mich da draußen angegriffen hat. Zweitens: Sie sagen, Sie verfolgen Vince – klingt plausibel, immerhin hat er versucht, Sie zu vergiften. Und Kennedy ist wahrscheinlich bei ihm. Das heißt, ich habe keine andere Wahl, als mit Ihnen zu kommen, wenn ich ihn nach Hause bringen will. Sonst würde ich gerade viel mehr unternehmen, um aus diesem Wagen zu kommen."

Er nickte. „Gut."

„*Gut?* Was soll das heißen – gut? Nichts ist gut, solange Sie mir nicht endlich reinen Wein einschenken."

Er verzog die Lippen, als müsse er ein Lächeln unterdrücken. „Sagen Sie es mir, Marion Matched: Was würden Sie sagen, wenn ich ein ehemaliger Agent der Magical Task Force wäre, der auf eigene Faust unterwegs ist, um einen Schurken zu erledigen?"

Ein kalter Schauer jagte mir über den Rücken. „Ist das wahr?"

Er bog auf eine dunkle Landstraße ab und zuckte mit den Schultern. „Ich sage nicht, dass es so ist, und auch nicht, dass es nicht so ist. Aber eins ist sicher: Sie stecken mitten in diesem Shitstorm, und Sie werden jemandem vertrauen müssen. Also

– mir oder dem Typen, der Sie gerade beinahe pulverisiert hätte?"

„Tolle Wahl", schnaubte ich.

„Glauben Sie mir – meine Entscheidungen waren auch nicht alle der Hit. Aber hier sind wir. Wollen Sie Kennedy finden oder nicht?"

„Ja", sagte ich ohne Zögern.

„Perfekt. Dann halten Sie den Dolch bereit." Er trat aufs Gas und beschleunigte in die nächste Kurve. „Sie werden ihn brauchen."

KAPITEL 22

„Hier halten wir an?", fragte ich Brix, während ich am Rand eines Felsvorsprungs stand und auf eine verlassene Geisterstadt hinunterblickte. Drei Gebäude waren noch zu erkennen – eine ehemalige Tankstelle, ein heruntergekommenes Gasthaus und eine verrammelte Hütte mit einem verblassten Schild, auf dem man im Mondlicht gerade noch „Rosie's" lesen konnte.

„Vince ist hier." Brix warf einen Blick auf sein Handy. „Im Rosie's."

„Woher wollen Sie das wissen?", fragte ich. „Ich sehe kein Auto. Er könnte überall sein."

„Er ist im Rosie's", wiederholte Brix und zeigte mir das blinkende Signal auf seinem Gerät. Wenn der Peilsender stimmte, war der kleine Verbrecher tatsächlich in dem Gebäude.

„Na gut. Wenn Sie das sagen." Ich kaute auf meiner Unterlippe. „Mir gefällt das nicht. Es ist zu … ruhig. Zu abgelegen. Fühlt sich an wie eine Falle."

„Was sagt Ihre Magie?" Brix ging zu seinem Wagen und holte das Amulett und den kleinen Ritualdolch aus der Schatulle, die wir unserem Angreifer abgenommen hatten.

Ich warf einen Blick auf meinen Dolch. So gewöhnlich wie nur irgendwas. Kein blaues Leuchten weit und breit. „Nichts, fürchte ich."

„Genau. Sie haben eine Gabe, Marion. Wenn hier Magie wäre, würden Sie sie spüren."

War das wahr? War das der Grund, warum mein Dolch so oft leuchtete? Premonition Pointe war voller Magie. Bei der Göttin, wir hatten einen eigenen Zirkel! Aber hier draußen? Hier waren nur Brix und ich … und vielleicht Vince und Kennedy, wenn wir Glück hatten. „Ich weiß nicht, wovon Sie reden."

„Doch, das wissen Sie." Er kramte weiter in seinem Jeep, während ich mein Handy zückte, in der Hoffnung, Empfang zu haben.

Nichts. Ich hatte unterwegs schon mehrfach versucht, Jax oder jemanden aus dem Zirkel zu erreichen, aber entweder gab es kein Netz oder es kam dieses schreckliche Besetztzeichen. Mir war natürlich nicht entgangen, dass ich weit weg von allem war – mit einem Mann, über den ich kaum etwas wusste, auf der Jagd nach einem Verbrecher, der Kennedy entführt und vor nicht einmal zwei Stunden versucht hatte, Brix zu ermorden.

Ich war Partnervermittlerin. Keine Superheldin. Wie zum Teufel geriet ich nur immer wieder in solche Situationen?

Ich schüttelte den Kopf und zwang mich, mich zu konzentrieren – auf das, was getan werden musste, um Kennedy nach Hause zu bringen.

„Bereit?", fragte Brix.

Ich nickte und folgte ihm den Pfad hinunter in den kleinen Ort.

Brix leuchtete uns mit dem Handy den Weg, und ich tat es ihm gleich und achtete darauf, nicht über freiliegende Wurzeln zu stolpern. Das Letzte, was wir jetzt brauchten, war ein verstauchter Knöchel, bevor wir Vince überhaupt gefunden hatten.

Unten angekommen, schalteten wir beide die Lampen aus und steckten die Handys weg. Meins hatte ich vorsorglich stumm geschaltet – auch wenn es immer noch kein Netz anzeigte. Bei meinem Glück würde sonst zum ungünstigsten Zeitpunkt eine Nachricht durchkommen und uns verraten.

„Spüren Sie das?", fragte Brix leise.

„Was meinen Sie?"

„Die Magie. Sie liegt in der Luft."

Ich konzentrierte mich – und nickte. „Ja. Mein unterer Rücken kribbelt. Da spüre ich sie immer zuerst." Ich tippte an den Griff meines Dolchs, und jedes Mal, wenn ich ihn berührte, flackerte die Klinge in blauem Licht.

Brix musterte den Dolch und kniff dann die Augen zusammen. Als er wieder aufblickte, sah er mir direkt in die Augen, als würde er nach etwas suchen.

„Was?"

„Ich hab' nur nachgedacht. Ist nicht wichtig. Ich gehe hinten rum. Sie bleiben an der Vordertür. Wenn Vince raus will, zögern Sie nicht, ihn auszuschalten."

Ich blinzelte ihn an. „Ihn aufhalten? Verwechseln Sie mich gerade mit jemandem? Ich habe mal einen Selbstverteidigungskurs gemacht, ja, aber im magischen Nahkampf bin ich nun wirklich keine Expertin."

„Sie haben sich vorhin ganz gut geschlagen mit Ihrem Dolch."

Ich schloss die Finger fester um den Griff und dachte daran, wie ich den Angreifer abgewehrt hatte. „Ich war eine verdammte Heldin, oder?"

Er lachte leise. „Das waren Sie. Seien Sie vorsichtig. Wenn er abhauen will, zögern Sie nicht."

„Aber—" Weiter kam ich nicht. Brix war schon losgelaufen, über die leere Straße und auf dem Weg zur Rückseite des Gebäudes. Plötzlich fühlte ich mich sehr allein. Wenn ihm etwas zustieß oder wir uns verloren, war ich ganz auf mich allein gestellt. Kein Auto. Kein Empfang. Keine Ahnung, wie ich zurück in die Stadt kommen sollte.

Panik kroch in mir hoch, ließ meine Sicht verschwimmen. Ich umklammerte den Dolch – und ich sah wieder klar. Entschlossenheit trat an die Stelle der Angst. Ich würde nicht die Rolle des hilflosen Frauchens spielen. Nicht jetzt. Niemals.

Lautlos näherte ich mich dem heruntergekommenen Gebäude. Direkt neben der Tür drückte ich mich an die Wand und konnte leise Musik hören – wie diese Warteschleifenmusik, wenn man irgendwo anruft. Warum hörte Vince Aufzugsmusik? Ein Schauder lief mir über den Rücken, und plötzlich hatte ich das überwältigende Gefühl, dass etwas ganz und gar nicht stimme. Instinktiv legte ich die Hand auf meinen Dolch – der sofort blau aufleuchtete.

Ich musste Brix finden. Das hier war nicht sicher. Wir waren in —

Boom!

Ich warf mich auf den Boden, rollte mich zusammen und schützte den Kopf mit den Armen. Holzsplitter und Glas regneten auf mich herab, und ich stöhnte, als sich ein brennender Schmerz durch Schulter und Rücken zog.

Staub lag in der Luft. Ich blinzelte und versuchte, durch das Chaos zu sehen. Schritte knirschten auf Trümmern, und ich versuchte, mich aufzurichten – aber Schmerz zuckte durch meine Schulter und lähmte mich.

„Marion?", rief Brix. „Geht's Ihnen gut?"

Die Angst in meiner Brust wich. „Sie leben!" Es war keine Frage.

„Sie auch. Können Sie sich bewegen?" Er war über und über mit Ruß verschmiert und hatte eine Platzwunde am Kopf, aber davon abgesehen sah er unverletzt aus.

Ich schüttelte den Kopf. „Nicht wirklich. Was steckt in meiner Schulter?"

„Ein Glassplitter."

„Fuck! Den können wir nicht einfach rausziehen. Ich brauche einen Heiler." Wie sollte ich Kennedy finden, wenn ich mich kaum bewegen konnte?

„Zum Glück haben wir einen dabei." Er ging neben mir in die Hocke.

„Was? Wo?"

Ein Lächeln stahl sich über sein Gesicht. „Sie sehen ihn gerade an. Geben Sie mir einen Moment, und ich flicke Sie wieder zusammen."

„Sie sind ein Heiler?" Ich starrte ihn ungläubig an.

„Das steht zumindest auf dem Schild an meiner Tür." Er griff in seine Jacke und holte den kleinen Ritualdolch hervor, den wir dem Angreifer abgenommen hatten.

„Was haben Sie damit vor?"

„Werden Sie gleich sehen." Er erhob sich, hielt den Dolch mit beiden Händen vor sich, schloss die Augen und murmelte ein paar unverständliche Worte. Der Dolch leuchtete erst rot, dann weiß. Brix öffnete die Augen – und riss ohne Vorwarnung den Splitter aus meiner Schulter.

Ich schrie auf, und mir wurde speiübel vor Schmerz. Doch

als er den Dolch auf die Wunde presste, wich die Übelkeit – und ich spürte nur noch Hitze an der Stelle, wo die Klinge lag.

„Das könnte jetzt ein bisschen wehtun", sagte er.

„Was machen Sie da—AU! Verdammt, das brennt!" Die Hitze, die vom Dolch ausging, wurde zu Feuer. Mein Fleisch brannte, meine Muskeln zitterten. „Was zum Henker machen Sie da mit mir?!"

„Altmodisch, aber effektiv. Wenn ich fertig bin, sind wir sicher, dass sie keine Infektion bekommen, und das Gewebe fängt schon an zu heilen", sagte er ganz sachlich.

„Fuck!" Ich biss in meinen Jackenärmel, um nicht vor Schmerzen zu schreien.

Dann ließ das Brennen nach – und es begann fürchterlich zu jucken.

„Brix?" Ich knirschte mit den Zähnen. „Wie lange wird das Jucken anhalten?"

„Irgendwo zwischen fünf Minuten oder ein, zwei Tagen. Je nachdem, wie schnell Sie genesen. Jetzt auf, wir müssen weiter."

Ich rappelte mich auf und stellte mich ihm in den Weg. „Wohin?"

Er zog ein Stoffstück aus der Tasche. Bei näherem Hinsehen erkannte ich ein blutverschmiertes Tuch.

„Berühren Sie das mit die Spitze Ihres Dolchs", sagte er.

„Warum?" Ich starrte den Stoff misstrauisch an.

„Weil Vince den Peilsender aus seinem Arm geschnitten und uns das hier als Abschiedsgeschenk dagelassen hat. Als ich es aufgehoben habe, hat es die Bombe gezündet. Ohne meine Magie hätte ich mindestens meine Hand verloren, wahrscheinlich eher mehr."

„Ihre Magie … hat Sie gerettet?" Ich war sprachlos.

„Ein magischer Schutzschild. Wenn das hier alles vorbei ist, bringe ich Ihnen bei, wie man es benutzt. Aber berühren Sie jetzt bitte das Tuch."

„Und nochmal: warum?"

„Weil Ihr Dolch uns dann zeigen wird, wo wir hinmüssen."

KAPITEL 23

*B*rix hatte nicht ganz recht gehabt, als er gesagt
hatte, mein Dolch würde uns sagen, wo Vince war.
Der Dolch stellte zwar eine magische Verbindung her, aber es
war nicht die Waffe selbst, die uns den Weg wies.

Das war ich.

In dem Moment, als die Spitze des Dolchs das Blut
berührte, spürte ich ein Ziehen in meinem Bauch. Und dieses
Ziehen sagte mir, dass ich nach Osten musste.

„Hier lang." Ich setzte mich in Bewegung, mitten auf der
Straße, und staunte über meine neue Fähigkeit.

„Marion, wir müssen den Jeep holen", sagte Brix.

Ich warf einen Blick den Hügel hinauf und verzog das
Gesicht. „Sie meinen, es ist so weit?"

„Was denken Sie? Hier gibt es genau drei Gebäude, sonst ist
hier nichts." Er wartete gar nicht erst auf meine Antwort,
sondern stapfte los, und ich hatte keine andere Wahl, als ihm
zu folgen – auch wenn jede Zelle meines Körpers nach Osten
wollte.

Oben angekommen krümmte ich mich fast vor Schmerzen, weil wir in die falsche Richtung gegangen waren.

Brix riss die Beifahrertür auf und hob mich kurzerhand hinein.

„Danke", presste ich heraus.

Ohne ein Wort rannte er um den Jeep herum, sprang auf den Fahrersitz und fuhr los – den Hügel hinunter. Kaum bewegten wir uns in die richtige Richtung, ließ der Schmerz nach, und ich konnte wieder atmen.

„Dieser Zauber, den Sie auf mich gelegt haben, ist echt übel", klagte ich.

Er warf mir einen Seitenblick zu. „Welcher Zauber?"

„Na der, der uns in die Richtung von Vince lenkt."

„Ich habe Sie nicht verzaubert. Ich dachte, Sie hätten verstanden, dass es die Magie Ihres Dolchs ist, die Ihnen diese Fähigkeit verleiht."

„Das kann nicht sein", sagte ich automatisch.

„Warum nicht?"

„Ich ..." Warum eigentlich nicht? Was wusste ich überhaupt über diesen Dolch, außer dass er mich bei magischen Angriffen schützte? Konnte es wirklich sein, dass diese Waffe, die mich angeblich auserwählt hatte, mir Zugang zu ganz neuer Magie verschafft hatte?

„Hätte nicht gedacht, dass ich Marion Matched je sprachlos erleben würde", sagte er mit einem kleinen Lachen.

„Ich bin nicht sprachlos. Ich denke nur nach." Ich nahm den Dolch und betrachtete ihn. „Ein Freund sagte mir, der Dolch habe mich auserwählt. Ich habe ihn noch nicht lange. Und da er leider nicht mit Bedienungsanleitung geliefert wurde, kann ich wohl mit Sicherheit sagen, dass ich keine Ahnung habe, was er alles kann. Aber ich nehme an, Sie wissen mehr darüber."

„Ein bisschen." Er bremste an einer Gabelung. „Welche Richtung?"

„Rechts", sagte ich ganz selbstverständlich.

Er lenkte den Jeep auf die verlassene Straße. „Der Dolch für sich genommen ist nicht außergewöhnlich. Man kann ihn für Rituale oder bestimmte Zauber nutzen, und im Kampf macht er seinen Träger ein bisschen schneller. Aber wenn er jemanden erwählt – wenn er sich mit der magischen Quelle einer Hexe verbindet –, dann kann er eine Menge. Dinge, die seine Trägerin zu einer sehr mächtigen Hexe machen."

Ich starrte ihn an. „Ich bin nicht mächtig. Bis vor ein paar Wochen konnte ich gerade mal Auren lesen. Und jetzt ..." Ich zuckte mit den Schultern. „Jetzt scheine ich ein paar Dinge zu können – aber nur, wenn ich den Dolch halte."

„Ein paar Dinge?" Er lachte. „Dank Ihnen und diesem Dolch stehen wir kurz davor, den Fall des Jahrzehnts zu lösen – und retten dabei vielleicht auch noch ein paar Leben. ‚Ein paar Dinge' klingt da etwas untertrieben, finden Sie nicht?"

„Den Fall des Jahrzehnts?", fragte ich. In was zum Teufel war Kennedy da reingeraten? „Brix, Sie müssen mir eine Menge erklären."

„Das mache ich – danach."

„Wonach?"

Er deutete auf das Ende der Straße. Dort war ein Tor mit einem riesigen Schild: „Zutritt verboten". Er parkte den Jeep direkt davor.

„Äh, Brix, meinen Sie nicht, wir sollten umdrehen und das Auto irgendwo abseits abstellen?"

„Dafür ist es zu spät", sagte er. „In dieser Gegend gibt es überall Kameras. Die wissen längst, dass wir da sind."

Ich sah mich schnell um – auch wenn ich nicht wusste, wonach ich suchte. Vielleicht nach einem Hinterhalt? Mein

Körper war in höchster Alarmbereitschaft, als ich ausstieg und ihm über das Tor hinterherkletterte.

„Egal was passiert – lassen Sie den Dolch nicht fallen, und geben Sie ihn nicht aus der Hand. Er wird Ihnen wahrscheinlich das Leben retten. Verstanden?"

Ich umklammerte den Griff des Dolchs und wollte für einen flüchtigen Moment einfach weglaufen. Was machte ich hier eigentlich? Ich spazierte einfach auf ein Privatgrundstück, das höchstwahrscheinlich von Verbrechern bewohnt war.

Kennedy.

Sein schüchternes Lächeln tauchte vor meinem inneren Auge auf, seine wissbegierigen Augen – und das reichte mir, um weiterzugehen. Ich würde die Suche nicht aufgeben, bevor ich ihn gefunden hatte.

Das hier würde nicht enden wie bei Kiera. Ein schmerzhafter Stich durchbohrte mein Herz, und ich musste das schlechte Gewissen verdrängen, das immer noch an mir nagte, weil ich aufgehört hatte, nach ihr zu suchen. Ich hatte meine Gründe. Es war eine unmögliche Entscheidung gewesen – eine, die sich nie richtig anfühlen würde.

„Hier entlang", sagte Brix und zog mich hinter eine Reihe von Mammutbäumen.

„Aber er ist in diese Richtung", sagte ich und zeigte in die entgegengesetzte Richtung.

„Ich weiß. Darum gehen wir in diese Richtung. Wir brauchen einen Ort, von dem aus wir uns einen Überblick verschaffen können."

„Das wird nicht nötig sein", sagte eine tiefe Stimme hinter uns.

Wir fuhren herum – und erstarrten, als wir in den Lauf einer Waffe blickten.

„Brix heißt du jetzt, ja?", sagte der Mann.

„Du kennst die Antwort doch längst, Derek", erwiderte Brix.

„Wollte nur sicher gehen. Man begegnet ja nicht jeden Tag seinem Bruder, der vor sieben Jahren spurlos verschwunden ist und sich eine neue Identität zugelegt hat."

Bruder? Wie bitte?

„Man begegnet auch nicht jeden Tag seinem Bruder, der sich als das korrupteste Arschloch der gesamten Magical Task Force entpuppt. Wir müssen wohl beide mit Enttäuschungen leben."

„Magical Task Force?", flüsterte ich.

„Marion, darf ich vorstellen – mein Bruder, Agent Derek Erikson von der Magical Task Force. Er betreut alle hochbrisanten Fälle. Praktisch, wenn man eine Menge Dreck am Stecken hat."

Agent Erikson? Der Erikson, der den Anschlag auf Jax' Baustelle untersuchte?

„Musst du wirklich all unsere schmutzige Wäsche vor deiner Freundin waschen?", fragte Erikson in einem zuckersüßen Ton.

„Du hast angefangen", sagte Brix.

Erikson lachte. „Genau wie früher. Gehst du jetzt bei Mom petzen?"

„Wag es nicht, über meine Mutter zu reden", knurrte Brix – und stürzte sich trotz der Waffe auf ihn. Die beiden Männer fielen zu Boden, ein wildes Knäuel aus Armen und Beinen, jeder versuchte, den anderen zu erwürgen.

Ich wich einen Schritt zurück, beobachtete den Kampf angespannt – und betete, dass Brix am Ende als Sieger hervorgehen würde. Aber ich konnte nicht einfach nur zusehen. Es bestand eine gute Chance, dass Kennedy hier irgendwo war, und je früher ich ihn fand, desto besser.

Ich drehte mich um, warf noch einen letzten Blick zurück und sah Brix, der über seinem Bruder kniete, beide Hände an dessen Hals, während er ihn anschrie, nie wieder ein Wort über ihre Mutter zu verlieren.

Ein eisiger Schauer lief mir über den Rücken. Der Hass zwischen diesen beiden war geradezu greifbar. Was auch immer geschehen war – die negativen Gefühle zwischen Ihnen waren tief verwurzelt.

Brix hob den Kopf, sein Blick begegnete meinem. Er sagte nur ein Wort: „Los!"

Diesmal sah ich nicht zurück.

KAPITEL 24

*D*en Dolch fest umklammert rannte ich so schnell ich konnte auf das große Farmhaus zu. Lichter erhellten einen Weg zur Vordertür, und auf der Veranda hing ein großes Willkommensschild. Für jeden, der zufällig hier vorbeikam, wirkte das Haus warm und einladend – ein ziemlicher Widerspruch angesichts des „Betreten verboten"-Schilds am Eingangstor.

Doch ich ging nicht zur Haustür. Stattdessen schlich ich an der freistehenden Garage vorbei und machte mich auf den Weg zur Rückseite. Die Anziehung in Richtung Haus war stärker als je zuvor – ein klares Zeichen dafür, dass Vince dort drin war. Und ich klammerte mich an die Hoffnung, dass ich auch Kennedy hier finden würde.

Bewegung in der Nähe der Hintertür trieb mich hinter einem großen Kastenwagen in Deckung, der hinter der Garage geparkt war. Ich atmete tief durch. Während ich mich langsam an der Seite entlang tastete, pochte mein Herz wie verrückt – als ich plötzlich ein vertrautes Logo auf dem Van erkannte.

Nein, kein Van. Ein Foodtruck.

Im Dunkeln war es schwer zu erkennen, aber da war es – dieses verschnörkelte J, das Tandy ihre Assistentin hatte suchen lassen. Ich hob die Hand an die Kehle, während mein Verstand versuchte, die Teile zusammenzusetzen. Warum zum Teufel stand dieser Foodtruck hinter Agent Eriksons Garage?

Das Licht um meinem Dolch wurde heller, und das Kribbeln entlang meiner Wirbelsäule intensiver. Die Magie, die in mir brodelte, machte es fast unmöglich, stillzustehen. Ich musste mich bewegen, etwas tun – irgendwas, um Kennedy zu finden. Doch gerade, als ich losstürmen wollte, entdeckte ich einen blauen Honda Accord, der direkt neben dem Foodtruck geparkt stand.

Kiera?

Ich war mir sicher, Hollister hatte gesagt, das sei ihr Wagen. Ich lief darauf zu und bemerkte die dünne Staubschicht auf der Karosserie – er war seit Tagen nicht bewegt worden. Ich warf einen schnellen Blick über die Schulter, dann öffnete ich die Beifahrertür und spähte hinein. Die Innenbeleuchtung ging an und erhellte einen zwar sichtlich gebrauchten, aber gepflegten Wagen. Auf dem Boden lag eine zerknüllte weiße Fast-Food-Tüte mit einem J drauf. Mehr brauchte ich nicht – das musste Kieras Auto sein.

Tränen brannten unerwartet in meinen Augen, aber ich blinzelte sie weg. Jetzt war nicht die Zeit zum Weinen. Nicht, wenn ich meiner Freundin so nah war. Dass sie angeblich wegen Totschlags gesucht wurde, interessierte mich nicht – nicht, nachdem ich erfahren hatte, dass einer der ganz Großen in der Behörde ein krimineller Dreckskerl war. Wie sollte ich da noch etwas glauben, das irgendjemand von der MTF behauptete?

Es juckte mir in den Fingern, Jax anzurufen. Ihn zu warnen. Aber ich hatte noch immer keinen Empfang. Kein

Wunder, dass Erikson sich ausgerechnet diesen abgelegenen Ort für sein Versteck ausgesucht hatte. Abgelegen und unauffindbar – ideal, wenn man Leute gegen ihren Willen festhielt.

Ich schnappte mir das Foto von Garrison, das ich am Armaturenbrett bemerkt hatte, steckte es ein – und rannte in Richtung Haus.

„Hallo, Marion", sagte eine vertraute Frauenstimme.

Ich blieb abrupt stehen. „Kiera?"

„Ich wusste, dass du mich irgendwie finden würdest", sagte sie traurig und niedergeschlagen.

Ich ließ meinen Blick über die Veranda auf der Rückseite des Hauses wandern und sah mich hektisch nach ihr um – bis ich sie endlich entdeckte: Auf einem Stuhl im Schatten, direkt neben der Hintertür.

„Warst du die ganze Zeit hier, seit du verschwunden bist?", fragte ich.

„Seit die Schläger meines Ex mich entführt haben", antwortete sie.

Ich wollte zu ihr rennen. Sie umarmen und ihr sagen, dass jetzt alles gut werden würde. Dass wir einen Weg finden würden, um gegen die Anklagen vorzugehen. Dass sie bald zu Garrison zurückkehren würde – und das hier endlich vorbei war.

Aber irgendetwas hielt mich zurück. Ich wusste nicht, was es war. Nur dieses Gefühl, dass ich Abstand halten sollte.

Lauf!, schrie eine Stimme in meinem Kopf.

„Kiera?", fragte ich und machte einen Schritt zurück.

„Ich bin hier, Marion. Du musst kommen und mich nur losbinden."

Lüge!, schrie die Stimme in meinem Kopf. *Das bin nicht ich. Hör nicht auf sie!*

Kiera?, antwortete ich in Gedanken. *Bist du das wirklich?*

Ja. Ich bin oben, im rechten Fenster. Schau hoch, wenn du kannst.

„Kiera", sagte ich zu der Frau auf der Veranda. „Warum wartest du? Komm zu mir, dann verschwinden wir zusammen."

„Ich kann nicht. Ich bin an den Stuhl gefesselt", sagte die Frau. „Du musst mich retten."

„Dich retten?" Ich wiederholte das Wort – denn das war etwas, das Kiera nie sagen würde. Sie war niemand, der auf Rettung wartete. Sie würde sich selbst befreien. Immer.

„Bitte, Marion." Ihre Stimme klang so gebrochen und jämmerlich, dass ich fast nachgegeben hätte. Aber dann sah ich nach oben – und da stand Kiera. Im Fenster. Und sie sah mit diesem entschlossenen Blick auf mich herab, den ich nur zu gut kannte.

Sag ihm, Derek sei verletzt, sagte sie telepathisch.

Es war vermutlich keine Lüge. Als ich Brix und Derek zurückgelassen hatte, hatten sie versucht, sich gegenseitig umzubringen. *Ich kann nicht*, antwortete ich. *Wenn ich ihn zu Erikson schicke, wird es zwei gegen einen sein. Das kann ich Brix nicht antun.*

Du musst, Marion. Du musst ihn loswerden, damit du Kennedy herausholen kannst.

Kennedy?

Er ist hier. Und wenn du ihn nicht schnell da rausholst, bringen sie ihn um.

Das reichte mir. Ich zögerte nicht. „Derek ist verletzt!", rief ich der falschen Kiera zu. „Da hinten, bei den Bäumen. Wenn ihm nicht schnell jemand hilft, verblutet er!"

Plötzlich regte sich etwas auf der Veranda – dann tauchte Vince im Licht auf und verschwand ins Haus.

Ich rannte zu einer Seitentür, die vermutlich in die Küche

führte. Als ich hörte, wie die Haustür zuschlug und schwere Schritte über die Veranda polterten, öffnete ich vorsichtig die Tür und glitt hinein. Der Drang, Vince zu folgen, war zwar stark, aber mein Wunsch, Kennedy und Kiera zu finden, war stärker.

Ich sah mich schnell um – keine Wachen in Sicht – und sprintete durch die Küche, die Treppe hinauf, direkt zu Kieras Zimmer. Doch kurz bevor ich die Tür erreichte, flog die daneben auf – und ich stieß mit dem Kopf dagegen.

„Fuck!", fluchte ich.

„Dachtest du wirklich, ich falle auf deinen Bullshit rein?", knurrte Vince.

Ich sah zu ihm auf – in diese seelenlosen, vor Wut glühenden Augen. „Und du dachtest wohl, du kommst damit durch? Mit dem Mord an Brix und der Entführung von Kennedy?"

„Ihr zwei Nervensägen seid erledigt, kapiert? Ich hab's vielleicht nicht geschafft, diesen Verräter umzubringen, aber Derek wird das schon erledigen. Heute Nacht gibt es einen Erikson weniger."

Dieser Typ widerte mich an. Am liebsten hätte ich ihm ins Gesicht gespuckt. Vince war niemand, der aus Not oder Loyalität Gesetze brach. Er tat es, weil er es wollte. Weil es ihm Spaß machte. Vielleicht brauchte er es sogar.

„Was ist? Wird dir bei dem Gedanken schlecht, Prinzessin?", höhnte er.

„Nein. Aber von deiner Gegenwart", zischte ich, packte ihn und rammte mein Knie mit aller Kraft, die ich aufbringen konnte, in seine Weichteile. Als er stöhnte und sich vornüberkrümmte, ließ ich meinen Ellbogen auf seine Schulter krachen. Dabei hörte ich ein befriedigend übelkeitserregendes *Knack*.

„Kannst gern versuchen, mich mit nur einem Arm anzugreifen, Arschloch", zischte ich und schleuderte ihn gegen die Wand. „Das war für die Tür."

„Ich hab' dir einen Gefallen getan. Jetzt kannst du dir auf Kosten der Versicherung die Nase richten lassen", schoss er zurück, als hätte er nichts gespürt.

Vielleicht hatte er wirklich nichts gespürt. Es gab Zauber, die einen für kurze Zeit schmerzunempfindlich machten. Wenn er sich damit betäubt hatte, würde es ihm dreckig gehen, sobald der Zauber nachließ.

„Du wirst sie niemals befreien", knurrte er dann, das Gesicht verzerrt zu einem irren Grinsen. „Sie ist an Derek gebunden." Er verzog angewidert den Mund und blickte zur letzten Tür. „Diese Schlampe hat ihn nicht verdient."

„Ach, so ist das? Eifersüchtig, weil sie den Typen hat, den du willst?", spottete ich mit einem Grinsen.

„Fick dich. Ich steh nicht auf Schwänze." Er rollte sich an der Wand zusammen und schloss die Augen – der Schmerz kam schließlich durch.

So unterhaltsam es war, ihn zu provozieren und zu verprügeln – Kennedy und Kiera waren wichtiger. Ich legte die Hand auf Kieras Türgriff – und riss sie fluchend zurück. „Heilige Scheiße, Kiera. Ist das Ding mit echtem Feuer verzaubert?"

Ja, sagte sie telepathisch. *Aber wenn du den Dolch bei dir hast, den ich vorhin gesehen habe, sollte er das neutralisieren können, wenn er so ist wie meiner.*

Sollte? Gab es eigentlich etwas, das dieser Dolch nicht konnte?

Versuch's einfach. Was haben wir schon zu verlieren?

Ich drückte die Dolchspitze gegen das Schloss. Ein greller

Lichtblitz – dann verpuffte die Magie, wie ein Blindgänger bei einer Feuerwerksshow.

Nochmal!, rief Kiera. Jetzt klang sie verzweifelt.

Entschlossen, sie da rauszuholen, presste ich den Dolch fester an das Schloss und achtete darauf, dass er auch den Knauf berührte. Magische Blitze zuckten über die Klinge – doch das Schloss regte sich nicht.

„Willst du den Schlüssel?", fragte plötzlich jemand hinter mir.

Ich zuckte heftig zusammen und machte einen Satz zurück, während ich die Hand auf meine Brust drückte, um zu verhindern, dass mein Herz heraussprang. „Heilige Scheiße! Wer sind Sie?"

„Die letzte Frau, die Derek dort eingesperrt hat."

Ich musterte sie. Weißes Kleid, lange dunkle Haare, tiefe Augenringe – und ... erst auf den zweiten Blick bemerkte ich, dass sie schwebte. „Du ... du bist ein Geist."

„Oh, ein Genie! Gebt der Frau einen Orden! Sie hat einen Geist erkannt. Superleistung. Dieses ganze Haus ist voller Geister. Wie sollte es auch anders sein – mit diesem Irren als Hausherrn."

„Ähm ... du hast einen Schlüssel erwähnt?"

„In der Schublade neben dem Geschirrspüler." Und weg war sie.

„Glaubst du, der Schlüssel würde funktionieren?", fragte ich Kiera durch die Tür.

Das ist der, den Derek benutzt, um reinzukommen.

„Kiera?"

Ja?

„Warum sprichst du nur noch telepathisch mit mir?"

Weil ich nicht anders kann.

Ich hatte keine Ahnung, warum, aber es blieb keine Zeit,

nachzufragen. Ich rannte hinunter, durchwühlte die Schublade – und fand einen Schlüsselbund. Einer dieser Schlüssel musste passen.

Wieder oben angekommen probierte ich die Schlüssel durch. Der dritte passte. Das Schloss klickte.

Die Tür sprang auf – und da stand Kiera mitten im Raum, ihre Miene voller Hoffnung – bis ihre Augen sich erschrocken weiteten und sie stumm den Mund aufriss.

Ich wirbelte instinktiv herum und hielt den Dolch mit beiden Händen vor mich. Magie prasselte auf mich ein – aus dem Nichts, wie ein endloser Strom, direkt aus dem Gewebe der Realität. Ein Portal hatte sich geöffnet – bereit, mich zu vernichten.

Ich erinnerte mich an Brix' Worte. Der Dolch war mein Werkzeug – und er würde mir wahrscheinlich das Leben retten.

Darauf setzte ich, denn ich würde nicht zulassen, dass dieser machthungrige Mistkerl, der sich über Recht und Gesetz hinwegsetzte, am Ende gewann.

Da würde er mich schon töten müssen. Doch ich schwor, nicht kampflos unterzugehen, und wenn ich ging, würde ich so viel von ihm mitnehmen, wie ich konnte.

.

KAPITEL 25

ein Dolch war mächtig, aber der magische Wirbel, der sich um mich drehte, war stärker. Meine Arme zitterten, mein ganzer Körper wurde so heftig hin und her gerissen, dass meine Zähne klapperten. Es reichte nicht, die Magie nur abzuwehren – ich musste etwas tun, irgendetwas, um sie aufzuhalten. Das Problem war, ich konnte die Quelle nicht finden.

Es fühlte sich an, als käme die Magie aus mehreren Richtungen, und obwohl ich es geschafft hatte, sie mit meinem Dolch in Schach zu halten, half mir das nicht, wenn ich das magische Portal wirklich zerstören wollte. Wenn ich die Energie nur in sich selbst zurückleiten könnte, hätte ich vielleicht eine Chance.

Ich brauchte nur — *Moment ... da!* Eine kleine Öffnung, direkt vor mir. Ich hob den Dolch mit beiden Händen und konzentrierte mich. Das Chaos um mich herum ließ nach, das Zittern meiner Arme hörte auf, und ich hatte nicht mehr das Gefühl, aus meiner Haut zu platzen.

Die Kraft, die meinen Dolch zerstören wollte, wurde

schwächer – als wäre plötzlich ein Aussetzer in der Intensität aufgetreten. Und genau in diesem Moment stieß ich zu. Mit beiden Händen rammte ich den Dolch in die Quelle der Magie, mit aller Kraft, die ich besaß.

Eine magische Explosion schleuderte mich in Kieras Zimmer. Mein Dolch schwebte noch einen Moment lang in der Luft, bevor er leblos zu Boden fiel.

Ich starrte ihn an, unfähig zu glauben, was ich da gerade getan hatte. Ich hatte die magischen Ketten durchbrochen, die Kiera gefangen gehalten hatten. Aber kaum war mir das bewusst, stürzte ich zu ihr und schlang die Arme um meine Freundin.

Wir standen eine Weile so da, eng umschlungen, bis ich sagte: „Wir müssen Kennedy holen und dann raus hier."

Sie nickte nur, nahm meine Hand, und gemeinsam rannten wir zur Tür.

„Niemand geht irgendwohin", sagte Erikson, der plötzlich im Türrahmen auftauchte. In der einen Hand hielt er den Griff meines Dolchs und klopfte mit der Klinge gegen die andere.

„Ernsthaft? Nicht einmal zwei Minuten Verschnaufpause?", knurrte ich in Richtung Universum.

„Sieht nicht so aus, Miss Matched. Hätten Sie sich einfach rausgehalten, wie es Ihnen geraten wurde, würden Sie jetzt nicht so dastehen. Es ist nicht, dass ich Sie nicht oft genug gewarnt hätte. Und eine Warnung war sehr deutlich: Hören Sie auf zu suchen, oder ich zerstöre alle um Sie herum. Erinnern Sie sich? Ich denke, ein weiterer ‚Unfall' auf der Baustelle Ihres Freundes ist angebracht. Danach sorge ich dafür, dass die Produktion Ihrer Freundin nie auf Sendung geht. Und dann sind da noch Ihre Tante, Ihr Vater, Ihr Zirkel. So viele Menschen, die ich an Ihrer Stelle bestrafen kann.

Denken Sie daran, während Sie mich anflehen, Sie und Ihren Sohn freizulassen."

„Ty?", rief ich entsetzt. Hatten sie ihn etwa auch noch entführt?

„Ich dachte, er heißt Bentley oder Trinity oder so?", bemerkte Erikson gleichgültig. „Viel zu aufgeblasen für meine Organisation jedenfalls."

Zu ... aufgeblasen? Was zum Henker sollte das bitte bedeuten? „Kennedy?", fragte ich.

Er schnippte mit den Fingern. „Das ist es. Aber keine Sorge – er bekommt einen neuen Namen und irgendwann wird er einer von uns."

„Kommt gar nicht infrage", fauchte ich und ballte die Fäuste. „Sie lassen ihn frei und unversehrt hier raus – sonst bekommen Sie es mit mir zu tun."

„Ach ja?" Er warf einen Blick auf den Dolch. „ich bezweifle, dass Sie ohne dieses Ding hier genug Macht haben, um große Reden zu schwingen."

Mit einer Handbewegung schleuderte er mir einen magischen Energiestoß entgegen.

Ich hob die Arme, um mich zu schützen, aber es half nichts. Der Zauber traf mich mitten ins Gesicht und riss mich fast von den Beinen. Ich riss den Mund auf, wollte fluchen, aber kein Ton kam heraus. Noch ein Versuch – vergeblich. Ich war stumm.

„So ist's besser", sagte Erikson selbstzufrieden. „Ich habe es sowieso immer bevorzugt, wenn Frauen nicht reden. Es ist einfach so ... friedlich."

Wütend stürzte ich auf ihn los – aber er knallte einfach die Tür zu. Als ich das metallene Geräusch des Riegels hörte, der einrastete, drehte sich mein Magen um. Ich rüttelte am Griff und versuchte, die Tür zu öffnen, obwohl ich genau wusste, dass sie verschlossen war.

Gelächter hallte durch den Flur, begleitet vom Geräusch von Schritten, die sich entfernten.

Tut mir leid, sagte Kiera in meinem Kopf.

Mir auch. Ich ließ mich zu Boden sinken, lehnte den Kopf gegen die Tür und atmete durch. *Aber wenigstens können wir irgendwie noch telepathisch kommunizieren, oder?* Ich brauchte gerade dringend irgendetwas Positives.

Nein. Ich meinte, es tut mir leid, dass ich dich da reingezogen habe. Das war nie meine Absicht.

Ich starrte meine Freundin an, wollte bis in die Tiefen ihrer Seele blicken. Wenn ich noch Auren hätte sehen können – welche Farbe hätte ihre? Ich kniff die Augen zusammen und glaubte, ein schwaches rot-violettes Leuchten zu erkennen. Genau wie früher. Das sagte mir, dass sie sich nicht verändert hatte. Sie war noch immer die Frau, der ich damals zur Flucht verholfen hatte.

Ich klopfte neben mich auf den Boden. *Ich glaube, du solltest mir erzählen, was damals in Utah wirklich passiert ist.*

Kiera nickte und ließ sich vorsichtig neben mir nieder. *Derek ist mein Ehemann,* sagte sie.

Also wolltest du einer missbräuchlichen Beziehung entkommen, bestätigte ich.

Sie nickte. *Aber es war schlimmer. Zwei Jahre nach unserer Hochzeit fand ich heraus, dass er der Kopf eines kriminellen Netzwerks ist. Er hat Handlanger, die für ihn stehlen, Drogen verkaufen, betrügen – so ziemlich alles, was schnell Geld bringt. Doch das Schlimmste ist, dass sie nicht zögern, Leute auszuschalten, die ihnen im Weg stehen.*

Stimmt es, dass du mal bei der Magical Task Force warst?

Ein weiteres Nicken.

Und Brix, Dereks Bruder, auch?

Kiera runzelte die Stirn. *Derek hat einen Bruder namens Brian. Ja, er war ein Agent. Ist vor sieben Jahren verschwunden. Etwa einen Monat bevor ich abgehauen bin, habe ich herausgefunden, dass er Derek auffliegen lassen wollte. Und Derek hat ihm daraufhin was angehängt. Er hat alles verloren – seine Verlobte, seinen Job, seine Familie. Genau wie ich.*

Deshalb bist du also auch geflohen? Hat dein Mann dir die Totschlagsanklage angehängt?

Tränen liefen ihr übers Gesicht, während sie langsam nickte.

Mein Herz zog sich zusammen, als ich sah, wie sie versuchte, sich wieder zu fangen.

Es war der Mann meiner besten Freundin. *Derek hat ihm in die Brust geschossen. Und ihr in den Bauch. Sie war schwanger. Beide haben überlebt. Das Baby nicht. Danach hat er einen Erinnerungszauber gewirkt, damit sie glauben, ich wäre es gewesen. Soweit ich weiß, denken sie das heute noch.*

Und der Mistkerl hat dir das einfach angehängt?

Er meinte, ich müsste meine Lektion lernen. Drecksack! Er ist derjenige, der hinter Gitter gehört – aber das wird nie passieren, denn für die MTF ist er der große Held. Sie würden alles für ihn tun, weil er angeblich jeden Fall löst. Dabei merken sie nicht, dass mehr als die Hälfte seiner „Erfolge" in Wahrheit Vertuschungen sind. Und weitere fünfundzwanzig Prozent bleiben ungeklärt. Klar, wenn's keine Beweise gibt. Und er ist gut darin, alle zu zerstören, die irgendwie zu ihm führen könnten.

Du und ich inbegriffen, oder?

Vor allem du und ich, sagte sie und sah mir direkt in die Augen. *Machen wir uns nichts vor, Marion. Wenn Derek Erikson eins nicht ausstehen kann, dann ist es, von einer Frau überlistet zu werden. Und genau das haben wir beide getan – damals in Utah. Dafür wird er uns vernichten.*

KAPITEL 26

*E*s fühlte sich an, als vergingen Stunden, während Kiera und ich an die Tür gelehnt in diesem Raum saßen. Meine Gedanken rasten. Ich hatte immer noch so viele Fragen. Aber gleichzeitig konnte ich auch nicht aufhören, Fluchtpläne zu schmieden. Denn eines war klar: So ein Drecksack wie Derek Erikson würde mich nicht klein kriegen.

Eine Sache verstehe ich nicht, sagte ich plötzlich.

Kiera drehte sich zu mir um und sah mich abwartend an.

Wenn du mit Derek verheiratet bist – wie wolltest du dann Garrison heiraten? War das der Grund, warum du zu ihm gefahren bist? Wolltest du die Scheidung einreichen?

Kiera schüttelte den Kopf. *Ich bin nicht zu ihm gefahren,* sagte sie. *Ich sollte mich mit jemandem treffen, der die Scheidung für mich durchziehen sollte. Damit ich endlich frei war. Aber in letzter Sekunde hatte ich ein richtig mieses Gefühl und bin gegangen. Ich wollte keine Spuren hinterlassen, die zu Garrison führen – aber das ist mir nicht gelungen. Derek weiß alles. Er hat mich reingelegt und dann angefangen, dich und alle um dich herum zu terrorisieren, damit du endlich Ruhe gibst.* Ihre Augen füllten sich mit Tränen, und diesmal versuchte sie gar nicht erst, sie zurückzuhalten. *Fast hätte er es geschafft, oder? Du bist erst hier gelandet, als Vince Mist gebaut und Kennedy entführt hat.*

Stimmt, sagte ich leise. *Er hat es tatsächlich geschafft.* Ich griff nach ihrer Hand und hielt sie fest. *Ich wusste nicht mehr, was ich glauben sollte. Aber dann wurde Kennedy entführt, und Brix ist aufgetaucht ...* Ich brach ab. Der Gedanke an Brix ließ mich verstummen. Was war mit ihm passiert? Hatte Derek wirklich seinen eigenen Bruder getötet? Mir wurde ganz schlecht bei der Vorstellung.

Brix?, fragte Kiera. *Du hast ihn schon mal erwähnt. Du glaubst, dieser Brix ist Brian? Dereks Bruder?*

Ich nickte.

Sie seufzte. *Dann besteht noch Hoffnung.*

Ich brachte es nicht übers Herz, ihr zu widersprechen.

ALS DIE SONNE AUFGING, war ich hellwach und stand am Fenster, von dem aus man über den Wald blicken konnte. Erikson hatte sich seinen Unterschlupf gut ausgesucht. Hier draußen gab es nichts. Niemand würde den Weg hierher finden, es sei denn, er wusste genau, wonach er suchte. Mir einzureden, dass Hilfe unterwegs war, war reiner Selbstbetrug.

Der einzige Weg, hier lebend rauszukommen, war, dass wir einander vertrauten.

Du warst mal bei der Magical Task Force, oder?, fragte ich Kiera.

Ja.

Dann hast du bestimmt noch ein bisschen Magie. So wie Erikson? Ich habe auch welche. Ich ließ einen Funken Magie über meine Fingerspitzen tanzen, aber beendete es gleich wieder, als ich bemerkte, wie schnell mich das Kraft kostete. *Wenn wir unsere Magie bündeln, könnten wir vielleicht was erreichen.*

Kurz flackerte Interesse in ihrem Blick, doch dann verschwand es wieder. *Er ist viel zu mächtig. Das würde nur alles schlimmer machen. Für uns – oder schlimmer noch: für die Menschen, die wir lieben.*

Verdammt! Daran hatte ich gar nicht gedacht. Er hatte mich. Warum sollte er sich noch an meinen Liebsten vergreifen? Aber Kiera hatte recht. Wenn ich plötzlich zur Bedrohung wurde, würde er nicht zögern, mich so zu bestrafen. Er wusste schon, dass es funktionierte. Vielleicht war das sogar das Einzige, das funktionierte.

Was machen wir dann? Hier hocken und warten, dass er uns verrotten lässt? Oder bis wir seiner Truppe von Vollidioten beitreten müssen?

Sie schüttelte nur den Kopf, und mir wurde klar, dass sie längst aufgegeben hatte – spätestens in dem Moment, als Erikson meinen Dolch an sich genommen hatte.

Das würde bei mir nicht passieren. Wenn sich eine Gelegenheit bot, würde ich sie nutzen.

Zwei ganze Tage vergingen, ohne dass auch nur jemand nach uns sah. Wir ernährten uns von Müsliriegeln, die jemand dagelassen hatte, und tranken Wasser aus dem angrenzenden Bad. Als der dritte Tag anbrach, war ich bereit, die ganze Hütte niederzubrennen – solange es bedeutete, dass ich aus diesem Zimmer kam. Ich stand wieder am Fenster und starrte ins Leere, als ich es hörte: das leise Knirschen von Reifen auf Schotter. Nicht nur ein Fahrzeug – es mussten mindestens zwei oder drei sein.

Erikson hat Besuch, sagte ich.

Kiera antwortete nicht, sondern trat neben mich ans Fenster.

Wir schwiegen, während draußen Autotüren zuschlugen und schwere Schritte über die Veranda dröhnten.

Das war meine Chance. Mit etwas Glück hatte wenigstens einer den Schlüssel im Wagen stecken lassen – und dann konnten Kiera und ich abhauen. Der einzige Haken: Kennedy war vielleicht noch immer hier. Aber ohne Waffe konnte ich ihm ohnehin nicht helfen. Es war besser, wir kamen hier raus – und kehrten mit Verstärkung zurück.

Es gab nur zwei Wege aus dem Raum: die Tür oder das Fenster. Und nach reiflicher Überlegung war klar – das Fenster war unsere beste Option. Wenn ich es schaffte, mich auf die Veranda hinunterzuhangeln, ohne mir das Bein zu brechen, konnte ich fliehen.

Im Raum gab es kaum Möbel, aber ein Holzstuhl mit dünnen Beinen stand in der Ecke. Was Besseres würde ich nicht finden. Ich schnappte ihn mir, trat ans Fenster – und schleuderte ihn mit so viel Wucht, wie ich aufbringen konnte, gegen die Scheibe. Der Stuhl prallte ab, aber ein dünner Riss war entstanden. Fortschritt.

Marion, was zum Teufel?!, schrie Kiera in meinem Kopf.

Ich verschwinde von hier. Du kannst gern mitkommen, wenn du willst. Ich trat einen Schritt zurück und warf den Stuhl erneut gegen das Fenster. Die meisten Glassplitter fielen nach draußen auf die Veranda.

„Verdammte Scheiße! Was zum Teufel machen Sie da?", brüllte Erikson, als er zu mir hochstarrte.

Ein Kribbeln raste mir den Rücken hinab, und anstatt vorsichtig zu klettern, warf ich mich einfach aus dem Fenster

– direkt auf Erikson. Ich traf ihn mit voller Wucht und riss ihn zu Boden.

Magie jagte durch meinen Körper, und ich wusste: In dieses provisorische Gefängnis würde ich nie wieder zurückkehren. Ich würde fliehen – oder beim Kampf sterben.

„Runter von mir, du durchgeknallte Schlampe!", keifte Erikson und versuchte, mir die Hand gegen die Nase zu rammen.

Ich drehte mich weg, wich seinem Schlag aus und verpasste ihm einen Tritt in die Weichteile.

„Fuuuck!" Er krümmte sich, genau wie geplant – und ich schlug weiter zu.

Ich rammte ihm den Ellbogen in den Magen, stach ihm mit zwei Fingern in die Augen, brach ihm die Nase und rammte ihm nochmal das Knie in die Kronjuwelen – bevor mich kräftige Arme von ihm herunterrissen. Keine Ahnung, wer es war, aber er würde keine Gnade von mir bekommen. Ich rammte ihm einen Ellbogen in den Bauch, den anderen ins Auge.

Mein Angreifer ließ mich los – ich war frei. Ich blickte auf: Kiera war nicht mehr am Fenster. Ich hoffte, dass sie sich ebenfalls befreit hatte und schon bei den Autos war.

Ich war gerade losgerannt, da schnappte Eriksons Hand nach meinem Knöchel – und ich knallte der Länge nach in den Dreck. Kein Laut kam über meine Lippen. Ich konnte nur eins tun: kämpfen. Und zwar mit allen Mitteln.

Er ließ los, wollte aufstehen – doch ich trat ihm das Bein weg. Ich warf mich auf ihn, und die Magie, die durch mich strömte, machte mich zehnmal so stark wie vorher. Ich drosch mit den Fäusten auf seine Brust ein, hämmerte immer wieder zu, ließ meine chaotische Magie über ihn fluten. Wenn er davon keine blauen Flecken bekam, wusste ich auch nicht.

„Runter von mir!", knurrte er, fand Halt – und stemmte uns herum. Er hielt eine meiner Hände fest, aber nicht beide. Ich nutzte die freie Hand, schlug ihm ins Auge, dann in die Niere.

„Scheiße!" Er rollte von mir herunter – und da sah ich ihn: Meinen Dolch.

Er hatte ihn am Gürtel. Als gehörte er ihm.

Nur über meine Leiche. Ich packte ihn. Die Klinge leuchtete so gleißend blau, dass es fast blendete.

Aber Erikson ließ sich nicht beeindrucken. Seine Hand schnellte hoch und packte mein Handgelenk – der Schmerz war brutal.

„Fick dich, Erikson! Diesen Dolch kriegst du nie wieder aus meiner Hand", zischte ich und … verstummte. Wo waren diese Worte hergekommen?

Der Dolch.

Das war es. Mit meiner magischen Waffe in der Hand hatte ich seinen beschissenen Fluch gebrochen.

Er ging in Kampfhaltung, die Hände vorgestreckt. „Na los. Dann machen wir das jetzt."

Wenn es nicht so ernst gewesen wäre, hätte ich lachen müssen. Ein erwachsener Mann in Kampfposition, als wären wir in einem Käfigkampf. In gewisser Weise war es wohl so. Nur einer würde hier lebend rauskommen. „Leg los, Arschloch!"

Er stürmte auf mich zu, doch ich war schneller. Ich wich aus, drehte mich, stach zu – die Klinge schnitt seinen Unterarm.

Erikson warf einen angewiderten Blick auf den Schnitt und griff erneut an.

Ich tat, als wollte ich erneut zustoßen – und schlug ihm stattdessen auf die Nase.

Hinter uns stöhnte jemand mitfühlend. „Autsch. Das muss wehtun."

Ich ignorierte den Zuschauer, trat zu – wurde abgeblockt – und bekam einen Schlag in den Magen. Mir blieb kurz die Luft weg. Zwei weitere Treffer landeten: einer am Kopf, einer an der Brust.

Beweg dich!, befahl ich mir selbst, taumelte zurück und entging knapp einem weiteren Schlag ins Gesicht.

Wir umkreisten einander, immer wieder flogen Schläge. Doch ich hatte den Dolch – Erikson nicht. Er blutete.

„Willst du, dass es endlich vorbei ist, Marion?", zischte er.

„Genauso wie du, Arschloch."

„Gut." Er nickte.

Zwei Typen packten mich von hinten und hielten mich fest. Erikson kam grinsend näher. „Du hattest deinen Spaß. Jetzt bin ich dran." Er streckte die Hand aus. „Gib mir das Messer."

Jemand drückte ihm ein Springmesser in die Hand, und mein einziger Gedanke war: *Wenn er mich jetzt aufschlitzt, war's das.*

„Lass den Dolch fallen, und es wird nicht wehtun."

„Netter Versuch. Vergiss es." Meine Stimme war ruhig, obwohl mir das Blut in den Adern gefror. Ich spürte die Magie noch in mir – aber was half das, wenn mich zwei Schlägertypen festhielten?

„Dann nehme ich ihn mir eben einfach." Erikson hob das Messer.

„Nein!", schrie Kiera – und stürzte mit zwei Dolchen bewaffnet auf ihn zu.

Erikson fuhr erschrocken herum und nahm seine dämliche Kampfpose ein.

Die Arme, die mich festhielten, ließen lockerer. Ich stampfte beiden kräftig auf den Fuß, riss mich los und verpasste ihnen jeweils einen rechten Haken. Während meine Schläger abgelenkt waren, beobachtete ich, wie Kiera und Erikson kämpften.

Magie pulsierte um einen ihrer Dolche – den, den Hollister und ich gefunden hatten. Hatte sie ihn zurückbekommen? War das der Grund, warum sie wieder sprechen konnte?

„Ich habe Derek gesagt, du machst nur Ärger. Wir hätten dich gleich unter die Erde bringen sollen", knurrte jemand hinter mir.

Ich fuhr herum und sah Vince, der mich böse anstarrte.

„Wo ist Kennedy?!", zischte ich.

„Er ist … beschäftigt." Er lachte schmutzig.

„Fuck off, Vince!"

Er sah mich finster an und stürzte auf mich zu. Ich wich aus und stieß gegen Hollister.

„Hollister! Sie sind hier!"

Wortlos gab er mir einen zweiten Dolch. Gemeinsam neutralisierten wir Vince – und rannten zu Kiera.

Wir wollten Erikson einkesseln, aber da stieß Kiera einen wilden Schrei aus und rammte ihm ihren Dolch in die Brust.

Erikson riss die Augen auf, als sein Körper von der Magie vibrierte. Kiera sah ihn nur ausdruckslos an.

„Du wirst nie wieder jemanden quälen, Derek. Verstanden?"

Der Task Force Agent antwortete nicht. Er war gefangen in seinem eigenen Netz, während all seine Macht aus ihm herausfloss. Dann, gefühlte Stunden später, ging er zu Boden, wo Kiera ihm noch einmal kräftig zwischen die Beine trat. Sein schlaffer Körper zuckte nicht einmal.

Wir standen alle da. Keiner von uns regte sich. Dann steckte ich meine Dolche weg und zog Kiera in eine feste Umarmung.

„Es ist vorbei", flüsterte ich. „Es ist vorbei."

Sie zitterte am ganzen Körper, ihre Tränen durchnässten meine Bluse.

„Es ist okay, Kiera", sagte Hollister und löste sie behutsam aus meinem Arm. „Garrison wartet auf dich." Er deutete zum Parkplatz – wo ich Jax und Kennedy entdeckte.

Kennedy war schmutzig, seine Kleidung zerrissen – aber er war unversehrt. Und er lebte.

Mein Herz machte einen Sprung. Ich rannte zu ihm, warf mich in seine Arme. Wir hielten uns fest, ohne Worte. Es gab nichts zu sagen. Noch nicht. Alles, was zählte, war, dass wir in Sicherheit waren.

Schließlich ließ er mich los und sagte: „Ich bin bei Jax im Truck."

Ich strich ihm eine Strähne aus dem Gesicht. „Wir kommen gleich."

Sobald Kennedy in den Truck gestiegen war, nahm Jax mich in die Arme, wirbelte mich herum und flüsterte, wie sehr er mich vermisst hatte, wie stolz er war – und dass ich ihm versprechen sollte, ihn nie wieder so allein zu lassen.

Ich sah ihm in die Augen. „Versprochen."

KAPITEL 27

In den Tagen nachdem wir Agent Erikson hochgenommen hatten, verbrachten Brix, Kiera und ich viel Zeit damit, Fragen der Magical Task Force Rede zu beantworten. Wie sich herausstellte, hatte Brix jahrelang Beweise gegen seinen Bruder gesammelt, um sowohl seinen als auch Kieras Namen reinzuwaschen – und innerhalb weniger Tage wurden sämtliche Anklagen gegen die beiden fallengelassen.

Mehr als ein Dutzend Leute, die mit Erikson zusammengearbeitet hatten, wurden verhaftet, nachdem einer von ihnen ein Geständnis abgelegt hatte, um einen Deal zu bekommen. Vince war im Gefängnis gelandet, während Erikson seinen Verletzungen erlegen war. Doch weil es so viele Zeugen gegeben hatte, wurde sein Tod nicht wirklich untersucht. Offenbar kümmerte es niemanden besonders, wenn ein Mann, der mehrere Menschen entführt und terrorisiert hatte, am Ende bekommen hatte, was er verdiente.

Es hatte eine Weile gedauert, bis wir die ganze Geschichte

darüber erfuhren, warum Kiera und ich tagelang in Eriksons Haus festgesessen hatten, bevor Brix, Jax und Hollister uns gefunden hatten. Erikson hätte Brix im Wald fast getötet. Vermutlich war er sogar überzeugt gewesen, seinem Bruder den tödlichen Stich versetzt zu haben. Aber dank Brix' Heilkräften war es ihm gelungen, die Verletzung so weit zu heilen, dass er überlebte – bis er jemanden fand, der besser darin war, verletzte Arterien zu flicken. Viel hatte jedenfalls nicht gefehlt.

Drei Tage hatte es gedauert, bis er einigermaßen wiederhergestellt war. Doch da hatte er Hollister und Jax bereits ausfindig gemacht – und beide hatten zugestimmt, ihm zu helfen, als er zurückkam, um uns zu retten. Glaubte man Jax, war Brix wie ein Wirbelsturm durch Eriksons Haus getobt und hatte alles umgehauen, was sich ihm in den Weg stellte. Hollister war direkt hinter ihm gewesen, bereit, Kiera ihren Dolch zu geben, sobald sich eine Gelegenheit bot. Jax war die zusätzliche Muskelkraft, die dafür gesorgt hatte, dass niemand sie überraschte.

Alle waren sich einig: Der Höhepunkt der Rettungsaktion war mein Sprung durchs Fenster direkt auf Erikson. Und ich musste zugeben – ich hätte zu gern ein Video davon gehabt. Wenn ich das auf Instagram gepostet hätte, wäre ich sicher endlich eine Internetsensation geworden – und zwar nicht wegen irgendwas Peinlichem wie damals, als das Internet herausgefunden hatte, dass ich Jax datete, nachdem ich ihn zuvor mit Lennon Love verkuppelt hatte. Inzwischen war zwar alles wieder gut, aber in dem Moment ... ja. Seitdem hatte ich mir vorgenommen, bis ans Ende meines Lebens einen riesigen Bogen um jedwedes öffentliche Fettnäpfchen zu machen.

Es war früher Morgen, ich saß eingewickelt in eine Decke

auf meiner Veranda und nippte an einer Tasse Kaffee, als Ty mit einer eigenen Tasse in der Hand vor mir auftauchte.

„Morgen", sagte er.

Ich lächelte zu ihm auf. „Morgen. Gut geschlafen?"

Er ließ sich auf den Stuhl neben mir sinken, die Arme um sich geschlungen, und ich bot ihm einen Teil meiner Decke an. Dankbar nahm er sie an, schloss die Augen und trank einen langen Schluck aus seiner Tasse. „Letzte Nacht war … interessant."

Ich hob die Augenbrauen. Ich war mir nicht sicher, ob ich den Rest hören wollte. Ty war sofort nach Hause gekommen, als er erfahren hatte, dass Kennedy und ich entführt worden waren. Aber ein paar Tage später hatten wir beide darauf bestanden, dass er seinen Job zu Ende brachte. Jetzt, wo das Projekt abgeschlossen war, war er zurück – auf unbestimmte Zeit – und er und Kennedy versuchten, ihre Beziehung neu zu sortieren. „Ich habe gesehen, dass Kennedy letzte Nacht in seinem Zimmer geschlafen hat. War vermutlich nicht das, worauf du gehofft hattest."

Ty schmunzelte leise. „Mütter. Haben echt keine Ahnung, oder?"

„Hast du mich gerade ahnungslos genannt? Mich? Weißt du nicht, dass die Magical Task Force versucht, mich anzuwerben? Nach allem, was passiert ist, suchen sie jetzt anscheinend Leute mit Talent und Integrität. Scheint nicht, als hielten sie mich für ahnungslos."

Das Angebot war tatsächlich verlockend gewesen, aber ich hatte es schon mehrfach abgelehnt. Ich hatte kein echtes Interesse daran, böse Magier zu jagen. Ich wollte meine Partnervermittlungsagentur hier aufbauen und herausfinden, wie weit meine neuen Kräfte mit dem Dolch wirklich reichten. Vielleicht würde ich in Zukunft mal darüber nachdenken, die

Task Force zu unterstützen. Aber im Moment wollte ich einfach nur arbeiten, lernen und Zeit mit meiner Familie verbringen.

Er schmunzelte. „Ich meinte, was Kennedy letzte Nacht angeht. Du scheinst wie ein Murmeltier zu schlafen. Wir waren jedenfalls nicht gerade leise, als ich ihn nach dem Zubettgehen wieder rausgeholt habe."

„Oh. Das wart ihr? Ich war wohl … ein bisschen abgelenkt."

Er prustete vor Lachen. „Ein heißer Bauunternehmer hat wohl diese Wirkung."

„Ganz genau", sagte ich und musterte ihn. „Also – ihr habt ein paar Dinge geklärt?"

Er zuckte mit einer Schulter. „So in etwa. Wir sind definitiv noch zusammen, und er meint, er ist bereit, wieder in die Wohnung über der Garage zu ziehen. Außerdem will er mich bei meinem nächsten Projekt in L.A. besuchen. Skyler hat da Arbeit für ihn – er soll beim Aufbau einer neuen Filiale helfen."

„Das klingt großartig." Ich ergriff seine Hand und drückte sie. „Ich freue mich wirklich für euch. Bedeutet das, dass du bald wieder losmusst?"

„Nicht gleich." Diesmal drückte er meine Hand. „Ich will noch ein bisschen Zeit mit Mama Marion verbringen."

Ich lachte. „Das musst du nicht. Mir geht's gut. Wirklich."

„Dir vielleicht. Aber bei mir bin ich mir da nicht so sicher." Der Schalk in seinem Blick war verschwunden. „Nichts ist mir wichtiger als Familie. Das habe ich gestern auch Kennedy gesagt – und heute dir. Du bist meine Familie, Marion. Wenn dir oder Kennedy je was passieren würde …" Er schüttelte den Kopf. „Kein Job der Welt ist mir das wert."

„Natürlich nicht", sagte ich leise. „Aber das heißt nicht, dass du deine Träume aufgeben sollst. Du weißt, dass wir beide dich unterstützen."

Sein letzter Job war eine Weile holprig gewesen – vor allem wegen Eriksons Einmischung. Aber nachdem dessen Machenschaften ans Licht gekommen waren, lief das Projekt reibungslos. Dasselbe galt für Tandys Produktion, und auch Jax und sein Team hatten es am Ende geschafft, den Rückstand fast komplett aufzuholen. Zumindest fürs Erste schien sich das Chaos rund um Premonition Pointe beruhigt zu haben.

„Das weiß ich", sagte Ty. „Und genau deshalb will ich jetzt für euch da sein. Kennedy und ich brauchen Zeit miteinander, und so süß es ist, dass er sagt, er würde nach L.A. kommen – ich weiß, dass er noch nicht bereit ist, dich zu verlassen. Deshalb haben wir beschlossen, erst einmal hier zu bleiben und dich zu unterstützen. Du hast doch diese lange Liste mit Dingen, die du am Haus verändern willst. Schreib sie auf – wir machen, was wir können. Und wenn's etwas gibt, das über unsere Fähigkeiten hinausgeht, fragen wir Jax."

„Ihr müsst das wirklich nicht machen", wandte ich ein.

Er grinste. „Das ist ja das Schöne daran. Wir wissen, dass wir das nicht müssen. Wir wollen."

Mir stiegen Tränen in die Augen. Freudentränen. Ich zog ihn in eine einarmige Umarmung. „Ich liebe dich. Das weißt du, oder?"

„Ja, weiß ich", sagte er heiser. „Und ich will nur, dass du weißt – wenn *dein* Freund mal verschwinden sollte, ich würde die Welt auf den Kopf stellen, um ihn zu finden."

„Ugh, sag das nicht", sagte ich ohne jeden Nachdruck. „Aber ich weiß. Und ich hoffe, die Göttin sorgt dafür, dass es nie so weit kommt."

„Dafür bete ich auch." Er wischte sich verstohlen über die Augen, als er aufstand, um zurück in seine Wohnung zu gehen.

„Vergiss nicht, dass wir heute Abend bei Dad und Tante

Lucy zum Essen eingeladen sind!", rief ich ihm hinterher. „Sie meinten, sie hätten Neuigkeiten."

„Kennedy und ich kommen auf jeden Fall!", rief er zurück.

In diesem Moment öffnete sich die Tür der Wohnung, und Kennedy steckte den Kopf heraus. Der kleine Hund, Paris Francine, tollte ihm um die Füße und schnappte nach seinen Zehen. Kennedy hob sie hoch, küsste sie auf den Kopf und lächelte zu mir herüber. „Guten Morgen, Marion!"

„Guten Morgen!", rief ich zurück.

Kennedy setzte die Hündin wieder ab, Ty nahm zwei Stufen auf einmal, und oben angekommen zog Kennedy ihn in eine Umarmung, küsste ihn und zerrte ihn lachend hinein.

Ich konnte nicht anders, als zu lächeln. Es gab nichts Schöneres, als die beiden glücklich zu sehen.

Zwanzig Minuten später saß ich immer noch auf der Veranda und genoss die kühle Morgenbrise, als ein schwarzer BMW in meine Einfahrt rollte. Hollister sprang heraus und setzte sich auf den Stuhl, den Ty gerade erst verlassen hatte.

„Du bist früh unterwegs", sagte ich. „Was verschafft mir vor dem Frühstück die Ehre?"

„Es ist fast acht, Marion", meinte er lachend.

„Eben. Für einen Sonntag ist das früh."

„Ich fahre heute wieder zurück. Wollte mich nur noch verabschieden."

Das überraschte mich. Hollister hatte in den letzten Wochen mit der Magical Task Force zusammengearbeitet und ihnen geholfen, ihre Ausrüstung und Zauber zu verbessern. Er war einer der wenigen gewesen, die wussten, wie man all die Tränke und magischen Objekte neutralisierte, die Erikson gehortet hatte. Nachdem ein ganzes Lagerhaus ausgeräumt worden war, hatte er für die übrigen Agenten gezielt neue

Waffen hergestellt – angepasst an ihre individuellen Fähigkeiten.

„Ich werde dich vermissen", sagte ich ehrlich. Hollister war in seiner Zeit in Premonition Pointe ein echter Freund geworden. „Wir alle."

„Ich werde unsere Ermittlungen auch vermissen, Marion. Ich glaube nicht, dass ich je jemanden getroffen habe, der so furchtlos ist wie du."

Ich schnaubte. „Ich habe mehr als genug Angst. Ich bin nur sehr gut darin, sie mit einer ordentlichen Portion rechtschaffener Empörung zu überspielen, die meine irrationale Seite anfeuert."

„Das scheint es gut zu beschreiben." Er zögerte kurz. „Ich wollte mich auch noch entschuldigen – wegen der Dinge, die ich gesagt habe, als ich das letzte Mal gegangen bin. Ich hätte dich nicht dafür verurteilen dürfen, dass du aufgehört hast, nach Kiera zu suchen. Mit den Informationen, die wir zu dem Zeitpunkt hatten—"

„Hör auf", unterbrach ich ihn. „Du musst dich nicht entschuldigen. Wir hätten nie aufhören dürfen. Wenn du mir eins beigebracht hast, dann das: Wenn dein Bauchgefühl dir sagt, was richtig ist, hörst du darauf. Ich hätte das auch getan – wenn ich nicht so viel Angst gehabt hätte."

„Ich weiß. Genau deshalb wollte ich mich entschuldigen."

Stille legte sich über uns. Das passierte immer, wenn Kieras Zeit in Gefangenschaft zur Sprache kam. Ich war mir nicht sicher, ob ich je über die Schuldgefühle hinwegkommen würde. Ich räusperte mich. „Wie geht's Garrison und Kiera?"

Hollister grinste. „Großartig. Garrisons Therapie ist abgeschlossen, und Kiera arbeitet wieder als Grafikdesignerin. Die Magical Task Force versucht übrigens mit aller Kraft, sie zurückzuholen. Sie dachten, Brix könnte sie überreden."

Brix war gern zur Task Force zurückgekehrt – allerdings nur unter der Bedingung, dass er befördert wurde und seine eigene Abteilung bekam. Nach allem, was passiert war, war man dort mehr als bereit gewesen, ihm entgegenzukommen. Jetzt war er ein Top-Agent, der sich seine Fälle selbst aussuchen konnte.

„Das wusste ich gar nicht. Aber es wundert mich nicht. Und? Hat sie Interesse?"

Ich wäre ehrlich gesagt geschockt gewesen, wenn sie zu einer Organisation zurückkehren würde, die sie so im Stich gelassen hatte. Andererseits – ohne Erikson war es vielleicht eine Überlegung wert.

„Nein. Sie hat gesagt, sie könnte sich vorstellen, in besonderen Fällen zu beraten, aber eine Karriere dort? Kein Interesse mehr. Sie liebt ihr neues Leben. Viel Zeit für kreative Grafikarbeit, für Garrison – und sie hilft uns, neue Produkte für den Laden zu entwickeln."

„Das klingt wunderbar", sagte ich leise. Kiera und Garrison hatten so viel durchgemacht. Sie hatten sich ein ruhiges, erfülltes Leben mehr als verdient.

„Hast du schon das Neueste über die Ménage-à-trois der Direktorin gehört?", rief Celia, die plötzlich neben uns auftauchte.

Ich zuckte nicht einmal mehr. Dass sie einfach so erschien und verschwand, war inzwischen vollkommen normal. Auch wenn sie sonst nicht unbedingt mit Dreier-Gerüchten ins Gespräch einstieg. „Habe ich nicht", sagte ich und sah Hollister an. „Du?"

Er lachte. „Kein Dreier, keine Ménage – zumindest nicht offiziell. Wahrscheinlich war es ein gezielt gestreutes Gerücht, damit alle was hatten, womit sie sich beschäftigen konnten, nur nicht mit der echten Korruption."

„Boah, wie langweilig", sagte Celia und wedelte mit der Hand. „Und dafür bin ich extra früher aus dem Bett gekrochen? Ich bin raus. Vielleicht kann ich ja —"

„Celia Marie!", polterte plötzlich eine Männerstimme von irgendwoher. „Komm sofort zurück, oder ich schwöre bei der Göttin – kein Rumgemache mehr für dich!"

„Rumgemache?", fragte ich.

Celia sah betreten zu Boden – und ich hätte schwören können, dass sie rot wurde, wenn auch nur geisterhaft. „Danny ist nicht begeistert, wenn ich unser ... Morgentraining vorzeitig abbreche. Ich muss los!"

Und zack, war der Geist verschwunden – und Hollister und ich brachen in schallendes Gelächter aus.

KAPITEL 28

*E*in Toast auf Tante Lucy und Gael! Möge eure
„ Weltreise all das sein, was ihr euch erträumt", sagte
Tazia und hob ihr Champagnerglas.

Jax war der Erste, der sein Glas hob, und wir alle taten es
ihm gleich.

„Auf Lucy und Gael!", riefen wir im Chor.

Tante Lucy schmiegte sich an ihren Brendon-Urie-
Doppelgänger und errötete.

Ich unterdrückte ein Kichern – ich wusste ganz genau, was
sie dachte.

Ihr Freund Gael stand auf und hob ebenfalls sein Glas. „Ich
möchte auf Marion trinken. Ohne sie hätte ich dieses
fabelhafte Wesen nie kennengelernt, und ganz sicher würde
ich jetzt nicht auf eine Kreuzfahrt nach Griechenland gehen.
Danke, Marion – du bist die beste Kupplerin westlich des
Mississippi."

„Du meinst, östlich des großen Flusses gibt's bessere?",
neckte ich und blickte zu ihm auf. Gael war nicht nur ein
Glücksgriff für meine Tante, sondern auch einer der

liebenswürdigsten Männer, die ich je getroffen hatte. Ich konnte mir keinen besseren für Lucy vorstellen. Sie hatte das Beste verdient – und Gael war das für sie. „Danke, Gael. Ich möchte einfach, dass meine Tante glücklich ist. Also pass gut auf sie auf, und lass Sie dir nicht von einem griechischen Gott wegschnappen. Wir würden sie zu sehr vermissen."

„Verlass dich drauf. Ich gebe sie nicht mehr her." Er legte den Arm um ihre Schultern und küsste sie zärtlich auf die Schläfe. Es war so rührend, dass ich kaum wusste, wohin mit meinen Gefühlen.

„Wenn wir schon bei Toasts sind", sagte mein Vater und erhob sich, „hätte ich auch noch einen."

Sofort richteten sich alle Blicke auf ihn. Memphis Matched war nicht dafür bekannt, großes Aufheben um irgendwas zu machen – dass er jetzt aufstand, bedeutete also eine Menge.

„Nur damit du's weißt", flüsterte Jax mir ins Ohr, „ich werd' mich nicht vor alle hinstellen und meine Absichten verkünden. Ich werde sie dir später ganz in Ruhe zeigen."

Ich unterdrückte ein Kichern und versuchte, harmlos auszusehen, als mein Vater uns einen scharfen Blick zuwarf.

Er räusperte sich und streckte Tazia die Hand entgegen.

Sie blickte unsicher in die Runde, ließ sich aber von ihm auf die Beine ziehen. „Was hast du vor, Memphis?"

„Ich wollte einfach nur auf dich anstoßen – die bezauberndste Frau, mit der ich je Zeit verbringen durfte. Und wenn wir schon dabei sind …" Er machte eine theatralische Pause, und mir blieb fast die Luft weg.

Wollte er wirklich …? Wenn er sich jetzt hinkniete, würde ich garantiert an Herzversagen sterben. Nach all den Jahren, in denen er der Liebe davongelaufen war – wenn er jetzt …

„Tazia, wir eiern da schon seit Wochen drum herum", sagte

mein Vater und errötete leicht. „Ich wollte dich einfach fragen, ob wir das Ganze offiziell machen."

Das war es also. Er wollte sie wirklich fragen. Ich sah Jax an, der neben mir saß, und gab ihm einen ungläubigen *Heilige-Sch...*-Blick. Er lächelte amüsiert zurück.

„Was genau meinst du mit offiziell, Memphis?", fragte Tazia zögernd.

Er runzelte die Stirn. „Na, uns. Das." Er deutete zwischen ihnen hin und her. „Du weißt schon, fest zusammen sein."

„Oh. Meine. Götter", murmelte ich.

„Das habe ich gehört, Marion. Wie würdest du es denn nennen? Exklusiv daten?"

Ich räusperte mich. „Fest zusammen klingt schon ganz passend", sagte ich, während ich ein Lachen unterdrückte. Mein armer Vater. Der Inbegriff von Bindungsangst – und jetzt stand er hier und bat Tazia vor der ganzen Familie, sich auf ihn einzulassen. Ob sie das wusste oder nicht, es war ein Riesenschritt für ihn.

Tazia schien das zu spüren, denn sie legte den Arm um seine Taille, beugte sich vor und küsste ihn sanft, bevor sie sagte: „Ich wäre geehrt, fest mit dir zusammen zu sein. Bekomme ich auch eine College-Anstecknadel?"

Er flüsterte ihr etwas ins Ohr, das sie kichern ließ – und obwohl ich sicher war, dass es unanständig war, war es mir egal. Alle, die ich liebte, saßen an meinem Tisch, glücklich, sicher und voller Liebe. Viel besser konnte das Leben kaum sein.

Ding Dong.

„Wer könnte das sein?", fragte Ty und sah sich um. „Hast du noch jemanden eingeladen, Marion?"

„Nein. Aber ich geh' schon." Ich stand auf und überlegte, wer jetzt noch auftauchen könnte. Alle aus dem Zirkel wussten, dass ich ein Familienessen veranstaltete – sie hatten sicher ihre eigenen Pläne. Vielleicht Iris – aber die hätte vorher angerufen. Wahrscheinlich nur jemand, der was verkaufen wollte.

Ich öffnete die Tür, bereit, den oder die draußen höflich abzuweisen – und sah stattdessen eine jüngere Frau mit zwei Reisetaschen und einer kleinen Transportbox für Tiere vor mir stehen.

„Hi, Marion. Überraschung!"

Ich starrte die große Rothaarige mit ihrem zu tiefen Ausschnitt und viel zu viel rotem Lippenstift an. „Charlotte?"

„Hey, Schwesterherz. Lange nicht gesehen. Willst du mich nicht reinbitten?"

„Also … wir sitzen gerade beim Familienessen", sagte ich ein bisschen unbeholfen.

„Na, dann bin ich ja genau richtig, oder?" Meine Halbschwester, mit der ich seit über zehn Jahren kein Wort mehr gewechselt hatte, drängte sich an mir vorbei in mein Refugium.

Ich folgte ihr und blieb stehen, als sie sagte: „Hi, Dad. Hast du mich vermisst?"

Die ganze Fröhlichkeit verschwand aus dem Gesicht meines Vaters, als er die Frau ansah, mit der er zwar nicht verwandt war, die er aber zehn Jahre lang wie eine Tochter behandelt hatte – bis sie eines Nachts einfach verschwunden war, ohne auch nur eine Nachricht zu hinterlassen. „Charlotte. Es ist lange her."

Sie schenkte ihm ein breites Lächeln – doch aus meiner Perspektive sah ich deutlich, dass es wankte. „Allerdings." Sie wandte sich wieder mir zu. „Marion, ich hatte gehofft, Minx und ich könnten für eine Weile bei dir unterkommen. Nur, bis ich was Eigenes gefunden habe."

Der Hund in der Transportbox winselte traurig, und obwohl jede Faser meines Körpers Nein schreien wollte, hörte ich mich sagen: „Natürlich, Charlotte. Wir richten dir das Gästezimmer her."

„Danke." Sie stellte die Transportbox ab und schlang die Arme um mich. Dann flüsterte sie: „Ich könnte auch ein bisschen Hilfe mit dem Fluch gebrauchen, den ich versehentlich auf ein paar Männer im *Hallucinations* losgelassen habe."

„Wie bitte?", fragte ich – aber da war sie schon auf dem Weg zum Bad.

„Ich muss mal kurz für kleine Mädchen. Danach quatschen wir, ja?" Sie wackelte mit den Fingern, verschwand im Bad und schloss die Tür ab.

Ich drehte mich langsam zu meinem Vater um.

Er holte tief Luft und sagte: „Bin gespannt, welchen Ärger sie diesmal anschleppt."

ÜBER DIE AUTORIN

Die New York Times- und USA Today-Bestsellerautorin Deanna Chase, stammt ursprünglich aus Kalifornien, lebt aber mittlerweile mit ihrem Mann und zwei Shih-Tzus im gemütlichen Südosten Louisianas. Wenn sie nicht gerade schreibt, besucht sie mit ihrem Mann New Orleans oder verwöhnt ihre Hunde. Für mehr Informationen und Updates über Neuerscheinungen besuchen Sie deannachase.com.